BORDEAUX BLUES

Christian Cétois

BORDEAUX BLUES

Pleine Page *éditeur*

À mes vieux

Souffrance : supériorité de l'homme sur Dieu, il a fallu l'incarnation pour que cette supériorité ne fût pas scandaleuse.

Simone Weil

La collection « Rouge nuit » est dirigée par Denis Julin

Autres titres parus :

Denis Julin, *D'outre-mort*

Isabel Gamboa, *L'Inconnu de la jetée Thiers*

ISBN 2-913406-24-6

12, rue Jacques Cartier - 33300 Bordeaux
www.pleinepage.com

Cette publication est un roman. Il s'agit d'une fiction issue de la fantaisie de l'auteur. Les personnages sont fictifs et les aventures imaginaires.

L'histoire est donc irréelle ! Sauf ce qui est vrai !

Prologue

L'innommable

L'homme ouvrit un œil. Encore à demi-inconscient, il ne percevait que des formes vagues. Il respirait difficilement, un bandeau très serré maintenait une éponge dans sa bouche. Il se trouvait immobilisé, à plat ventre, bras et jambes écartés, sur ce qui lui semblait être une table. Malgré la terrible douleur qui tambourinait l'intérieur de sa boîte crânienne, et pour soulager la souffrance de ses articulations meurtries par la surface dure et glacée du formica, il chercha à changer de position. Il comprit très vite qu'il n'y arriverait pas, chacun de ses membres était solidement attaché. Quatre sangles liaient ses poignets et ses chevilles aux pieds de la table. Paniqué par ce constat, il releva la tête et examina tant bien que mal la pièce où il était séquestré.

Il comprit ainsi qu'il se trouvait dans un immense hangar pratiquement vide, faiblement éclairé par une lumière du jour blafarde. Autour de lui, quatre matelas, des chaises et des bouteilles vides : canettes de bière bon marché et quelques bouteilles de vodka.

L'homme était un dur, il n'en était pas à sa première situation désespérée ; aussi décida-t-il d'analyser pragmatiquement la situation.

Il se souvenait parfaitement du choc qu'il avait reçu sur la tête alors qu'il s'engageait dans l'entrée d'un immeuble ; mais avant cela, que s'était-il passé ? Il n'avait pas vu venir son agresseur ; celui-ci, tapi dans l'ombre, l'avait surpris. Il ne pouvait donc lui attribuer aucun visage. Pour l'instant, sa mémoire était défaillante et sa réflexion confuse. Il fit des efforts considérables afin d'essayer de se remémorer des faits antérieurs à son agression et de reconstruire le scénario qui l'avait conduit là, écartelé sur une table dans un lieu inconnu.

Il n'en eut pas le temps, au fond du hangar, dans un claquement métallique, une porte se referma. Des pas et des voix masculines résonnèrent ; dans son dos, on s'approchait de lui. Concentré sur son ouïe, il put deviner qu'il s'agissait de deux hommes. Ils parlaient fort, dans une langue qu'il ne reconnut pas. C'était donc des étrangers qui l'avaient réduit ainsi ; ce constat ne le rassura pas. En riant, les arrivants se placèrent de chaque côté de la table. Le prisonnier ne put lever la tête assez haut pour distinguer les visages ; tout ce qu'il vit, fut leurs grands bras pendant le long des cuisses – et ce qu'ils avaient en main le fit frémir d'horreur. Chacun tenait un poignard de commando dont la lame noircie, au fil brillant, témoignait d'un affûtage récent.

Les armes disparurent de son champ de vision et il sentit qu'on découpait assez brutalement ses vêtements, qu'il vit tomber au sol. On ne lui laissa que ses chaussettes. De honte et de froid, il fut pris d'un incontrôlable tremblement.

Pendant un temps qui lui parut infiniment long, il ne se passa rien, le silence n'étant perturbé que par les paroles et les rires sataniques de ses bourreaux. La trêve ne dura pas, dans son dos, il sentit un contact froid ; on lui passait de haut en bas, très lentement, une lame à plat le long de la colonne vertébrale. Cela n'avait rien de violent, c'était comme si on voulait amadouer l'arme en lui faisant respirer la chair de sa victime. Un grand silence… suivi d'une atroce douleur en dessous de la nuque. Ses tourmenteurs avaient attaqué simultanément et de façon symétrique, la découpe de sa peau ; de chaque côté au niveau de ses omoplates. Méthodiquement, ils tracèrent un rectangle sanguinolent qui partait de la base de son cou, pour finir à la limite de sa taille. Il se tortilla comme un possédé pour essayer de se libérer de ses liens. Rendu fou par l'atrocité de l'épreuve, il donna de violents coups de tête sur le plateau de la table. Ces gesticulations n'eurent pour effet qu'un supplément de souffrance qui ne perturba aucunement la précision de ses bourreaux. Lorsque les deux lames se rejoignirent au creux de ses reins, il y eut une nouvelle pause. Faisant abstraction des brûlures émanant des profondes entailles, l'homme respira aussi fort que le lui permirent ses narines en partie obstruées par le bandeau. Afin de minimiser la douleur, il s'imposa de canaliser sa pensée sur autre chose ; de s'accrocher à une image positive. Ce fut celle du visage angélique de Valérie, sa jeune maîtresse, qui la veille encore lui avait juré un amour éternel.

Ce fut à ce moment que l'innommable commença. Les bourreaux entreprirent de détacher méticuleusement la peau de son corps, et de la même façon qu'on découenne un jambon, ils glissèrent soigneusement les lames tranchantes comme des rasoirs, entre l'épiderme et le muscle. Le calvaire était insoutenable, l'homme comprenait maintenant le but de ses tortionnaires : ils étaient en train de le dépecer vivant. Il ne pouvait imaginer à son encontre, une telle barbarie. Qu'avait-il donc fait pour mériter cela ? Il était croyant et il implora Dieu. Hélas, ce jour-là, Dieu n'était pas dans ce hangar et ses appels restèrent sans réponse. L'intolérable douleur cumulée à l'angoisse de sa destinée plus qu'aléatoire, provoqua une nausée ; il se mit à vomir. Mal lui en prit, car l'éponge qui encombrait son palais l'en empêcha, la vomissure remplit ses cavités nasales, puis ses poumons. Il hoqueta plusieurs fois, s'étouffa, puis perdit connaissance.

Inexorablement, les poignards continuaient leur abominable besogne.

Première partie

Chapitre I

Souvenirs, souvenirs !

J'étais, comme à l'accoutumée, vautré sur le canapé à zapper sur les chaînes thématiques de Canalsat, lorsque le téléphone sonna. Quelque peu agacé par cette intrusion dans mon oisiveté, je tendis la main et m'emparai du combiné.

— Oui ?

— Fred ! Oui, c'est Max ! Il faut absolument que je te voie. C'est sérieux, j'ai de sacrées emmerdes. Je vais avoir besoin de toi.

— Raconte !

— Non, pas au téléphone. Rejoins-moi dans une heure à *La Sirène.*

— Ok. J'y serai, tu peux compter sur moi. À tout de suite ; enfin, accorde-moi le délai de la route.

Voilà que je devais aller à Bordeaux ; ça me faisait royalement chier ! Depuis mon domicile, situé en pleine forêt médocaine, il fallait environ une heure pour se rendre au bar habituel de Max. En ronchonnant, je sautai dans ma Mercedes. La route communale qui menait au village était déserte et sur la départementale qui conduisait à Bordeaux, je ne croisai que les rares travailleurs qui en cette fin d'après-midi de la mi-août, rentraient chez eux. Qu'est-ce qu'il pouvait bien me vouloir Max ? Il avait l'air inquiet, ce n'était pas dans ses habitudes. C'était mon meilleur pote, et mon employeur temporaire ; mais il était surprenant qu'il m'appelle à son secours. Max ce n'était pas le genre à solliciter de l'aide pour des bricoles.

D'habitude, il ne m'appelait que pour me confier du boulot ; jamais pour des emmerdes ; il était de taille à se démerder tout seul et ça se faisait toujours dans l'anonymat. Ça sentait pas bon.

Tout en roulant, je me remémorai ma première rencontre avec lui. Si nous étions devenus comme cul et chemise, notre relation avait très mal commencé. À l'époque, il s'en était fallu de peu pour que ça ne finisse en kermesse sanguinolente ; du style *Massacre à la tronçonneuse* version franchouillarde. Les événements à l'origine de notre rencontre n'avaient pas été ordinaires ; mais Max n'était pas un mec ordinaire – d'ailleurs les mecs ordinaires m'ont toujours fait gerber.

* * *

Cela s'était passé il y avait un peu plus de cinq ans, dans une période où j'étais en pleine déprime. Je vivais alors la passe la plus noire de ma vie, cela faisait quelque temps que je touchais le fond et avec résignation, je ne manifestais pas la moindre volonté pour essayer de rejoindre la surface. Je me complaisais dans un univers glauque où le moindre sourire me coûtait.

Ce jour-là, c'était décidément un jour de merde, un de ces jours où tout va mal. En fait, pour moi, il n'y avait pas que ce jour qui n'allait pas ; cela faisait des mois que je galérais. Depuis le départ de Claire, plus rien ne tournait rond. Avec la même douleur qu'un camé en manque, je déambulais tel un zombie en ressassant inlassablement l'inanité et l'insignifiance de mon existence. Cette journée-là n'avait pourtant rien de particulier, c'était une journée comme les autres ; une journée pour rien. Comme dans la chanson de Goldman : « encore un matin, un matin pour rien ». Et ça faisait six mois que pour moi, les matins s'ouvraient sur rien ; sur le néant et la désolation. Plus de projet, plus d'envie, pas le moindre fantasme. La rupture avec la femme de ma vie m'avait sonné comme l'aurait fait un *uppercut* en pleine poire pour un boxeur.

Emploi du temps ordinaire d'un oisif dépressif : un rendez-vous à l'ANPE (pour la forme), puis tournée des bars, à la recherche de quelque chose qui n'arrivait jamais. Après plusieurs dizaines de bières et de pétards à honnir le destin avec des potes d'infortune, je rentrai chez moi, ce jour-là, en début de soirée. Au volant, je réfléchissais aux solutions que je pourrais trouver pour dissiper mon désœuvrement et gagner le minimum de fric nécessaire à ma subsistance, quand ce fut mon antique bagnole du moment qui me posa un nouveau problème. Certainement harassé par les deux cent cinquante mille kilomètres affichés au compteur, le moteur de ma vieille Renault 19 se mit à toussoter. Je débrayai et accélérai plusieurs fois ; il cafouilla… puis s'arrêta.

— Et merde ! Il ne manquait plus que ça ! hurlai-je en tapant rageusement sur le volant.

En roues libres, je laissai glisser la voiture sur le bas-côté de la route. Je tournai plusieurs fois la clé pour actionner le démarreur mais rien n'y fit. Cet enfoiré de moteur de merde refusait obstinément de redémarrer.

Je me trouvais à environ quatre kilomètres de mon domicile : insultant les ingénieurs de chez Renault, le peu de fiabilité de leurs Diesel et moi-même pour mon omission des deux dernières vidanges, ainsi que de tout contrôle du niveau d'huile, je décidai de continuer la route à pied.

Nous étions à la mi-septembre et malgré l'heure tardive, il faisait encore chaud. Sur ce tronçon de route communale, il n'y avait pratiquement pas de circulation et la probabilité d'être pris en stop par un automobiliste était quasiment nulle. Je croisai une piste cyclable que je connaissais bien et qui raccourcissait considérablement mon parcours. Je l'empruntai et, toujours furieux, j'accélérai le pas.

Vraisemblablement pour me faire un peu plus mal, je me repassai au ralenti le film de l'acte fondamental, celui qui fut le plus déterminant de mon existence : ma relation avec Claire.

Claire et moi, nous n'étions pas du même monde. J'étais issu d'un milieu prolétarien et j'avais grandi à Bacalan, le quartier nord de Bordeaux. Un de ceux que l'on appellera plus tard une zone défavorisée. Le genre qui foisonne autour des grandes métropoles. Dans ces lieux hostiles, désertés par la bienséance, on distribuait plus facilement du coup de boule que de la main tendue ; et quand la main se tendait c'était moins souvent pour faire le signe de croix, que pour diriger un doigt bien raide vers les flics, le pouvoir ou la bourgeoisie.

Claire était aux antipodes de tout cela : c'était une Parisienne issue d'une famille aisée, fille d'un agrégé en lettres et philosophie et d'une avocate. Elle avait fait des études de sociologie, avait appris la philo, pour finalement se spécialiser dans l'anthropologie sociale et culturelle. Ces mots étaient pour moi aussi abscons que l'hébreu car à cette époque, j'ignorais jusqu'à l'existence de telles disciplines et lorsqu'elle m'expliqua ses spécialités, je me contentai de hocher la tête en prenant une mimique admirative.

L'endroit même où nous nous étions rencontrés n'était pas un de mes lieux de prédilection. Cela s'était passé au cours d'une exposition d'art contemporain où, venu là par le plus grand des hasards, je contemplais une sculpture censée représenter une femme, dont il était impossible de discerner le recto du verso. Par-dessus mon épaule, une voix douce et sensuelle m'avait demandé comment j'interprétais cette œuvre. Me retournant, j'avais eu la surprise de découvrir avec ravissement une piquante brune aux cheveux courts dont les yeux couleur d'aigue-marine m'avaient immédiatement englouti. Je me souviens lui avoir répondu que si les femmes avaient depuis toujours été façonnées de la sorte, l'humanité ne compterait pas six milliards d'individus. Elle avait ponctué ma remarque d'un rire qui m'avait totalement subjugué.

— C'est une évidence, pour espérer se reproduire, il est conseillé de bien différencier le devant du derrière.

Et en plus, elle avait de l'humour.

De passage à Bordeaux pour participer à un colloque sur la démographie galopante, elle s'était retrouvée embrigadée par un groupe d'étudiants qui l'avait conduite dans ce vieux musée où les œuvres modernes contrastaient cruellement avec l'austérité des lieux. De courtoisies en plaisanteries, nous avions très vite sympathisé. Au point qu'elle avait abandonné ses compagnons pour continuer la visite en ma compagnie. À la sortie du musée, elle avait manifesté son désir de découvrir la cité de Montaigne. Je m'étais engagé dans la brèche et lui avais assuré qu'étant natif de Bordeaux, il lui était vain de chercher un meilleur guide que moi.

La suite s'était passée comme dans un téléfilm touristique ; on nous vit admirer le Grand Théâtre, ses monumentales colonnes et ses magnifiques sculptures, puis traverser la place des Quinconces pour contempler le monument des Girondins et les fameux chevaux de bronze. Notre périple s'était terminé sur les quais de la Garonne où nous avions observé les péniches et, en toile de fond, le *Colbert* si cher au Général de Gaulle ; un croiseur désaffecté converti en restaurant. J'étais ravi, conquis et plein d'espoir. D'autant qu'un observateur attentif eût pu constater un notable changement dans nos rapports : nous déambulions à présent main dans la main.

Le soir même, ce fut à la table d'un prestigieux restaurant du vieux Bordeaux, devant une délicieuse entrecôte à la sauce poivrée, arrosée d'un délectable Margaux de plus de dix ans d'âge, que son charme avait eu raison de mes derniers embarras. Je l'aimais déjà ! De cet amour infini qui nous indique avec certitude que nous aimions une femme bien avant de l'avoir rencontrée.

Nous avions continué la nuit chez moi, où nous étions restés enfermés à tester nos capacités sexuelles durant trois nuits et deux journées complètes. Nous allions du lit à la salle de bain, de la salle de bain au frigo et du frigo au lit ! Au crépuscule du troisième jour, emballée par l'extraordinaire réussite de nos rapports et par la complicité qui nous unissait, elle m'avait dit que si je le souhaitais, elle ne repartirait pas à Paris et resterait vivre avec moi. Enthousiasmé, j'avais hurlé « Oui ! » avant de l'étreindre à presque l'étouffer ! À compter de ces instants magiques, notre union avait duré plus de dix ans.

Avec le temps, mon amour s'était renforcé d'admiration pour son savoir. Nous passions le plus clair de nos soirées absorbés dans des discussions dont je ne me lassais jamais. Claire était très érudite dans bien des matières, ce qui m'avait permis d'apprendre plus de choses avec elle que pendant toute la longue période qui avait précédé notre rencontre. Ma façon même de m'exprimer en avait été influencée, je n'utilisais plus de raccourcis, prononçais les négations et, excepté « Putain », expression bien bordelaise s'il en est, dont je n'arrivais pas à me débarrasser, j'abandonnais les mots usuels et souvent très vulgaires qui avaient ponctué le langage de ma jeunesse. À l'époque, j'étais sclérosé et inculte, Claire était ouverte à tout, elle n'avait eu aucune peine à m'entraîner dans le tourbillon de la connaissance. Elle avait fait de moi un autre homme ; hélas, ce nouveau venu aurait d'insurmontables difficultés à survivre en son absence.

Claire et moi, cela avait pourtant été une belle histoire. Nous nous étions aimés comme personne ; du moins, je l'avais aimée comme personne ; elle aussi, je pense. Et puis la vie, mais surtout ma conduite irresponsable avaient brisé cette merveilleuse harmonie que j'avais eu la naïveté de croire indestructible. J'avais compris depuis que lorsqu'on a rencontré le véritable bonheur, on est rarement conscient de ce somptueux cadeau du destin et on ne peut imaginer que nos actions irréfléchies peuvent à tout moment le mettre en danger. Cela, on ne le comprend qu'après-coup, quand tout est irrémédiablement cassé.

À l'époque, certainement grisé par ma réussite avec Claire et vraisemblablement tenaillé par le démon de la quarantaine, je ne pouvais pas m'empêcher de courtiser à tout va, fréquentant des lieux où j'eus tout le loisir de multiplier les contacts. N'étant pas le sosie d'Alain Delon, ces rencontres n'avaient pas toutes débouché sur quelque chose, mais un jour, j'avais fini par rencontrer la femme qui me conduisit à ma perte. Elle était belle ! et terriblement sensuelle ; un corps de rêve, une somptueuse chevelure blonde qui lui tombait sur les épaules, avec en prime un visage d'ange dont les yeux couleur émeraude, principalement dans l'intimité d'une chambre d'hôtel, savaient si bien me faire fondre. Elle était mariée à un austère cadre de l'administration et comme elle ne travaillait pas, nous passions des journées entières à faire des galipettes dignes des meilleures pages du Kâma-Sûtra. Notre liaison était sa première aventure extraconjugale et n'ayant pas eu de rapport d'adolescente, elle était, pour tout ce qui concernait le sexe, d'une adorable naïveté. J'avais pris un plaisir pervers à la dévergonder et j'étais parvenu à la convertir en une véritable poupée d'amour. Elle n'était jamais assouvie et avait progressé bien au-delà de mes espérances. J'avais très vite été dépassé : en dépravation, l'élève surpassait copieusement le maître. Elle prenait parfois des initiatives et me proposait des pratiques sexuelles qui faisaient de mes plus torrides fantasmes d'affligeantes banalités. Je l'avais dans la peau – j'avais vraiment commencé à déconner. Fou de désir pour elle, je ne pensais plus qu'à son corps et au plaisir qu'il me procurait. Faisant fi de toute prudence, nous nous rencontrions plusieurs fois par jour et éprouvions d'indicibles difficultés à briser l'harmonie charnelle qui nous unissait.

Lorsque Claire l'avait appris, vraisemblablement informée par quelqu'un qui nous voulait du bien, elle n'avait pas fait d'esclandre, faisant seulement montre d'une grande tristesse. Elle avait réfléchi longuement, puis m'avait dit d'une voix neutre, comme si cette histoire arrivait à des étrangers :

— Tu as envie d'autre chose ? Tu veux vivre le grand

amour et je ne suis plus celle qui peut te l'apporter. Dix ans, c'est long et nous avons eu la chance de connaître le bonheur. Tu sais Fred, très peu de gens ont la chance de connaître le vrai bonheur ! Je te remercie pour ces merveilleuses années, mais comprends que le bonheur est éphémère et qu'il convient de savoir se contenter de ce qui nous a été accordé. Aujourd'hui, il est temps de faire le bilan et d'en tirer les enseignements, même s'ils te paraissent cruels. Tu n'es pas à moi et je ne serai jamais à toi, alors, le moment est venu de nous séparer, nos chemins suivent des voies différentes.

— Mais non, ce n'est rien. Ça passera. C'est toi que j'aime. C'est avec toi que j'ai envie de passer le reste de ma vie, de construire une famille, de bâtir un avenir solide.

— Tu vois bien que tu ne sais plus ce que tu veux réellement ! C'est la première fois que tu me parles de construire une famille. Était-il nécessaire que tu rencontres une autre femme pour avoir envie de me faire un enfant ?

Nous avions discuté sans résultat toute la nuit et au matin, Claire avait pris sa décision. Elle croyait fermement à la destinée préétablie et pensait que notre séparation était écrite depuis toujours. Elle allait partir. Cela faisait des années qu'elle brûlait de parcourir le monde et c'était par amour pour moi qu'elle avait mis ses désirs en veille. J'avais tué son amour, alors, comme plus rien ne la retenait, elle allait enfin réaliser son rêve d'adolescente.

— Tu n'as plus besoin de moi et la planète compte suffisamment de miséreux pour me permettre de me rendre véritablement utile. Sache tout de même que tu es le seul homme que j'aie vraiment aimé.

Elle était partie le lendemain et sur l'instant, j'avais réalisé à quel point elle allait me manquer. La maison m'avait paru désolée et tous les objets s'étaient mis à me parler d'elle.

Bien sûr, dans les jours qui avaient suivi, j'avais cherché à me persuader que j'arriverais bien à l'oublier, que d'autres la remplaceraient, qu'irrémédiablement, le temps cicatriserait les blessures, mais les mois passant, le manque s'était fait omniprésent et l'absence de Claire avait accaparé toutes mes pensées. Comment parviendrais-je à vivre sans elle ? Que de fois mon cœur ne s'était-il pas affolé en apercevant une chevelure brune qui eût pu être la sienne. Je me souviens même avoir couru comme un fou derrière une jeune femme, l'avoir attrapée par l'épaule et à sa surprise, avoir marmonné piteusement « excusez-moi, je vous avez prise pour quelqu'un d'autre. »

Je mesurais alors l'ampleur et les conséquences de mon inconduite. J'avais rencontré l'être qui me correspondait, j'avais eu cette chance inouïe, réservée à bien peu de privilégiés, et comme un con, par concupiscence, je l'avais gâchée.

Malgré ses multiples appels, je n'avais jamais cherché à revoir ma blonde et ardente conquête – elle me rappelait trop mon incommensurable bêtise. Depuis, je menais une vie monacale où l'alcool et le shit me tenaient lieu de sexualité. Chaque jour, je m'enfonçais davantage dans le désespoir et mes lieux de prédilection étaient devenus les bars où je ne risquais assurément pas de croiser quelqu'un capable de m'aider à oublier Claire.

J'avais mal ! Putain de merde ce que j'avais mal ! Ma poitrine était devenue trop étroite pour mon pauvre cœur en détresse, je respirais comme un asthmatique, ne dormais plus et en deux mois, j'avais perdu six kilos. Je ne me rasais plus que tous les quatre jours et même la douche quotidienne était devenue hebdomadaire. Plusieurs fois, j'avais tenté de mettre fin à mon calvaire, mais lâcheté oblige, au dernier moment, je m'étais toujours dégonflé. Pas facile de balancer sa voiture contre un camion, de laisser le robinet du gaz ouvert ou d'enjamber le parapet du pont d'Aquitaine. Le pont d'Aquitaine tiens ! Parlons-en, j'avais bien essayé. Mais alors que je me trouvais à cheval sur le parapet, les testicules laminés par la rambarde en métal, j'avais réalisé le ridicule de la situation et j'avais été pris d'un fou rire monumental qui m'avait ôté toute détermination suicidaire…

J'avais depuis toujours été attendri par ces chevaliers de la passion qui pouvaient cesser de vivre pour l'amour d'une belle. Mais je n'aurais jamais imaginé que cela pût m'arriver. En ce début de troisième millénaire, on pouvait encore mourir d'amour : ce constat me rassurait, il prouvait que le progrès n'avait pas transformé les hommes en machines ; j'en étais la preuve vivante, souffrante, mais encore momentanément vivante.

Sur les conseils d'un collègue de travail, j'étais même allé voir un psy.

— Si ça ne te guérit pas, ça ne peut pas te faire de mal, m'avait-il assuré.

Dans la salle d'attente, en observant le papier peint ringard et les minables copies d'œuvres d'art qui le décoraient, j'avais failli partir vingt fois et vingt fois je m'étais répété ces paroles : « Reste, ça ne peut pas te faire de mal. »

Dès l'entrée dans son cabinet, j'avais tout de suite vu que ça ne collerait pas. Le praticien avait une gueule qui ne me revenait pas. Petit maigrichon, approchant la cinquantaine, portant des lunettes demi-lunes sur un nez pointu, il m'avait fait penser à de Funès ; jamais je n'aurais pu prendre ce charlot au sérieux. Il m'avait fait asseoir dans un somptueux siège en cuir et m'avait demandé les raisons de ma venue. D'une voix neutre, mais désabusée, je lui avais conté mes déboires. Il m'avait écouté, avait pris des notes et, probablement pour meubler son ennui, dessiné des rosaces sur son calepin. À la fin de mon récit, il avait réfléchi puis, sur un ton docte, m'avait fait part de ses déductions :

— Vous avez subi un grave choc affectif. Ceci est normal, vous partagiez avec votre compagne un amour fusionnel et c'est toujours traumatisant lorsque cela s'arrête. C'est comme si vous aviez perdu la moitié de vous-même. Cette épreuve vous a déstabilisé, vous avez totalement perdu confiance en vous. Il est indispensable que, quoi que vous fassiez, vous retrouviez l'estime de vous. Comprenez-moi, vous êtes rentré dans un processus de dévalorisation de votre « moi intérieur » qui inhibe la part de votre personnalité la plus gratifiante et…

Je ne l'écoutais plus, ce con me parlait de moi, quand j'aurais tant voulu qu'il me parle d'elle. Mais j'étais injuste, comment aurait-il pu me parler d'elle, il ne l'avait jamais vue. Il ne connaissait pas son sourire narquois, pas plus que ses mimiques énamourées. Il n'avait pas pu aimer son parfum enivrant, caresser le velouté de sa peau, il ne s'était jamais noyé dans ses senteurs sensuelles si intenses après l'étreinte. Et il était là à me dire comment je devais faire pour vivre sans elle. Mon « moi intérieur » ! S'il y avait bien une chose dont je me foutais éperdument…

Les oreilles définitivement murées à ses propos, je l'observais. Tout en me parlant, il continuait, sur le papier, sa laborieuse et méticuleuse entreprise. Les rosaces s'ajoutant aux rosaces remplissaient maintenant toute la page. Je m'étais mis à le haïr. De quoi il me parlait, ce connard ! Il me donnait des conseils pour me guérir d'un chagrin d'amour, alors qu'il n'avait vraisemblablement jamais connu cette passion qui vous dévore par son omniprésence, le manque, l'absence, le vide absolu. Lui, il devait avoir une vie tranquille, une bourgeoise rondelette, deux enfants et une femme de ménage. Je l'imaginais jouant au golf ou au tennis une fois par semaine, ou embarquant toute sa tribu dans son Espace pour passer le week-end dans la villa qu'il avait sûrement à Arcachon. Ce bouffon était à l'abri des pulsions qui peuvent mener un homme où j'étais arrivé : dans les abysses du désespoir. Il faisait partie de ceux à qui ça n'arrive pas ; alors comment pouvait-il avoir la prétention de me donner des solutions ?

— … afin de procéder à l'état des lieux, si je puis m'exprimer ainsi, il sera nécessaire que l'on se revoie une dizaine de fois, sachez que je ne suis pas conventionné et que mon tarif est de cinq cents francs la séance.

— Ok, mais avant de me lancer, je vais réfléchir.

— C'est essentiel, mais sachez que vous ne vous en sortirez pas seul. Vous avez besoin qu'on vous aide. Au revoir monsieur Salbor, veuillez régler à l'accueil.

Je m'étais abstenu de lui dire qu'à cinq cents balles la séance, ce n'était plus de l'aide mais un véritable racket. Non seulement, je n'avais rien écouté, mais ce blaireau m'avait passablement énervé et pour un peu, je lui aurais fait bouffer son calepin et toutes les rosaces qu'il contenait. Inutile de préciser que je n'y retournai jamais.

Au boulot non plus ça n'allait pas vraiment. Je travaillais dans une entreprise de travaux publics où j'étais conducteur de travaux et, alors qu'auparavant tout le monde m'appréciait, en quelques jours, j'avais fait le vide autour de moi. Je ne supportais plus personne, j'embauchais toujours en retard et j'étais incapable de me concentrer sur le moindre dossier. Mon patron n'avait pas tardé à me convoquer. Cela ne m'avait pas surpris, mais ce fut au cours des minutes qu'avait duré l'entretien que ma carrière professionnelle dans les BTP avait définitivement foiré.

Certes, je m'attendais au pire… Ce petit snobinard avait à peine la trentaine et je revois encore aujourd'hui sa tronche de parvenu lorsqu'en me fixant dans les yeux, il m'avait dit d'un ton glacial :

— Monsieur Salbor, je crois vraiment que vous n'avez pas bien compris pourquoi je vous paye. Alors, ou je me suis mal exprimé sur ce qu'on attend de votre mission, ou, et c'est infiniment dommageable pour vous, vous n'avez pas la capacité de le comprendre. Toujours est-il que depuis quelque temps, tout ce qui vous a été confié s'est soldé par un fiasco !

— Je sais. Excusez-moi, mais en ce moment, j'ai des emmerdes.

— Je m'en fous ! Ce n'est pas mon problème ! C'est le

vôtre. Le mien, c'est de faire marcher une entreprise et de maintenir une cinquantaine d'emplois. On n'est pas à l'Armée du Salut, j'ai des obligations et des comptes à rendre et je ne laisserai pas un bon à rien comme vous ruiner mon entreprise.

Il avait haussé le ton. Si ce petit con de fils à papa avait l'intention de m'impressionner, il se foutait le doigt dans l'œil jusqu'au coude. J'avais tout de même une bonne quinzaine d'années de plus que lui et j'en avais vu d'autres. En plus, je n'avais jamais pu le pifer ; pour moi s'il était à cette place, c'était uniquement parce que papa était né avant lui et avait bien bossé. Ce fut donc sur un ton dédaigneux que je lui avais répondu :

— Il n'y a que ceux qui font rien qui ne commettent pas d'erreur. Moi, je ne me contente pas de contrôler le boulot des autres et même si ce que j'entreprends n'est pas toujours une réussite, j'en fais mille fois plus que vous.

Même plus de cinq ans après, en me rendant au rendez-vous de Max, je me souvenais parfaitement de ses dernières paroles. Tel un diable jaillissant de sa boîte, il s'était levé et rouge de colère, pointant son index dans ma direction, il s'était mis à hurler :

— Vous êtes un parasite et les gens de votre espèce ne méritent pas que…

Je ne sus jamais ce que je ne méritais pas… Mon poing l'avait atteint en plein sur le nez. L'impact avait été si violent que j'en avais ressenti la résonance dans mon poignet et mon avant-bras. Il avait battu des bras, était parti en arrière et en bousculant sa chaise s'était allongé de tout son long sur la moquette. Son pif était en bouillie.

— J'ai horreur qu'on me montre du doigt !

Et j'étais sorti tranquillement en me massant les phalanges. Il est facile de deviner qu'à partir de ce moment-là, je n'étais plus conducteur de travaux et que la seule chose que je pouvais encore conduire, c'était ma vieille Renault 19 qui plus tard allait lâchement m'abandonner sur une route communale déserte.

* * *

Et c'est cela qui, justement, m'avait amené ce soir-là sur cette piste cyclable à marcher en ressassant mes malheurs.

On peut sourire à l'évocation de la loi des séries, pourtant, à ce pathétique moment de mon histoire, j'étais en plein dedans. À la période la plus noire de ma vie allait s'ajouter le plus écœurant événement dont je dus être témoin dans ma chienne d'existence.

Un bruit incongru me fit sursauter. Je m'immobilisai et retins mon souffle. C'était intermittent, ça ressemblait à un mélange de gémissements, ponctués de petits cris que recouvraient des grognements bestiaux. Ça venait d'un chemin situé sur ma droite. Intrigué, je me laissai guider par mon ouïe et m'engageai dans cette direction. À environ une trentaine de mètre, j'aperçus une voiture à moitié dissimulée par les fougères. Il s'agissait d'une fourgonnette C 15 vitrée et, instantanément, dans ma pensée s'échafauda un scénario érotique : dans ce véhicule, allais-je surprendre des amants en pleine activité ? Prudemment, je m'approchai. Les vitres étaient baissées et je pus constater que le véhicule était vide. Sur le qui-vive, je perçus de nouveau les gémissements auxquels se superposait une voix d'homme, au ton péremptoire et vulgaire.

En écartant les fougères, je découvris une scène ahurissante. Il n'y avait pas un, mais deux hommes. Ils étaient à genoux, se faisaient face, penchés sur une pâle forme nue.

J'observai l'écœurant spectacle. Je dis écœurant, parce que j'avais maintenant eu le temps d'évaluer l'abomination de ce que j'avais sous les yeux : il s'agissait de deux enfoirés en train de violer une gamine. Ils étaient assez corpulents et celui qui paraissait le plus âgé coinçait entre ses jambes le haut du corps de la fillette immobilisée à genoux, le visage et les épaules écrasés sur le sol. Il avait ôté son pantalon et ses cuisses velues contrastaient avec le corps lisse et clair de l'adolescente. Il la maintenait fermement, tandis que son acolyte s'activait derrière elle.

En passant entre les arbres, le soleil couchant donnait à la scène une lumière irréelle qu'en d'autres circonstances j'aurais pu trouver superbe, mais là, j'avais plus envie d'homicide que de poésie.

Absorbés par leur triste besogne, les deux violeurs ne me virent pas venir. Celui qui forçait la gamine me tournait le dos. L'autre, qui me faisait face, me regarda ahuri foncer sur lui et il n'eut aucun réflexe pour éviter mon pied qui le frappa à la base du cou. J'avais mis le paquet : sa tête partit brutalement en arrière. Il s'écroula sur le dos et, les testicules à l'air, ne bougea plus. Très rapidement, afin de conserver mon effet de surprise, je me tournai vers le second malfrat. Il était complètement paniqué et les jambes entravées par son pantalon baissé à mi-cuisses, exhibant un volumineux pénis luisant, encore en érection, il essayait maladroitement de se relever en tirant sur son jeans.

Ce fut par où il avait péché, que je décidai de le punir. Ma basket l'atteignit à la base du sexe. J'avais frappé de toutes les forces de ma haine ; toute ma rancœur, toutes mes frustrations, toute ma souffrance accumulées depuis des mois, dans ce coup ! L'homme était costaud, une véritable armoire à glace, mais cela n'y changea rien, mon attaque avait été précise et efficace. Terrassé par la douleur, bouche grande ouverte, d'où ne sortait qu'un ridicule glapissement, il tomba en avant et resta à quatre pattes.

Je reculai pour mieux appréhender la scène. Le premier que j'avais assaisonné ne bougeait toujours pas et la gamine terrorisée s'était roulée sur elle-même en gémissant. Dans une position grotesque, à genoux, face contre terre, le cul à l'air, ma deuxième victime couinait comme un porc devant son saigneur. Il tenait ses parties génitales à deux mains.

— Tu as raison de te les tenir, à mon avis, t'es pas prêt de t'en resservir.

D'un magistral coup de pied au niveau de la tempe, ce fut encore moi qui résolus son problème. L'impact le souleva, il partit en arrière, roula sur le côté puis s'immobilisa dans une position fœtale.

Satisfait de ma performance, je me dis que malgré mes déboires, le manque d'entraînement et les excès en tous genres, je n'avais pas perdu la forme ; ça me rappela le bon temps de ma jeunesse. Dans mon adolescence, alors que la plupart de mes copains jouaient au foot, je pratiquais sérieusement les sports de combat et plus particulièrement la boxe française. J'avais excellé dans ce sport d'une autre époque qui me fascinait. Dans la cité où les bagarres faisaient rage, mon adresse pour détruire mes adversaires avec les pieds m'avait même valu le surnom de « La Savate ».

Je m'approchai de la fillette et, usant de mille délicatesses, j'essayai de la rassurer :

— N'aie plus peur, ils ne peuvent plus te faire de mal. Je vais te ramener chez tes parents.

Je l'assis au sol mais elle détourna la tête et refusa obstinément de me regarder. Son corps d'adolescente à peine pubère était couvert de blessures et de terre. Je récupérai ses vêtements déchirés et tant bien que mal, je l'aidai à se rhabiller, puis la portai jusqu'à la fourgonnette. Dans leur hâte pour assouvir leur bestialité, les deux voyous avaient laissé les clés sur le contact.

Malgré quelques questions posées le plus calmement possible, je n'obtins aucun renseignement, ni sur son lieu de domicile, ni sur son identité ; pas le moindre mot ne sortit de sa bouche, elle ne cessait de pleurer. Je me dirigeai donc vers une gendarmerie.

Les gendarmes médusés me virent arriver, portant dans mes

bras une fillette en pleurs, les membres meurtris et les vêtements en lambeaux. Ils la prirent en charge et appelèrent le SAMU. Je dus décliner mon identité et leur raconter les événements. Ils tinrent un conciliabule et décidèrent de m'embarquer avec eux, afin de gagner rapidement le lieu du délit, dans le but d'essayer d'appréhender les deux scélérats.

Je pris place à bord d'un fourgon, accompagné de deux gendarmes et d'un jeune lieutenant. On me posa encore des tas de questions durant le trajet.

Arrivés sur place, avant même de descendre du véhicule, nous aperçûmes la silhouette de ma première victime ; il n'avait pas bougé d'un millimètre. Un des gendarmes se pencha sur lui et posa sa main sur sa carotide ; il attendit quelques secondes, inclina sa tête plusieurs fois de droite à gauche et nous renseigna :

— Celui-là, il a son compte. Ce qui est sûr, c'est qu'il ne violera plus jamais personne.

Le jeune officier examina le cadavre et acquiesça, puis il se tourna vers son subordonné :

— Vous allez rester là pour sécuriser les lieux. Cherchez des indices et prenez des photos. Nous, nous allons essayer de retrouver son complice. Nous ne l'avons pas rencontré sur la route, il a dû prendre la piste cyclable.

Le fourgon roula à cheval sur l'étroite bande de bitume et dans la lueur des phares, environ deux cents mètres plus loin, nous aperçûmes une bicyclette abandonnée. C'était un VTT de femme et à quelques mètres se trouvait un petit sac à dos. Je criai aux gendarmes :

— C'est ici qu'ils l'ont agressée !

C'était tellement évident que cela fit sourire les gendarmes. Ils enfilèrent des gants de chirurgiens et descendirent prendre quelques photos, ramasser le sac et charger précautionneusement la bicyclette. En remontant dans le véhicule, nous étions tous écœurés ; chacun de nous avait inconsciemment imaginé la scène qui s'était déroulée ici – deux ignobles crapules avaient agressé une insouciante gamine qui rentrait tranquillement chez elle. Ils avaient pris la piste et l'avaient percutée avec leur véhicule. La roue arrière du vélo, tordue en forme de huit, en attestait.

Nous reprîmes la piste pour le voir à peine un kilomètre plus loin : il marchait plié en deux en titubant. Surpris par la lumière des phares, il s'immobilisa et se retourna. Son visage était défiguré par la douleur. Les gendarmes l'encadrèrent et se saisirent de lui. Sans opposer la moindre résistance, menottes aux poignets, il se laissa conduire dans le fourgon. Je croisai son regard, totalement hébété, il ne sembla pas me reconnaître.

* * *

Trois jours après cette lamentable aventure, les gendarmes bouclaient leur enquête. Je dus retourner les voir pour signer ma déposition. Je fus effaré par ce qu'ils m'apprirent. Les malfrats étaient deux repris de justice. Le plus vieux, dont le cadavre gisait à la morgue, était un ancien proxénète qui avait jadis bastonné gravement une de ses protégées. Il avait été condamné à plusieurs années de prison pour coups et blessures. L'autre avait été inculpé pour plusieurs viols, mais par manque de preuve, les analyses génétiques n'étant pas encore généralisées, il avait bénéficié d'un non-lieu. Mais le pire était que les enquêteurs avaient découvert que ces immondes ordures avaient déjà perpétré un autre viol sur une mineure, qu'ils avaient ensuite assassinée, dissimulant son cadavre dans les broussailles. Le mode opératoire était le même que dans cette affaire : ils s'en étaient pris à une gamine circulant à bicyclette sur un chemin désert.

Je ne suivais pas assidûment l'actualité mais je me souvenais parfaitement de la description qui avait été faite par un journaliste de la télévision régionale. Un promeneur avait découvert dans des fourrés le corps nu et mutilé d'une fillette de quatorze ans. Ce meurtre particulièrement odieux avait eu lieu dans un massif forestier assez proche de Bordeaux. Et malgré d'importantes forces de gendarmerie mobilisées sur cette enquête, les recherches étaient restées infructueuses.

Ainsi, par les facéties d'un hasard salutaire, c'était moi, l'inutile qui ne croyait plus en rien, qui avais mis un terme aux activités de ces deux *serial killers*. Je réalisai que j'avais sauvé la vie de la gamine car il était certain qu'une fois rassasiés, ils lui auraient définitivement cloué le bec.

Quant à la petite, les nouvelles n'étaient pas brillantes. Elle s'appelait Laetitia. L'agression l'avait sérieusement traumatisée. Pour le moment elle était dans une maison spécialisée où la suivait un psychiatre. On ne pouvait présumer des séquelles de l'agression. Le voyou survivant n'allait pas bien non plus ; mon coup de pied au bas-ventre l'avait pratiquement émasculé et celui à la tempe avait fait de tels dégâts dans son cerveau qu'il resterait probablement gâteux pour le restant de ses jours.

* * *

Loin de me remettre sur les rails, cette aventure m'avait fait tout de même un peu oublier mes misères et ces interminables lamentations sur mon sort. Cela me rappelait un aphorisme de mon vieux « Si tu veux oublier tes misères, occupe-toi donc de celles des autres ! »

Pendant les mois qui suivirent, je me rendis souvent au chevet de Laetitia. Elle récupérait lentement. Au fil des visites, entre elle et moi, une immense tendresse s'installa, je lui apportais un réconfort que réciproquement elle me retournait. Chaque rencontre était bénéfique et nous régénérait. J'avais aussi fait la connaissance de ses parents ; des gens charmants, tous deux enseignants, avec qui je sympathisai. J'étais leur héros et ils me vouaient une reconnaissance sans bornes. Bref, j'allais légèrement mieux.

Chapitre II

Et Max dans tout ça !

J'y viens. Cette histoire aurait bien pu s'arrêter là, mais le destin en avait décidé autrement.

Un soir, je reçus un coup de fil d'un vieux copain que j'avais perdu de vue depuis plusieurs années. Marceau, c'était son prénom ; à l'époque on le surnommait « Le Chacal », parce qu'il était toujours à l'affût d'une affaire ou d'un bon coup. On disait de lui que, tout petit, on l'avait jeté au plafond et qu'il y était resté accroché. Ensemble, nous avions souvent donné du poing, de la tête ou du pied. Faut dire que dans les *seventies*, tous les deux, nous formions une sacrée paire et que la baston ne nous dérangeait pas. L'amitié, Marceau et moi, nous l'avions apprise dans les castagnes, ensemble nous n'avions peur de rien et dès la première gifle, nous étions d'une efficacité redoutable. Plus d'une bande de « blousons noirs », c'est comme cela qu'on appelait les loubards de l'époque, l'avait appris à ses dépens. Dès que ça dégénérait en distribution d'osselets, nous ne craignions personne ; même pas les flics.

Bref, c'était du passé et ce soir-là, quelle ne fut pas ma stupeur d'entendre la voix du « Chacal ».

— Salut Fred ! Ne sois pas surpris de mon appel. Ça fait une paye qu'on ne s'est pas vus, mais si je t'appelle, c'est pas par nostalgie du passé, c'est que dans certains lieux ripoux, j'ai entendu causer de toi et pas en bien. C'est pour te prévenir.... Il y a danger pour toi....

— Vas-y, raconte ; que pourrait-il bien m'arriver de fâcheux ?

— Tu sais, le mec que tu as assaisonné l'autre jour. Ton agression a foutu un tel bordel dans ses connexions cérébrales, qu'il va gober les mouches jusqu'à la fin de sa vie.

— Et alors, c'est qu'une saloperie de violeur ! Il n'a que ce qu'il mérite. Qu'il crève !

— Ok Fred, moi, je suis d'accord avec toi, mais c'est pas lui le problème. Le problème c'est qu'il a un frangin plus âgé que lui, que ce frangin est un ponte du milieu… et qu'il a été contrarié par la décadence de son protégé.

— Et alors ?

— Alors, y a des mecs qu'il vaut mieux pas contrarier. Lui, il en fait partie. Il te cherche pour te faire la peau…. Il a juré de te découper en rondelles… Et c'est un mec qui a la réputation de toujours tenir ses promesses. J'ai entendu dire qu'il aurait même lancé un contrat sur ta tête.

— Comment as-tu appris ça ?

— Tu sais, moi, j'ai jamais décroché du milieu. C'est mon jardin et j'y connais la flore et la faune, les bonnes et les mauvaises espèces. Et le mec en question, dans les végétaux, ce serait plutôt une plante carnivore, chez les serpents un cobra et si c'était un félin, ce serait un tigre mangeur d'hommes.

Décidément, je me dis qu'avec cette déplorable histoire, je ne risquais pas de m'ennuyer. Cela me fit sourire, assurément, ça tombait bien ! Le destin est particulièrement facétieux, moi qui depuis des mois cherchais à en finir ! Voilà que quelqu'un se proposait de m'envoyer dans l'autre monde. Je réfléchis et rapidement je décidai de prendre l'initiative en allant au-devant des emmerdements. Les mangeurs d'hommes, moi, en ce moment, j'en étais friand ! Et Marceau m'ouvrait l'appétit.

— Merci Marceau, tu es sympa de ne pas oublier les copains. Je te revaudrai ça. Si tu veux me rendre un autre service, file-moi tous les renseignements que tu pourras trouver sur ce mec ; où il crèche, avec qui il vit, qu'est-ce qu'il fait et où je peux le trouver.

— Je ne sais pas très bien ce que tu veux faire, mais ça marche, je te rappelle demain soir.

* * *

Le lendemain, il me rappela. Il avait toutes mes infos mais préférait me rencontrer devant un bon repas.

— Ok ! À tout de suite, *Chez René*. Tu te souviens où c'est ?

— Je suis pas encore amnésique.

— Ça nous rappellera le bon temps. Au fait, ça s'appelle plus *Chez René*, c'est devenu *Chez Fanfan*.

* * *

Dès mon entrée chez « René-Fanfan », un vieux resto en bordure des docks, je retrouvai le savoureux bordel de naguère. La clientèle avait pourtant bien changé : les camionneurs et les VRP avaient remplacé les dockers et les marins, mais cela n'avait pas bouleversé les habitudes et l'ambiance bonne franquette, ponctuée de blagues franchouillardes et de rires gras, était restée identique à celle du passé.

Perchée sur d'immenses talons aiguilles, une blondasse quinquagénaire binoclarde, dont la jupe ultra-courte laissait voir des cuisses potelées encore capables de faire baver la clientèle, faisait le service avec une impressionnante efficacité. Absorbé par ses circonvolutions qui n'étaient pas sans déclencher en moi un certain émoi, je ne vis pas entrer Marceau et quand je relevai la tête, il était planté devant ma chaise. Je fus tout d'abord un peu surpris par son allure. Sa silhouette s'était pas mal épaissie et son look avait considérablement changé. Lui qui dans les années soixante-dix arborait une abondante chevelure noire et ondulée descendant jusqu'au milieu du dos, avait aujourd'hui le crâne lisse et rasé, ce qui mettait en évidence son impressionnante barre de cou et l'hypertrophie de ses trapèzes. Il semblait beaucoup apprécier les bijoux en argent, car on retrouvait ce métal autour de son cou, sous la forme de deux énormes chaînes et à son oreille gauche où il portait trois gros anneaux. Pour parfaire sa panoplie, son poignet droit s'ornait d'un massif bracelet africain et ses doigts étaient tous garnis de bagues plus volumineuses les unes que les autres. Il était vêtu d'un débardeur noir où était imprimée la satanique et emblématique silhouette d'Iron Maiden. Et pour accentuer encore plus son allure patibulaire, à l'épaule droite il exhibait un impressionnant tatouage représentant un totem indien aux couleurs resplen-dissantes. Marceau avait vraiment l'air de ce qu'il était : un loubard d'un quintal sur les panards de qui il valait mieux ne pas s'égarer. Malgré cela, il avait conservé ce regard rieur et malicieux qui avait jadis séduit tant de femmes. Il me tendit chaleureusement la main.

— Salut Fred, content de te voir. Sacrée vieille fripouille, t'as pas changé !

— Toi, par contre, je ne sais pas si je t'aurais reconnu.

— Espèce d'enfoiré ! C'est pas sympa de me faire remarquer que j'ai pris vingt kilos.

— T'as aussi perdu quelques cheveux !

Il prit place en face de moi.

— Tu reconnais ? Malgré le changement de proprio, ça a pas trop changé.

— Il est devenu quoi René ?

— Il a pris sa retraite. Et devine qui a repris ? Me dis pas que tu l'as pas reconnue.

— C'est la blonde qui sert ?

— Ouais, Fanfan ! Putain merde, tu te souviens. Celle qu'on appelait « Trois-Voies », parce qu'elle était toujours disponible pour les concertos à plusieurs !

— Françoise, la fille du buraliste ? Si je m'en souviens ! c'est avec elle que j'ai perdu mon pucelage.

— Ouais, elle est restée au quartier et à la quarantaine bien sonnée, elle s'est maquée avec un vieux qu'avait un peu de tune et elle a racheté le resto de René. Faut dire qu'elle connaissait le bisness, ça faisait quinze piges qu'elle bossait avec René.

— Elle a changé, je ne l'aurais pas reconnue, d'abord, elle était pas blonde et ne portait pas de lunettes. Elle a de beaux restes et je constate qu'elle a toujours la forme. Quel dynamisme !

— Pas étonnant, dans sa jeunesse, elle a été bien graissée ! Et le lubrifiant ça conserve ! et il éclata d'un rire gras qui me replongea dans les années perdues.

— Putain, Marceau je vois avec plaisir que côté tact, tu es toujours au point.

— Ben quoi, la Fanfan, si tu te souviens, fallait pas lui en promettre, on y est tous passés et d'après mes sources, aujourd'hui encore, quand le rideau est baissé, elle crache pas sur une petite partouze. Tiens, on arrête de déconner, la voilà.

Bloc en mains, ladite Fanfan s'approcha de la table et sourit à Marceau :

— Salut Marceau, ton pote et toi, vous voulez manger quoi ?

— Mon pote, tu le reconnais pas ?

Dubitative, elle m'observa, fronça les sourcils et subitement s'illumina :

— Fred ! Putain ! Fred, que ça me fait plaisir de te voir ! Sale enfoiré, on te croyait mort. T'étais où ? En Australie ?

— Non, j'ai pas bougé de la région.

— Alors, t'es encore plus enfoiré que je pensais. Bon tu me raconteras ça après le service, là j'ai trop de boulot. Vous voulez becter quoi ? L'apéro est offert par la maison.

Elle prit nos commandes puis faisant un détour par le bar, nous ramena deux Ricard.

Marceau but une gorgée, puis me donna le détail de ses investigations.

Le truand que ma présence sur terre semblait déranger s'appelait Maximilien Estival mais il était plus connu sous le diminutif de Max. D'après Marceau, c'était une armoire à glace, un véritable colosse. Un ancien boxeur poids lourd de plus d'un quintal, et qui avait une réputation de brute asociale. Il avait, paraît-il, dessoudé pas mal de mecs, certains à coups de poing, et dans le milieu, il faisait flipper les plus coriaces. Côté bisness, il possédait un garage et son boulot officiel, c'était la vente des voitures de luxe d'occasion.

— Vu son train de vie pharaonique, m'expliqua Marceau, les mauvaises langues affirment que c'est qu'une couverture et que les bagnoles qu'il vend, il doit pas les payer trop cher... Je les comprends, ce mec est le roi de la frime et ses démonstrations de richesse sont impressionnantes : luxueux immeuble à Caudéran, près du Parc bordelais, somptueuse villa sur la Côte d'Azur, splendide yacht avec un emplacement dans le port d'Arcachon. Et c'est pas tout, le gus se déplace pas en mobylette, il dispose de trois voitures plutôt sympa : une Jaguar plus deux américaines, dont une Limousine, une Cadillac comme celles que tu vois dans les films.

Pendant l'apéro, j'appris aussi qu'il vivait avec une ancienne prostituée qu'il avait d'ailleurs récemment épousée en grande pompe ! De plus, il avait en charge une fille qui partageait leur demeure. Une gamine d'environ treize ans, issue d'une première liaison.

— Paraît qu'il y tient comme à la prunelle de ses yeux.

Enfin, le Chacal m'apprit que mon illustre ennemi se rendait souvent dans un bar nommé *La Sirène*. C'était sur les quais et il y tenait son QG.

J'étais bien décidé à m'y rendre et à le rencontrer. Et puis on verrait bien ! *Mors ultima ratio* !

— Je te remercie de te donner tant de peine mais, s'il te plaît, rends-moi encore un service. Trouve-moi un bon flingue, mais pas cher, j'ai plus de fric. Ça doit être dans tes cordes.

— Te connaissant, je me doutais que tu allais déconner et chercher des embrouilles à Max. J'ai pris la peine d'en apporter un.

Ce disant, il déposa sur la table un paquet emballé dans du journal.

— Tiens ! C'est ce que j'ai de mieux. Je te le fais à trois mille balles. Tu me le payeras quand tu pourras ; si Max t'en laisse le temps...

— C'est quoi ? C'est du sérieux ? J'ai pas besoin d'un pistolet à fléchettes.

— T'inquiète pas, pour être sérieux, c'est du sérieux. Colt Python 357 Magnum, canon renforcé ; tu pourrais presque tirer des missiles antichars.

Il me débita toutes les caractéristiques et performances de son flingue. Ses yeux brillaient et il me vanta les qualités de l'arme comme il l'aurait fait d'une œuvre d'art.

— C'est le flingue le plus puissant du marché, il n'y a que son grand frère le 44 qui fait plus de dégâts. Avec des balles longues, très chargées, tu traverses un éléphant dans le sens de la longueur et si tu prends les bastos avec des noyaux acier, tu exploses un bloc moteur de voiture... Tu en auras sûrement besoin, mais même avec un bazooka, s'attaquer à Max, c'est de la folie... Je ne suis pas sûr de te revoir intact. Note bien, c'est pas les trois mille balles que j'ai peur de perdre, c'est un pote dont je risque de ne pas reconnaître le cadavre.

Marceau avait toujours été passionné par les armes. À quatorze ans, il possédait déjà un 6 mm à barillet, qu'il avait troqué contre une mobylette piquée la veille devant un cinéma au fils d'un ancien légionnaire alcoolique qui s'était fait virer de l'armée pour avoir participé au putsch d'Alger. Il exhibait son revolver avec l'allure d'un cow-boy du Far West. À l'époque, nous n'en menions pas large, et il y avait de quoi, c'était la première vraie arme que nous voyions. Je le retrouvai là aussi fervent que naguère.

Avec un sourire, je le rassurai.

— Laisse tomber ! ton Max, il ne peut rien contre moi, le pire est derrière moi ; il est difficile de tuer un fantôme.

— Putain Fred ! qu'est-ce qui t'arrive ? Je t'ai connu plus gai.

— C'est rien, je te raconterai. Parle-moi plutôt de toi, qu'est-ce que tu deviens ?

— Je bricole. Tu sais, dans le milieu, y a toujours un mec qui a des besoins particuliers et moi, je suis celui qui peut les satisfaire.

— C'est quoi des besoins particuliers ?

— C'est varié, ça va de la bagnole anonyme pour un coup foireux, à la fourniture du flingue qui va avec le conducteur. Il m'arrive parfois de servir d'agence de l'emploi pour gangsters défavorisés… Je leur refile les bons coups et s'il manque quelqu'un, je conduis la bagnole, ou je fais le pet.

— Et ça raque bien ?

— Pas mal ! C'est proportionnel au risque. Et pour l'argent de poche, je me suis démerdé pour toucher le RMI.

Ce n'était pas pour rien qu'on l'appelait Le Chacal !

— Dis-moi Marceau, avec toutes ces embrouilles, les flics t'ont jamais serré ?

— Non ! C'est pour ça qu'on m'appelle Le Chacal. Oh, je dirai pas que les flics m'ont foutu la paix, j'ai quand même passé quelques heures à Castéja, et à l'époque, les baffes étaient distribuées gratos. Tu te souviens, dès qu'on rentrait dans le poste, on avait droit à la distribution d'osselets ; le pif qui saigne et les côtes douloureuses.

— Pourquoi ? ça a changé ?

— Oui, aujourd'hui, ton avocat arrive dès la première heure, c'est tout juste si les keufs te vouvoient pas. T'as même droit à un casse-croûte…

Fanfan arriva avec les assiettes garnies et les déposa sur la table. Marceau la retint par le bras.

— Tu sais quoi Fanfan, ce con de Fred a décidé de chercher des poux à Max.

— Max, celui à qui je pense ?

— Ouais ! Celui-là même.

— C'est dommage Fred, je m'étais fait à l'idée que j'allais souvent te revoir.

Elle tourna les talons et disparut dans la cuisine.

La tambouille était fameuse et tout au long du repas, Le Chacal et moi nous remémorâmes notre jeunesse.

— Tu te souviens de la BRCL ?

— La Bande Rebelle de la Cité Lumineuse. Bordel, on avait quinze ans ; qu'est-ce qu'on était cons ! Avec nos blousons couverts de clous et nos têtes de mort on se la jouait à la James Dean.

Si je m'en souvenais ! Nous étions alors une vingtaine de gamins désœuvrés à nous réunir aux pieds de la monumentale Cité Lumineuse, une barre de logements sociaux de quinze étages en bordure de Garonne où avaient été entassés les délocalisés du centre-ville et des banlieues surpeuplées et auxquels s'intégraient tant bien que mal les pieds-noirs et les harkis arrivés d'Algérie. Le mélange était détonnant et la baston omniprésente.

— Tu revois des mecs de la bande ?

— Non, y a plus personne au quartier.

— Ils sont passés où ?

— Marco est devenu proxo et il est parti s'installer là où y a de la tune, sur la Côte d'Azur. Tu te rappelles de Riton, celui qu'aimait bien le Ricard ? Ça l'a perdu, il avait acheté un bar sur les quais et ça marchait bien. Y a quatre ans, il est mort d'une cirrhose.

— Et Fredy ?

— Lui, il est en tôle pour quelque temps. Il sautait la femme d'un docker, le mec les a crevés au plumard en train de tringler. Fredy il a pas eu d'autre solution que de flinguer le cocu. Le mec, c'était la terreur des docks, mais quand la balle lui a traversé la tronche, il a préféré mourir de suite et le Fredy, il en a pris pour onze piges.

— Et Jojo ?

— Toi, tu lis pas souvent les journaux ! Le Jojo, y a dix ans qu'il a avalé son extrait de naissance. Pas eu de pot le Jojo. Il était devenu maquereau, avec quatre putes qui tapinaient pour sa pomme. Ça aurait pu marcher longtemps, seulement le Jojo, il avait la main leste et les filles il les dérouillait souvent, et plutôt salement. Alors une nuit qu'il était plus bourré que d'habitude, elles l'ont attaché au plumard, lui ont coupé son service trois-pièces et elles lui ont bourré le tout dans la bouche. Tu te rends compte, le Jojo, il est mort étouffé, en se faisant lui-même une pipe ! Les filles ont bénéficié des circonstances atténuantes et elles ont presque pas fait de tôle.

— C'est triste, mais moi, je ne l'ai jamais aimé le Jojo. Parle-moi de l'Anar, celui qui avait défoncé la bagnole des flics. Ça c'était une flèche, un vrai révolutionnaire, il fait quoi ?

— Je te le donne en mille, il est rentré chez les CRS.

— Merde ! Et les filles de la bande, elles sont devenues quoi ?

Fanfan nous avait rejoints et prit part à la conversation.

— Moi, je revois souvent Dany.

— Bordel ! s'écria Marceau, en voilà une qui a réussi ! Elle s'est fait engrosser par un mec de la haute gavé de fric. Mais elle avait de l'ambition, la Dany, elle est pas restée le cul sur son bidet, elle a monté une chaîne de salons d'esthétique et on voit sa tronche dans tous les magazines. Un sacré numéro, elle prenait plus de nœuds à l'heure que le *France*. Tu te souviens des complots ? Maintenant, ils appellent ça des tournantes. Putain, la différence, c'est qu'avec la Dany, y avait pas viol, elle rechignait jamais ; rappelle-toi Fred, elle les prenait à la douzaine et les ingurgitait trois par trois. Me dis pas que t'y es pas passé ?

— Non mon vieux, je n'ai pas eu ce privilège.

— C'était pas un privilège, tout le monde y avait droit. Me dis pas que t'en avais pas envie. Elle était super canon.

— Trop, beaucoup trop belle, elle me faisait peur, et puis j'étais sûrement trop amoureux d'elle pour la partager.

Fanfan suggéra :

— Tu pourrais aussi lui parler de Régine.

— Ouais, puisqu'on a décidé de faire dans la tristesse. Tu te souviens de Régine. On disait d'elle qu'y avait que le train qu'était pas passé dessus.

— Bien sûr, et alors ?

— Alors, c'est fait. Elle a pas vu le passage à niveau et le train a explosé sa bagnole. Bordel, quand j'ai appris ça, j'ai chialé comme un môme. C'était des sacrés numéros les filles de la bande ! Bordel, qu'est-ce que je peux les regretter !

Les yeux brillants, Fanfan nous sermonna :

— C'est pas les filles que tu regrettes, c'est ta jeunesse qu'a foutu le camp ! C'est passé trop vite ; on a rien compris. Allez les mecs, arrêtons de parler du passé, mes souvenirs sont pas assez reluisants. Ça me fout le blues, je réalise qu'on est devenus des vieux cons qui ont vu passer leur jeunesse et qui font le bilan de leurs ratages. Et des ratages, putain de merde, y en a eu. J'ai pas eu de gosse et il a fallu que je souffle mes quarante-trois bougies pour réussir à retenir un mec qu'aurait pu être mon père. Et aujourd'hui, le mec il est presque liquide. Y me reste que le resto… C'est triste à gerber.

— Te plains pas, fit Marceau, t'as vécu.

— Tu parles, t'appelles ça vivre toi ! J'ai pris des kilomètres de bites et je ne sais toujours pas ce qu'est un orgasme. J'aurais bien aimé que derrière ces bites, il y ait des hommes qui s'intéressent à moi autrement que pour se vider les testicules. Tiens, je vais vous chercher une bouteille de tequila ; ça nous rendra peut-être plus gais.

Lorsque nous partîmes, le restaurant était vide, la bouteille de tequila aussi, mais nous n'avions pas retrouvé la gaieté.

Chapitre III

Ma rencontre avec Max

La Sirène était un bar situé sur les quais à proximité de la cité mondiale du vin. La devanture était vétuste, sans attrait, le genre de bars essentiellement fréquentés par des habitués. Je poussai la porte aux vitres couvertes de poussière et fus assailli par un tintamarre de clochettes. « Ça existe encore ce genre de conneries ! » La salle ressemblait à celles des antiques débits de boisson qui longeaient les quais, dont la plupart dataient de l'époque où Bordeaux était encore une grande escale pour les navires marchands. Les murs étaient couverts de grands tableaux représentant le port à différentes époques. Ce n'était pas les tables rondes en marbre gris, ni les chaises en bois formé qui rajeunissaient l'ambiance. Un gigantesque comptoir en acajou sombre occupait les deux tiers d'un mur. Perché sur un haut tabouret de même nature que les chaises, clope au bec, un client faisait la conversation avec le barman. Plus loin, un loubard s'acharnait sur un vieux flipper où les impressions de pin-up délavées rappelaient les stars platinées des années soixante.

Il était environ vingt-deux heures, le bar était presque vide ; au fond de la salle, grâce à la description que m'en avait faite Marceau, je reconnus tout de suite Max. Il était installé à une table et discutait avec deux autres mecs. Plus petits que lui, leur allure patibulaire me fit supposer qu'il s'agissait d'une partie de ses sbires.

Je m'approchai du groupe et tirai à moi une chaise libre. Dans ma poche, ma main droite serrait fortement la crosse de mon Magnum. Sous son regard médusé et quelque peu agressif, je m'installai à ses côtés.

Il me défia un court instant, puis d'une voix rocailleuse où perçait l'agacement, me lança :

— T'emmerde surtout pas connard ! Tu peux t'asseoir ! Je te connais ? ... Qu'est ce que tu veux ?

Je le regardai calmement et constatai que bizarrement, je n'avais pas peur. C'est fou ce que l'on peut être courageux lorsqu'on est en représentation. J'aimais bien l'image de moi affrontant des forces invincibles. J'étais devenu David défiant Goliath, c'est ce qu'avait dû ressentir le petit Chinois, bien droit dans ses baskets au moment où il bloqua les blindés sur la place Tian an Men. Max, c'était mon tank à moi. Un sacré « bestiau » ! Bien qu'il fût assis, j'estimai qu'il devait mesurer près de deux mètres, avec des épaules de déménageur. Le plus impressionnant, c'était sa tête rasée et son large front massif d'où ressortaient des arcades sourcilières proéminentes qui lui donnaient un air néandertalien. Des petits yeux plissés à peine visibles encadraient un nez aplati ; témoignage indiscutable des nombreux coups reçus sur les rings. Ses pommettes étaient décorées de nombreuses cicatrices et son oreille gauche, en chou-fleur, s'ornait d'une épaisse boucle en or.

Sous la table, je sortis mon flingue et lui plaçai entre les jambes. Je le fixai dans les yeux et d'une voix tranquille je lui dis :

— Du calme Max, une seule question à la fois. Tu vas vite comprendre… Je ne m'appelle pas Connard, je suis Frédéric Salbor ; celui que tu cherches. Mais si tu bouges, tu retrouves tes couilles derrière le comptoir. Dis à tes copains qu'ils aillent voir ailleurs si on y est, on a des choses à se dire en tête-à-tête.

Max, ce n'était pas un idiot, il comprenait vite. Il baissa le regard sur mon 9 mm. En un éclair, il avait analysé la situation et fit un signe de tête à ses potes. Ahuris, ceux-ci quittèrent la table pour s'installer au bar.

Restés seuls, nous nous toisâmes. Sans sourciller, je soutins son regard. Visiblement, je lui posais un dilemme. Sans doute était-il curieux de savoir pourquoi j'étais venu le provoquer alors qu'il remuait ciel et terre pour me retrouver ?

Ses yeux s'étaient fermés un peu plus et j'apercevais avec difficulté ses pupilles braquées sur moi, ça lui donnait un petit air à la Bronson. Je me dis qu'il devait avoir ce regard-là, sur le ring, juste avant de détruire ses adversaires.

— Qu'est ce que tu me veux ?

Si ce n'était pas un idiot Max, ce n'était pas non plus un trouillard. Le ton était calme et assuré, il était plus intrigué que véritablement inquiet.

— Te mettre au parfum Max. Te dire que si ton frère a morflé, c'est parce que c'était une ordure de la pire espèce, alors comme j'ai appris que tu voulais le venger et me faire un mauvais sort, que tu aurais même engagé un contrat sur ma tête, j'ai décidé de te faire faire des économies, et me voilà.

— Qu'est ce que tu comptes faire ?

— T'expliquer Max ! T'expliquer pourquoi ton frère et son copain n'ont pas eu de pot de tomber sur moi… Tu vois Max quand je les ai rencontrés, ça allait très mal pour moi et j'hésitais à sauter à l'élastique sans élastique. Si je me suis permis d'intervenir dans leurs saloperies, c'est évidemment parce que leur comportement m'écœurait mais aussi à cause du fait qu'à ce moment-là, j'en avais plus rien à foutre de la vie et que j'étais rempli de haine… Attends Max, tu vas comprendre. D'abord, que tu ne peux rien contre moi. Tu te proposes de me descendre ; dérisoire attention ! Je suis déjà mort depuis six mois.

Tout en parlant, je retirai le 357 de son entrejambe, me reculai d'un bon mètre et le posai sur mes cuisses. Ensuite, rapidement, je dégageai le barillet en en éjectant les balles pour n'en laisser qu'une. Puis, dans un cliquetis métallique, je fis faire plusieurs tours au mécanisme.

Ma manipulation avait duré quelques secondes ; fort de ses cent vingt kilos, Max aurait bien pu m'étendre pour le compte, mais j'avais aiguisé sa curiosité et il attendait la suite.

— Comme tu me cherches pour me dessouder, je vais te proposer un jeu où nous aurons les mêmes chances. Tu connais sûrement ; c'est la roulette russe ! C'est même moi qui vais commencer ! Ok ? Et avec un peu de chance, on aura peut-être le temps de discuter un peu et de faire plus ample connaissance.

Je relevai le pétard et engageai le canon dans ma bouche. L'acier froid avait un goût agréable. J'étais conscient que cette action pouvait être la dernière de mon existence, mais je voulais vraiment en finir et intérieurement, je remerciais Max de m'en donner l'occasion, et surtout le courage qui jusqu'alors m'avait tant fait défaut. Mourir oui, mais avec panache ! Mon index pressa la gâchette, mais à part le léger clic du percuteur frappant un logement vide, il ne se passa rien !

Max me fixait toujours, cette fois ses yeux s'étaient bien ouverts et je constatai que sa belle assurance avait disparu. Je décidai de lui en remettre une couche ; je braquai mon Magnum sur son visage.

— Ouvre la bouche !

— T'es dingue !

— Si tu l'ouvres pas j'actionne cinq fois le percuteur et ta cervelle va dégueulasser le mur !

Ahuri, le regard affolé, il entrouvrit les lèvres, j'enfonçai de moitié le canon du flingue dans sa bouche. Je sentis le choc du métal contre ses dents. Dans un silence glacial, nous restâmes quelques secondes immobiles. Le bar s'était pratiquement vidé, il ne restait au comptoir que le barman et les deux malfrats. Ils nous observaient figés, ne sachant que faire pour aider leur Boss. Tout doucement, sur un ton qui se voulait rassurant, je me mis à parler :

— Elle se porte bien ta fille ? On m'a dit qu'elle était très mignonne et qu'elle avait déjà des allures de femme.

Ses yeux s'arrondirent d'étonnement.

— Quel âge a-t-elle ? insistai-je.

Sans attendre la réponse, j'actionnai la détente, le même bruit ridicule se fit entendre, suivi du soupir de soulagement de Max. Je retirai le pétard de sa bouche mais le gardai pointé sur son visage. Il avait perdu de sa superbe, paraissait vidé, ses épaules étaient légèrement tombées et d'une voix asséchée il répondit à ma question :

— 13 ans… Mais pourquoi tu me parles de ma fille ?

— Un an de plus que la gamine que ton frère et son complice étaient en train de violer quand je les ai interrompus.

— Pourquoi tu me dis ça ?

— Pour te divertir Max. Tu vois, pour te distraire, je vais te raconter ce qu'ils lui auraient fait à ta fille, si ce jour-là elle avait décidé d'aller se promener à bicyclette dans la forêt.

— T'es complètement givré ! Ma fille a rien à voir avec ça.

— Peut-être, mais écoute-moi bien ; quand je les ai trouvés, ça faisait un bon moment qu'ils étaient avec la gosse. Elle était épuisée, brisée et ne criait presque plus. Les experts qui l'ont examinée ont certifié qu'elle a été abondamment frappée. Ensuite, ils l'ont violée, à tour de rôle et de toutes les façons imaginables. Et inutile de te décrire la délicatesse dont ils ont fait preuve. Elle saignait, mais ils s'en foutaient, elle hurlait, mais ça les excitait… Ils ont joué avec elle pendant plus d'une heure. Elle les a suppliés mais ça les stimulait. Ce n'était plus des hommes mais des hyènes… Qu'est-ce que t'aurais fait, toi, face à une telle barbarie ? Qu'est-ce que t'aurais fait, s'ils s'en étaient pris de la sorte à ta fille ? S'ils s'étaient servis de ta gamine comme sac à foutre !

J'avais hurlé les derniers mots. Max accusait le coup sans broncher, mais je savais que je l'avais touché ; la fibre paternelle sans doute. J'avais de nouveau positionné le revolver devant mes lèvres.

— Arrête ! Pose ce flingue ! On discute calmement.

Il posa sa main sur mon avant-bras et éloigna l'arme de mon visage. Son intérêt pour mon histoire n'était pas feint et je compris que mon argumentation l'avait quelque peu impressionné.

— Raconte-moi la suite ; mais sans le flingue et sans t'énerver.

— Tu sais Max, la gamine, elle ne sera jamais plus comme avant. Elle est restée autiste presque un mois et les psys qui la suivent sont très inquiets pour son équilibre psychologique. Si je te décris tout ça, c'est pour que tu comprennes que des ordures comme ton petit frère et son copain n'ont pas le droit de vivre, qu'à ma place tu aurais fait la même chose et que de toutes façons, je ne regrette rien. Je suis même plutôt fier de moi.

— Ok ! Je me suis gouré sur ton compte. Celui qui s'aviserait de toucher à ma fille je le passerais à la moulinette, en commençant par les couilles et tout doucement, pour que ça dure longtemps. On m'a mal renseigné et les flics ne m'ont pas donné les détails de l'affaire. J'étais persuadé que les journaux mentaient. Que comme d'habitude, lorsqu'ils tenaient un coupable, ils le chargeaient… Oublie tout ça, j'annule le contrat.

Il me tendit une main énorme, qui engloutit complètement la mienne.

— D'accord Max, on n'est pas obligés d'être potes mais c'est pas nécessaire de se détester.

— Tu comprends, je savais que mon frère n'était pas un ange. Dans sa vie, il a fait que des conneries. Mais jusqu'à présent, rien de bien grave, alors je n'arrivais pas à croire ce que racontaient les journalistes. Il a dû se laisser influencer par son pote. Celui-là, c'était une vraie tache, personne ne le regrettera.

— Si ça peut te consoler, il est mort les couilles à l'air.

Il fit signe à ses deux malfrats de revenir nous rejoindre et me présenta. Ils étaient largués. Leur terrible Boss qui passait l'éponge sur la destruction de son frangin et faisait ami-ami avec son agresseur.

Nous sommes restés boire un whisky et curieux, Max voulut en savoir un peu plus sur moi, sur ma vie et surtout pourquoi je voulais tant en finir avec l'existence.

Je lui racontai brièvement mes déboires amoureux et les raisons de mes difficultés financières. Il m'écouta très intéressé, avant de dire :

— T'as l'air d'un mec réglo, t'as des couilles et tu sais te battre. Je peux avoir besoin de toi. Je t'appellerai.

On s'est serré la main et je les ai quittés. En sortant du bar, j'étais assez fier de moi et pour la première fois depuis bien longtemps je ressentais autre chose que de la lassitude. Encore une fois, je m'en étais bien sorti.

* * *

Dans la période qui suivit, Max m'appela souvent pour me confier des missions ; elles étaient toutes à la limite de la légalité, mais je ne posais pas de questions, c'était bien raqué. Ça me permit de changer de caisse et de me fringuer correctement.

Ce fut à cette époque que je troquai l'épave de ma vieille R 19 et quelques dizaines de liasses de billets de cinq cents francs contre une Mercedes 250 E, et que j'achetai des sweats Rip Curl ou Oxbow plutôt que des sans marque chez Kiabi ou chez Carrefour.

C'est comme ça qu'on est devenus potes Max et moi. Au fil des rencontres, j'appris à l'apprécier ; avec moi, il était réglo et généreux. Il me gardait en réserve et rares étaient les missions où je me trouvais mêlé au reste de la bande. J'étais en quelque sorte son joker, à qui il manifestait une attention particulière. Cinq ans avaient passé et ce soir, Max m'appelait au secours.

Chapitre IV

L'inquiétude de Max

Arrivé à *La Sirène*, que maintenant je connaissais bien, je constatai que Max m'attendait déjà. Il était seul.

— Salut Fred ! Ça va ?

— Moi oui, mais toi apparemment ça n'a pas l'air terrible. Tu me fais penser à quelqu'un qui viendrait de rencontrer un extra-terrestre. Que se passe-t-il ?

— Je vais t'expliquer, mais pour ça il me faut du temps. Prends une chaise. Tu veux boire une bière ?

J'acquiesçai et m'installai à la table. Max commanda les boissons et après un grand soupir commença à parler :

— Tu as sûrement entendu parler des Albanais ; tu sais, ceux qui foutent des putes partout. Ils ont fait main basse sur toute la prostitution de la ville et ils se sont emparés de la totalité du terrain. Les tapineuses du coin ont déserté le trottoir. Faut dire qu'ils ont foutu une telle trouille à leurs proxos que ces charlots se sont barrés installer leurs gagne-pain sur les trottoirs qui bordent les glaciers de la Patagonie.

— S'il y a des trottoirs au pied des glaciers, les clients doivent être un peu froids ? Je déconne ! Elles sont où, les Albanaises ? On n'en voit presque plus.

Alors que le barman nous apportait nos bières, Max fit une pause. Il soupira. Je ne l'avais jamais vu comme ça ; la fatigue marquait ses traits. Il contempla sa pression, prit le verre et but une rasade. La mousse maquilla ses lèvres ; il reprit sur le même ton grave :

— Apparemment, tu vas pas souvent dans le centre-ville. Des putes, y en a partout. Le problème qu'ils ont eu à résoudre, c'est que Bordeaux, c'est pas Marseille, ni Lyon et qu'ici, on n'est plus à l'époque où la police fermait les yeux sur le proxénétisme. Juppé veut faire le ménage ; il a rien à gagner dans ce trafic. Tu comprends, on est plus dans les glorieuses du SAC, où sous couvert d'anticommunisme, le milieu était au service de la droite au pouvoir… Ajoute que les Albanais, ils avaient pas fait d'étude de marché. Ils ont foutu plus de putes qu'y avait de clients. Alors les filles passaient plus de temps sur le trottoir à user leurs godasses qu'à pomper leurs clients. En plus, les flics en voyaient partout, ils étaient pas habitués à ça et ils leur ont mené la vie impossible. Pas facile le tapin aujourd'hui, les proxos albanais étaient obligés de déplacer et de permuter sans arrêt les filles et les clients désappointés se faisaient de plus en plus rares. De plus, à Bordeaux, le coup de grâce est arrivé lorsque Juppé a décidé de s'attaquer aux clients et de les faire poursuive pour attentat à la pudeur et si tu ajoutes à ça la volonté de Sarkozy de démanteler les réseaux de prostitution en interdisant le racolage, même passif, tu comprends leurs difficultés à survivre… Leur terrain de prédilection étant miné, ces sales cons de métèques savaient plus à quel saint se vouer.

— D'accord, mais toi, qu'est-ce que tu en as à foutre ! À ce que je sache, t'es pas proxénète.

— Attends, je vais y venir. Comme la prostitution n'était plus assez rentable, ils se sont tournés vers d'autres secteurs : contrebande de clopes, vente de drogue, racket et surtout, trafic de voitures. Maintenant, tu comprends… C'est là que ça colle plus. Les bagnoles, c'est mon domaine et j'ai pas l'intention de me laisser marcher sur les arpions.

— Ils t'ont fait chier ?

— Un peu ; ou du moins, ils ont essayé. Ils m'ont proposé de racheter mon affaire. Quatre qu'ils étaient ! Et super bien renseignés. Ils connaissaient ma façon de procéder, les mecs qui bossent pour moi et tous mes contacts régionaux. Ils savaient même ce que ça me rapportait.

— Combien ils t'en donnaient ? Je suppose que l'offre était intéressante.

— C'est pas sur le prix que j'étais pas d'accord. Ils me raquaient bien ; très bien même, presque trop. C'est moi qu'ai pas voulu vendre. Mon affaire, j'y tiens, c'est moi qui l'ai créée. En plus, je ne supporte pas qu'on veuille m'imposer ce que je dois faire.

— Alors ?

Max porta la chope à ses lèvres, savoura sa Kronenbourg et prit son temps pour répondre.

— Alors, ils sont partis en me disant qu'ils reviendraient et que j'aurais plus le choix. Tu me connais ; je leur ai dit d'aller se faire foutre.

— Ça c'est passé quand ? Depuis, tu as eu des nouvelles ?

— C'était y a quatre jours. Et les nouvelles je les ai eues deux jours après. Tu regardes jamais les infos régionales, c'est dommage, tu aurais pu voir tous les détails lundi soir. Ils ont fait sauter mon garage ; tu sais, celui que j'ai à Bruges. J'avais huit bagnoles à l'intérieur, il en reste rien. J'espère que les flics seront pas trop pointilleux ; j'avais deux tires braquées. Une Porche 911 et une Mercedes 300.

— Qu'est-ce que tu vas faire ?

— Qu'est-ce que j'ai fait ! Tu connaissais le Gitan, tu sais, le grand sec qui m'accompagnait souvent.

— Oui, je l'ai aperçu une ou deux fois. C'est celui que ses potes surnomment Le Tatoué. Il n'a pas l'air commode, apparemment, même tes mecs en ont une peur bleue.

— Oui Fred, c'est lui, mais sais-tu pourquoi on l'appelle Le Tatoué ?

— Je suppose qu'il a des tatouages.

— Bonne déduction, en effet, il en est couvert, mais c'est surtout parce que dans son dos, sa peau s'orne d'un superbe léopard. Tout en couleurs, il est magnifique ; une véritable œuvre d'art.

— Pourquoi me parles-tu du tatouage du Gitan ? Ça a quelque chose à voir avec notre affaire ?

Nous bûmes chacun une rasade. Je ne doutais pas une seconde de la gravité de ce qu'il allait me révéler.

— Tu vois Fred, c'est dommage que je sois pas branché sur l'art africain parce que avec son tatouage et la peau qui lui sert de support, je pourrais toujours me faire un tableau pour accrocher au mur de mon salon. Le léopard, tendu entre deux flèches Papou, ce serait du plus bel effet… Le Gitan, aussi féroce qu'il ait été, s'est fait liquider en beauté ; j'ai reçu ce matin dans ma boîte aux lettres un paquet-cadeau qui contenait la peau de son dos.

Cette fois, c'était moi qui n'allais pas bien. J'étais abasourdi. Si quelqu'un avait eu le Gitan, ça devait être un sacré costaud et pour l'avoir ainsi torturé, un sacré enfoiré de sadique.

— Qu'est-ce qu'il faisait de particulier, le Gitan ?

— De particulier, rien ; il travaillait pour moi. Après l'explosion du garage, j'ai décidé de contre-attaquer, mais je savais rien sur mes adversaires ; ni où ils créchaient, ni où je pouvais les retrouver, ni même leur nombre. Je voulais savoir à qui j'avais affaire. J'ai chargé Le Tatoué d'enquêter sur tout ce qui les concernait.

Nous vidâmes nos verres. Je vis dans les yeux de Max une immense lassitude. Lui, qui s'était taillé une réputation de patron incontesté du milieu, je ne l'avais jamais vu aussi peu combatif.

— Il avait dû les localiser, mais ils l'ont vraisemblablement repéré et lui ont tendu un piège. J'espère qu'il était mort quand ils ont découpé son tatouage. Tu prendras bien une autre bière ?

— Ok. On a retrouvé son corps ?

— Oui, hier après-midi, dans la Garonne. C'est des

Manouches de son clan qui m'ont prévenu. Les enfoirés qui l'ont torturé n'ont même pas cherché à planquer le cadavre. C'est dire s'ils se sentent peinards. Remarque, un Gitan, tout le monde s'en branle ; dans le journal, ça a même pas pris dix lignes !

— Les Albanais, ce n'est pas dans leurs habitudes de buter des mecs. Normalement, la seule chose qu'ils dérouillent, c'est leurs gonzesses.

— Considérons qu'ils ont changé leurs habitudes. Le Tatoué, il était pas à eux et c'était pas une gonzesse.

Nouveau silence, signe au barman pour commander deux autres pressions. Max sortit son paquet de clopes, en alluma une et souffla très lentement un long panache de fumée.

— Moi, Le Tatoué, je l'aimais bien. On avait traité pas mal d'affaires ensemble et je savais que je pouvais compter sur lui en toutes circonstances. Dans mon organisation, il était comme toi, c'était un de mes jokers. Sauf que lui, je l'utilisais plus souvent et pour des boulots où y fallait avoir les couilles bien accrochées. Il était capable de vous faire disparaître un mec plus rapidement que Copperfield, la seule différence c'est qu'avec lui, le mec ne réapparaissait jamais. Un as du couteau Le Tatoué, et avec son 44, il aurait pu te désailer une mouche. Il me manquera, des porte-flingues comme ça, ça court pas les rues.

— Qu'es-ce que tu comptes faire ?

Le barman vint poser les bières, Max me regarda droit dans les yeux. Dans son regard, une étincelle venait de jaillir et j'y voyais cette fois de la haine. Non, assurément, Max n'était pas encore éteint, il avait envie de régler les comptes ; et quand Max réglait les comptes, il y ajoutait toujours les intérêts et le pourboire.

— Jouer mon deuxième joker ; toi ! C'est là que j'ai besoin de ton intervention. Je voudrais d'abord que tu planques Sophie et Élodie. J'ai des craintes et je veux avoir les mains libres. Est-ce que tu peux faire ça ?

Sophie, il me l'avait présentée quelques mois auparavant, c'était un super canon qui portait allègrement la quarantaine. Elle était sa compagne et d'après les rumeurs, c'était par amour pour elle que Max s'était rangé des voitures ; enfin pas complètement car les voitures, c'était toujours son job, mais par comparaison avec ses activités passées, celles d'aujourd'hui, c'étaient de la roupie de sansonnet. Quant à Élodie, elle approchait les dix-huit ans et elle était splendide. La gamine était devenue une sublime blonde, dont les longs cheveux descendaient en cascades au milieu du dos. Il se dégageait d'elle une surprenante maturité exacerbée par un aplomb rare chez une fille de cet âge. Nous avions sympathisé et un jour, elle m'avait même fait un peu de gringue, comme une adolescente qui veut s'amuser à tester son pouvoir de séduction en allumant un adulte.

— D'accord, mais où veux-tu que je les cache ?

— Chez toi ; tu habites loin de la corrida et les Albanais n'ont aucune possibilité de faire le lien avec moi.

— Ça marche, mais je sens que tu vas me demander autre chose.

— Exact, toi, t'es pas un régulier du milieu et nos adversaires te connaissent pas. Si tu marches, tu reprends la mission du Gitan. Tu me trouves ces enculés et on leur règle leur compte. Je te refile dix plaques pour ça ; je parle en francs bien sûr. Te presse pas à répondre, t'es pas obligé d'accepter. En face, c'est pas des enfants de chœur et tu risques de finir comme le Gitan… Remarque que toi, t'as pas de tatouage, ça sera peut-être tes couilles que la postière me ramènera ; stérilisées dans un pot à confit ! Et il éclata de rire.

Si cette plaisanterie à trois balles faisait rire Max, il n'en allait pas de même pour moi. Effectivement, avant de lui donner ma réponse, je voulais réfléchir. Ce n'est pas parce que j'avais la trouille, mais les années passant, j'allais mieux et je reprenais goût à la vie. Alors, cette vie qui recommençait à me sourire, je ne tenais pas à la perdre trop vite et je n'étais vraiment pas enthousiasmé à l'idée d'affronter les mecs qui avaient dépecé le Gitan… D'un autre côté, cent mille balles, en ce moment ça m'arrangeait bien. Et puis, comment dire à Max que je me dégonflais ? En quelques gorgées, je vidai mon verre et calmement je repris :

— Écoute, Max. Je ne sais pas encore comment je vais faire pour y arriver sans me faire dessouder, mais c'est ok. Je vais essayer de me renseigner et je te tiendrai au courant. Quand veux-tu que je récupère les femmes ?

— Maintenant, on va aller chez moi. Mais pas comme ça, on va assurer. Tu sais où j'habite, files-y en vérifiant que personne te suit ; j'arrive. Moi aussi je veux être certain que ces enflures me surveillent pas.

* * *

Je sortis du bar et en observant les alentours, je ne vis rien d'anormal. Dans ma bagnole, je ne mis pas tout de suite le moteur en marche, j'avais besoin de faire le point. Je n'étais pas fier de moi. Dans quelle merde avais-je été me foutre ! Les Albanais, je ne savais même pas à quoi ils ressemblaient. Je démarrai et pour calmer mes inquiétudes, je mis de la musique. Mon autoradio contenait une cassette de Led Zeppelin et c'est accompagné d'un riff de Jimmy Page que je quittai le stationnement. Avec le blues électrique à la Hendrix, c'était vraiment la musique que je préférais. Le hard rock, je m'étais plongé dedans aux début des années soixante-dix et je n'en étais jamais sorti.

Je roulai tranquillement en essayant d'élaborer un plan fiable. Si je ne voulais pas finir en compost, il n'était pas question de poser des questions à la ronde, c'est ce qu'avait dû faire le Gitan. Pourtant, la première chose à faire avec ces fumiers, c'était bien de les localiser.

La meilleure solution était de trouver une de leurs protégées et de m'en servir comme fil conducteur. Normalement, les maquereaux ne s'éloignent jamais de leur gagne-pain. Je verrais ça le lendemain soir, pour le moment, la priorité, c'était de mettre les femmes à l'abri.

Max habitait dans un magnifique immeuble à Caudéran. Deux étages avec balcons et terrasse en toiture. La façade du rez-de-chaussée comprenait deux accès : une massive porte d'entrée en chêne et le portail métallique du garage. En attendant Max, je contemplai la façade en pierre de taille. Des colonnes de la même matière ornaient les balcons et encadraient la terrasse. Je connaissais le prix de l'immobilier dans ce quartier et, plein d'admiration, je commentai à haute voix. « Putain ! Le Max, il a fait son beurre. Pour un gamin sorti du ruisseau, il s'est bien démerdé. C'est tout de même pas la boxe qui lui a permis d'acheter ça. »

La rue était déserte et je me laissai emporter par la musique. Dans mon rétro, je remarquai des phares de voiture. Elle arrivait au ralenti, je reconnus vite la Jaguar de Max. Il se positionna devant l'entrée du garage et le rideau métallique monta. Max passa sa tête à la portière et me fit signe de le suivre.

Je trouvai largement la place de me garer derrière lui. Max s'approcha de moi :

— Bouge pas, les filles arrivent, je les ai prévenues. T'as rien vu d'anormal ?

— Non, tout est calme.

— J'espère que t'as un flingue ? Si tu en veux un, j'ai ce qu'il te faut dans mon coffre.

— Pas la peine, j'ai gardé mon Colt 9 mm, tu sais, celui que je t'avais présenté, il y a cinq ans.

Il sourit et se retourna. Encombrée d'une valise monumentale et d'un sac à dos, Sophie surgit de la maison.

— Salut Fred ! Élodie arrive. Elle trie les CD qu'elle tient à emporter. Je ne sais pas si on s'absente longtemps, mais, ce qui est sûr, c'est qu'on ne manquera pas de musique. Elle n'est jamais prête, celle-là !

Elle était vraiment belle. Putain de merde ! Encore plus belle que dans mon souvenir. Grande et mince, elle arborait une flamboyante chevelure rousse bouclée qui descendait plus bas que ses épaules. Son visage, aux traits réguliers, était soutenu par un menton volontaire et laissait supposer, chez cette femme, une détermination farouche. Loin de nuire à sa beauté, les quelques rides qui soulignaient ses yeux foncés ne faisaient que renforcer sa personnalité. Il émanait d'elle une telle prestance qu'elle m'impressionna. Intimidé, je la contemplai en murmurant un vague « Salut Sophie ».

Elle me serra énergiquement la main puis, posant ses bagages sur le siège arrière, elle s'installa à mes côtés. Je ne savais que dire, un peu embarrassé. Un énorme sac de sport en bandoulière, Élodie arriva et, tant bien que mal, s'entassa contre la valise de sa belle-mère.

— Bonjour Fred ! En forme ? Heureusement que j'ai moins de bagages que Sophie, parce que si j'avais été aussi irréfléchie qu'elle, il nous aurait fallu un bus !

Sophie haussa les épaules et Max s'impatienta :

— Magnez-vous. Je vais pister la rue et vérifier qu'y a pas d'embrouilles.

Il actionna la commande du rideau, sortit sur la chaussée, observa les alentours et me fit signe d'y aller. Je reculai et m'arrêtai à sa hauteur. Il me tendit une liasse de billets.

— C'est bon Fred. Tiens, te voilà un bâton pour tes premiers frais. À plus et fais gaffe. Ne m'appelle que sur mon portable.

— Je ne t'appelle que si j'ai un problème.

— Ok, Fred, ça va le faire, à plus… Au fait, Le Tatoué, on

l'enterre jeudi au cimetière Nord, à dix heures. L'église, c'est celle de Bruges et si tu veux pas louper la messe c'est à neuf heures.

— Les messes, c'est pas mon truc. Remarque, les cimetières non plus. J'y serai.

Jeudi, c'était le surlendemain.

* * *

Sur la route, personne ne l'ouvrit. Seule Sophie risqua une question :

— C'est grave ?

Sûr que Max ne lui avait rien dit. Je pris un air détaché et opinai du chef.

— Assez. Mais je ne peux rien te dire. S'il le juge nécessaire, Max te mettra au parfum.

Nous n'entendîmes plus alors que les accords féroces de mes rockers préférés. Soudain, Élodie intervint :

— Dis-moi Fred, j'espère que tu as autre chose comme musique, parce que si je dois écouter ça pendant tout notre séjour, je me crève les tympans.

— T'inquiète, j'ai aussi du reggae, du rap et de la techno. Si tu veux, je t'organise une *rave.*

— C'est cool, si on peut faire une *teuf.*

— Une *teuf* ! La seule chose qui risque de manquer, ce sont les *teufeurs* ! souligna Sophie ironiquement.

Plus personne ne broncha et c'est seulement en arrivant chez moi que je me permis une banalité :

— C'est ma baraque. Vous pouvez constater que vous allez être tranquille. Ici personne ne viendra vous emmerder.

— Effectivement, c'est plutôt calme. C'est quoi ce bled ? demanda Sophie.

— Sainte-Hélène ! Environ deux mille habitants !

Élodie aussi était perplexe.

— C'est pénard ici, tu ne t'ennuies pas trop ? Ce ne sont pas les voisins qui risquent de te faire chier.

Je souris. Pour être pénard, j'étais pénard. J'habitais une maison située en pleine forêt à quatre kilomètres du village qui lui-même se trouvait à trente bornes de la ville. La première maison habitée se trouvait à plus de deux kilomètres.

Comme à son habitude, mon chien arriva au portail en couinant, et je le présentai aux deux femmes. Elles étaient impressionnées par la taille de Jackson et n'osaient pas franchir le seuil. Il faut dire qu'il y avait de quoi. Jackson, c'était un Dogue allemand au pelage bringé. Une magnifique bête de plus de soixante-dix kilos. Et pour qui ne le connaissait pas, ses immenses bajoues pendantes et ses longues oreilles pointues inspiraient plus d'inquiétude que de tendresse.

— N'ayez pas peur. Il n'est pas méchant. C'est lui qui assurera votre sécurité.

Pas rassurées pour deux ronds, en rasant le portail, les filles s'engagèrent dans mon allée.

— Ça fait vraiment résidence secondaire. On peut vraiment vivre ici toute l'année ? demanda Sophie.

— J'y vis ! Et j'aime cet endroit.

Sans être grandiose, ma demeure était cossue et confortable. Le grand séjour où trônait une immense cheminée débouchait sur une cuisine américaine et un petit salon. Une énorme charpente apparente soutenait une mezzanine couvrant un bon tiers du séjour. Un couloir distribuait vers trois chambres et la salle de bains. À l'extérieur, une véranda s'ouvrait sur une grande terrasse et permettait de découvrir un parc boisé de plusieurs hectares. Le luxe ! Enfin, le luxe, pour moi. Ma maison, je m'y plaisais. Il faut dire que depuis une vingtaine d'années que j'y vivais, j'avais largement contribué à son embellissement. C'était Claire qui s'était chargée de la déco, moi j'avais construit la terrasse et la véranda. Si Claire était restée, nous avions même un projet de piscine. Mais elle avait fait le choix de partir découvrir le monde et moi j'arrivais à vivre sans piscine.

Les filles avaient posé leurs bagages au sol.

— C'est cool ! s'écria Élodie.

— Oui, c'est sympa, renchérit Sophie, pour une maison de célibataire, c'est décoré avec goût.

Je m'abstins de lui expliquer que lorsqu'elle avait été décorée, je ne vivais pas seul. Je la remerciai et leur montrai les chambres.

— Voilà, chacune la sienne. La bleue pour Sophie et la verte pour Élodie. La salle de bains est entre les deux et si vous avez besoin de quoi que se soit, n'hésitez pas à me le demander. Je suis dans la chambre qui est au bout du couloir. Vous n'aurez qu'à frapper. Bonne nuit et ne vous faites pas de bile. Ça va aller.

Pour moi, la nuit ne fut pas si bonne que ça. Je n'arrêtais pas de tourner dans tous les sens et ce ne fut que vers six heures du matin qu'enfin je succombai au sommeil.

Je me réveillai en sursaut, mon front était trempé de sueur et les draps en tire-bouchon me donnèrent la mesure de la qualité de mon sommeil. Il était onze heures. Les filles n'avaient pas dû passer une meilleure nuit que moi car elles n'étaient toujours pas levées.

La journée pourtant se déroula dans le calme et chacun de nous se démena pour essayer d'oublier les tracas et être agréable aux autres. La chaleur de l'après-midi me permit de découvrir les anatomies de mes deux invitées, qui, installées sur des transats, peaufinèrent leur bronzage. Leur splendeur offerte ne conforta pas ma sérénité et lorsque d'un commun accord, elles tombèrent le haut du maillot de bain, je dus rentrer dans la maison troquer mon short collant contre un pantalon de survêtement plus ample, et surtout, capable de dissimuler le témoignage organique de mon émoi. Ce petit problème résolu, je les rejoignis et tentai de m'insérer dans la conversation.

* * *

Les problèmes plus sérieux, le soir même, j'y allais droit. À la fois anxieux et excité par ce qui m'attendait, je quittai mes protégées vers vingt-deux heures et pris la direction de Bordeaux. Mon autoradio contenait la même cassette et la musique me calma. Mon plan était simple. Trouver une pute albanaise qui m'amènerait à un proxénète qui, lui, me conduirait à la bande. Et après, Max et moi on les exploserait... Enfantin ! Simple ! Ça aurait pu l'être, s'il n'y avait eu l'épisode du Gitan. Les Albanais étaient loin d'être cons et ce n'étaient pas des enfants de chœur, tout le monde en avait peur. Ils avaient éradiqué leurs concurrents, Max s'en méfiait et même les flics prenaient mille précautions pour les serrer. Alors, moi Frédéric Salbor, petite frappe semi-dépressive, 357 en poche, j'avais la prétention de les défaire. J'allais bouter les Albanais hors de France. Je réalisai tout de même que j'avais autant de chances de réussir que de gagner au loto ou de passer une nuit à forniquer avec Claudia Schiffer.

Chapitre V

Ah ! Les Albanaises !

Les Albanaises, en principe, même si on n'est pas un adepte des relations tarifées, on les repère assez bien. Elles sont généralement jeunes, brunes, souvent habillées en noir et, comme les gendarmes, vont toujours par paire.

Bien avant cette aventure, j'avais déjà entendu parler du trafic de femmes venant d'Albanie. On y contait des histoires de jeunes mères de famille et de mineures qui étaient enlevées, battues et violées, puis envoyées en France, en Allemagne et dans bien des pays nordiques, où elles étaient injectées dans des chaînes de prostitution. Elles alimentaient un réseau formant une gigantesque pieuvre, dont les tentacules passaient par toutes les grandes métropoles européennes. Les filles étaient traitées comme des esclaves, entassées par dizaines dans des dortoirs exigus. Un état de servitude d'où elles ne sortaient que pour tapiner et récolter de l'argent dont elles ne conservaient pas la moindre once ; où la plus faible baisse de rentabilité était irrémédiablement sanctionnée par des brutalités, et le refus ou l'incapacité de travailler, par la mort. De plus, craignant des représailles sur leur famille restée au pays, très peu essayaient de fuir. Ce système déplorable mais hélas établi, m'écœurait profondément. De toutes façons, je n'avais jamais pu pifer les maquereaux.

En remontant une grande artère du centre-ville, je ne tardai pas à apercevoir deux filles qui discutaient sur le trottoir opposé. Leur look laissait supposer qu'il s'agissait de prostituées, vraisemblablement albanaises. Je les dépassai de quelques mètres et garai ma Mercedes en marche avant entre deux véhicules en épi, j'éteignis les feux et commençai ma planque.

Chaussées de hautes bottes en cuir à semelles compensées,

les deux professionnelles avaient mis le paquet pour séduire le client. Une des filles semblait très jeune ; elle ressemblait à une de ces adolescentes dévergondées que l'on voit déambuler devant les boîtes de nuit. Elle portait une minijupe noire extrêmement courte qui faisait apparaître la naissance de son slip et mettait en valeur ses cuisses galbées. L'autre, plus âgée et plus massive mais très appétissante, avait choisi d'impressionner par le décolleté. Bien que distant d'une trentaine de mètres, j'avais une vue précise de ses gros seins débordant de leur support qui ne cachait pas de larges auréoles.

Afin d'éviter les affres d'une montée de testostérone, je me concentrai sur la musique. Dans les haut-parleurs, la voix suraiguë de Robert Plant donnait la réplique à la guitare de Jimmy Page. J'avais écouté la moitié d'une face de la cassette lorsqu'il se passa enfin quelque chose. Et ce fut sur les accords de *Whole lotta love* que je vis une 406 s'arrêter devant les filles. Elles se penchèrent à la portière et une discussion s'engagea ; sans doute un client qui négociait le prix de la passe.

En effet, quelques tergiversations plus tard, la cadette prit place à côté du conducteur et la voiture démarra. Appuyée à un réverbère, l'autre sortit son paquet de cigarettes et en porta une à sa bouche. Elle ne l'avait pas encore allumée qu'une grosse berline s'immobilisa devant elle. Nouvelle négociation, puis elle monta dans le véhicule. La Safrane quitta le trottoir mais au lieu de continuer sa route, elle traversa l'avenue et se gara parallèlement à mon véhicule. Nous n'étions séparés que par une voiture et je voyais nettement les traits du conducteur et ses cheveux grisonnant. Il venait de sortir du fric de son portefeuille et le donna à la fille. C'était bien un client.

Il était presque minuit et à cette heure-là, l'avenue était déserte. Après un regard rapide autour d'elle, la professionnelle opéra sans discrétion. Je ne perdis rien de la scène : la femme avait dégrafé son soutien-gorge et laissait le quinquagénaire malaxer copieusement sa poitrine. Le mouvement du bras de la fille me renseigna sur l'activité de sa main droite, avant qu'elle ne plonge son visage vers le bas-ventre de son client.

La tête de l'Albanaise montait et descendait sur un rythme lent, je ne discernais que ses cheveux noirs mais je ne pouvais m'empêcher d'imaginer les ravages délectables occasionnés par son activité buccale. Bon sang que j'enviais son client. Lui, la nuque calée contre l'appui-tête, les yeux fermés, la bouche ouverte, il avait l'air d'apprécier pleinement les prestations de la fille. Il avait dû payer 40 euros pour une pipe, ce qui est abordable, mais moi, j'avais des principes et je n'allais jamais voir les putes. C'était pas parce que je n'aimais pas ces filles, au contraire, sur la prostitution, je n'avais aucun *a priori*, et je préférais de beaucoup les femmes libertines aux grenouilles de bénitier, mais il m'était impensable de nourrir un proxénète et de contribuer au financement d'une organisation mafieuse. Pourtant, ce soir-là, j'avais chaud ! Très chaud ! Surtout que par perfidie, la musique s'était faite très douce j'assistais à la scène sur les accents sensuels de *Stairway to heaven*. Très à l'étroit dans mon slip, mon sexe me faisait souffrir. Je constatai aussi quelque fébrilité, mon rythme cardiaque s'était considérablement accéléré, sur mon front perlaient des gouttes de sueur et mes mains étaient devenues anormalement moites.

Il faut bien avouer que depuis le départ de Claire, ma sexualité, c'était plutôt le néant. Dans ma longue traversée du désert, il y avait bien eu cette touriste allemande que j'avais rencontrée sur la plage de Lacanau-Océan et sauté le soir même dans son hôtel, mais cela faisait plus d'un an. Et depuis plus rien. Côté gonzesses, j'avais perdu toute confiance en moi, je ne savais plus draguer et je n'en avais même pas envie. L'Allemande, ce n'était pas moi qui l'avais levée, c'était elle qui m'avait pratiquement violé. Son mari était resté travailler en Allemagne et elle avait décidé de perfectionner son érudition linguistique au cours de ses vacances, en s'envoyant le maximum de « *pitits Franntsozes* ». Et l'espace d'une nuit, je fus un de ceux-là – et je pus constater que lorsqu'elles étaient en villégiature, les blondes et plantureuses teutonnes étaient *largement* aussi perverses que les honorables bourgeoises françaises.

Plongé dans mes souvenirs lubriques, je n'avais pas vu l'Albanaise se relever. À présent, elle crachait dans un mouchoir et s'essuyait le visage. Elle se rajusta et sortit de la voiture. En faisant l'impasse sur la discussion, le tout avait duré à peine dix minutes. Je me dis que finalement, 40 euros pour dix minutes, ça faisait 240 euros de l'heure. Amusant constat : les putes avaient un tarif horaire supérieur à celui des chirurgiens. La Safrane manœuvra puis reprit l'avenue.

La fille était restée sur place et elle s'occupait à déplisser sa jupe en la frottant avec ses mains, lorsque j'aperçus une silhouette masculine qui s'approchait subrepticement d'elle. La trentaine, cheveux longs, mal rasé, il était grand et plutôt maigre. Les mains enfoncées dans les poches d'une veste de treillis kaki, il passa contre elle et lui murmura quelques mots. Prudemment, il fit un tour d'horizon pour vérifier qu'ils étaient bien seuls. Sans doute craignait-il une intervention des flics. Je ne saurais dire depuis quand il était là, il devait arriver du trottoir d'en face. Ce qui était certain, c'est qu'il ne m'avait pas vu. Je me tassai davantage et observai la scène. Il parla à la fille et les bribes de conversation qui me parvinrent me permirent de constater qu'ils se parlaient dans une langue étrangère que je ne savais identifier. Je pouvais sans risque présumer qu'il s'agissait de l'albanais.

La fille lui refila ses billets et toujours les mains dans les poches, il traversa la chaussée, longeant les voitures en stationnement, puis s'arrêta près d'une vieille Renault 21 break. Il y avait déjà quelqu'un au volant, il s'installa à ses côtés. Je remarquai également deux silhouettes féminines à l'arrière du break. Étaient-ils là avant moi ou étaient-ils arrivés quand mon attention était accaparée par les exploits buccaux de l'Albanaise, je n'en savais fichtre rien. Je m'en voulus un peu de ne pas les avoir repérés plus tôt. Des erreurs comme celle-là pouvaient m'être fatales.

Une 406 s'arrêta à leur proximité ; celle qui avait embarqué la plus jeune des filles. Lorsqu'elle descendit du véhicule, elle mit de l'ordre dans ses vêtements et se dirigea vers la Renault. Les deux passagères sortirent du véhicule et la gamine s'installa à leur place. Le conducteur pencha sa tête par la portière et portant les doigts à sa bouche, siffla en direction de la fille à la forte poitrine. Elle traversa puis rejoignit sa congénère. Ce devait être l'heure de la relève, leur nuit de travail était terminée.

Le break reparti, je m'engageai sur la chaussée, et roulai assez loin derrière lui pour ne pas être repéré. Nouvel arrêt à proximité de deux autres filles et, aussitôt remplacées à l'arrière de la voiture, les deux Albanaises se retrouvèrent de nouveau sur le trottoir. Je m'étais gouré ; ce n'était pas la relève mais la permutation car pour la prostitution, la nuit ne faisait que commencer. Leurs protecteurs les déplaçaient sans cesse pour ne pas les faire remarquer par les flics.

Très déçu mais bien décidé à voir aboutir ma mission, je pris mon mal en patience.

Cette nuit-là, les Albanais me firent visiter Bordeaux, et des quais à la gare en empruntant les grands cours de la ville, je découvris les emplacements lucratifs pour leurs protégées. Nous arrivâmes vers quatre heures du matin à la place de la Victoire. Ils déposèrent les dernières filles et repartirent dans la direction du marché des Capucins, puis remontèrent le cours de l'Yser en direction des Boulevards. Cette fois nous y étions ! Ils devaient rentrer au bercail, et je supputai qu'au petit matin, une autre équipe devait être chargée de ramasser les filles.

Autrefois, ce quartier était uniquement peuplé d'émigrés espagnols. Ils étaient pour la plupart des familles de républicains ayant fui les persécutions de Franco. Leurs gamins avaient, dès l'adolescence, formé une petite bande dont la réputation avait gagné toute la région. Je connaissais bien l'endroit, avant l'armée j'y venais souvent. Il y avait même un dancing qui s'appelait *La Casa d'Espagne* où on se retrouvait entre petites frappes. C'était mal famé mais on s'y amusait bien, même que parfois, la soirée se terminait chez les flics ou à l'hosto.

Mes Albanais roulaient doucement et je sentais le dénouement tout proche. En effet la Renault 21 finit par s'arrêter devant l'enseigne éteinte d'un bar, d'où, au travers de rideaux délavés, émanait une faible lumière. Les deux acolytes descendirent, ce qui me permit de voir le conducteur, et pénétrèrent à l'intérieur.

À mon tour, je posai les pieds sur le trottoir, m'approchai discrètement de la vitrine d'où je pus constater qu'il n'y avait pas grand-chose à voir. Le bar n'était pas éclairé et la faible lumière aperçue en arrivant venait d'une pièce contiguë. Je décidai de rentrer chez moi et de revenir lorsque le bar serait ouvert. Si cet endroit était leur planque, je n'avais pas perdu mon temps.

Chapitre VI

Le retour au bercail

— Fred ! Enfin !

Je venais de pénétrer dans le séjour et je reconnus la voix de Sophie.

— Salut Sophie. Qu'est-ce que tu fais debout à cette heure ? Tu n'arrives pas à dormir ?

— Non, j'étais inquiète et je n'arrêtais pas de tourner dans mon lit.

— Ne t'en fais pas, Max est de taille à se défendre.

— Ce n'est pas pour Max que je m'inquiétais, c'est pour toi. Je ne pensais pas que tu rentrerais si tard.

Elle me regardait droit dans les yeux et je ne pus m'empêcher d'avoir des pensées grivoises – surtout qu'elle n'était vêtue que d'un très court tee-shirt blanc, qui cachait à peine son intimité. D'ailleurs, elle devait avoir froid car je percevais nettement les pointes exacerbées de ses seins tendant le mince tissu. Témoignant de sa nuit agitée, ses cheveux roux retombaient en boucles désordonnées sur son visage ; cela lui conférait un air sauvage d'une sensualité meurtrière. Elle prit ma main et, son menton collé sur mon épaule, joue contre joue, tout près de mon oreille, elle me dit tout bas :

— J'ai eu Max cet après-midi, il m'a appelée et m'a expliqué l'embrouille avec les Albanais. Raconte-moi ce que tu as fait cette nuit. J'ai besoin de tout savoir, c'est trop angoissant d'ignorer. Il me semble que si je connaissais les tenants et les aboutissants, je m'inquièterais moins.

Sa voix chaude était sans accent, la qualité de sa diction donnait à supposer une grande culture en totale contradiction avec ce que je savais de son ancien métier. Bon sang, qu'est-ce qu'une femme comme elle pouvait bien foutre avec un tordu comme Max ? Qu'est-ce qui avait pu amener à la prostitution une femme aussi cultivée ? J'aurais bien aimé en savoir un peu plus sur son compte.

Très excité et bien que déstabilisé par sa chaude présence, je narrai dans le détail les événements de la nuit et le résultat de mes investigations. En accentuant sa pression, elle m'écouta avec attention puis, m'enlaçant par la taille, me fit des recommandations sérieuses :

— Tu sais Fred, il va te falloir être très prudent. As-tu une arme ?

— Oui, j'ai un bon flingue… Si on allait dormir ? Demain la journée sera longue.

Elle acquiesça d'un sourire et tournant la tête, déposa un baiser sur ma joue, tout près de ma bouche. J'étais comme électrocuté. Ses lèvres avaient frôlé les miennes, ses mèches avaient caressé mon visage… Je restai pétrifié. Plus troublant encore, il se dégageait de son corps une délicieuse senteur de femme, accentuée par la nuit blanche, la transpiration et l'absence de parfum.

— Il fait déjà jour ! Mais bonne nuit quand même, Fred. Et ne fais pas trop de cauchemars.

Nous nous séparâmes et, immobile, je la regardai partir. Elle était vraiment magnifique ! Son tee-shirt moulait ses hanches et accentuant la finesse de sa taille, mettait en valeur la prodigieuse cambrure de ses reins. J'avais même l'impression qu'elle en rajoutait un peu. Son déhanchement faisait apparaître la naissance de ses admirables fesses rondes que le court vêtement ne parvenait pas à dissimuler.

Je restai un bon moment sans bouger dans cette pièce vide. Ainsi, moi qui ne croyais en rien, ne fus-je pas surpris de m'entendre soupirer « Mon Dieu qu'elle est belle ! » Je ne me souvenais pas d'avoir autant désiré une femme.

Inutile de préciser que dans mon lit, le sommeil ne triompha pas tout de suite. Entre le rodéo avec les Albanais et la sensuelle prestation de Sophie, mon pauvre cerveau était au bord de l'explosion. Vu ma longue période d'abstinence, il n'y avait pas que mes neurones qui risquaient de péter, mon sexe était au bord de l'éclatement et comme dans la célèbre chanson, les draps se souviendraient longtemps de mes difficultés à m'endormir. Je finis pourtant par sombrer.

* * *

Ce fut un léger frôlement sur ma nuque qui me réveilla. J'étais couché à plat ventre et afin d'identifier l'origine de cette attention, je me retournai. Comme je n'avais pas fermé les volets la clarté qui pénétrait la chambre me fit plisser les yeux. Sophie était assise sur le bord du lit et, de sa main, me caressait les cheveux. Je pensai qu'assurément, le moins que je pouvais en dire, c'était que cette journée commençait sous les meilleurs auspices.

Elle me souriait.

— Bonjour Fred. Tu as bien dormi ? Il est quatorze heures et il fait très beau.

— Ça peut aller. Mais j'ai beaucoup tourné.

Elle portait le même tee-shirt que cette nuit et ses jambes croisées mettaient en exergue la beauté de ses cuisses. Se tournant vers moi, elle les décroisa en plaçant l'une d'elles repliée sur le lit. Cette position m'électrisa car j'avais désormais une vue imprenable sur son intimité. Je ne manquais aucun détail. Sophie était, j'en avais maintenant la preuve, une fausse rousse, mais ce ne fut certes pas ce constat qui me calma. Mon cœur battait la chamade et je me sentais paralysé. Ce fut elle qui décrispa la situation.

— Dis-moi Fred. Tu es toujours aussi en forme le matin ?

Et, du menton, elle désigna la bosse que formait mon pénis en soulevant le drap. Elle rit, puis sans préambule, d'un geste ample, elle écarta l'étoffe qu'elle rejeta au pied du lit.

Je me retrouvai complètement nu et nous pûmes, elle et moi, constater la forme éblouissante de mon sexe.

— Et bien ! Il est au bord de la congestion. Si on ne fait rien, il va nous péter à la gueule.

Langage surprenant dans la bouche d'une personne si bien éduquée.

La suite me surprit plus encore, car, de la main, elle testa la turgescence de mon pénis et le cajola tendrement, puis sans transition se pencha et l'absorba au plus profond de sa gorge. Elle resta ainsi sans bouger quelques secondes, le nez dans ma toison. Mon phallus, dont pourtant les dimensions avantageuses me permettaient quelque fierté, avait complètement disparu dans sa cavité buccale, je n'apercevais plus que ses lèvres pulpeuses, distendues par la délectable absorption. Elle commença alors un lent va-et-vient en utilisant toute la longueur de la hampe. Les yeux fixés sur mon pénis qui disparaissait et apparaissait au gré de la fellation, je m'abandonnai totalement au plaisir. Force me fut de constater que Sophie avait du métier, ce n'était pas d'une pipe d'étudiante qu'elle me gratifiait. La dernière bouche qui avait officié de la sorte sur ma virilité, c'était celle de l'Allemande : elle avait infiniment moins de talent, et ça faisait plus d'un an. Alors, Sophie n'eut pas le temps d'avoir des crampes dans les mâchoires, je ne me contrôlais déjà plus. Elle continua pourtant encore longtemps son œuvre destructrice et me gardant dans sa bouche, elle usa de sa langue sur mon gland jusqu'à la dernière goutte de sécrétion. Ensuite elle se releva, du dos de la main s'essuya les lèvres et vint m'embrasser goulûment.

— Et bien ! Quelle rapidité, ça devait faire longtemps que tu n'avais pas dégorgé. Ça va mieux ? Je te laisse… Élodie est allée faire un tour dans le terrain, elle risque de revenir et elle n'apprécierait sûrement pas de nous voir cocufier son paternel.

Je me retrouvai seul, nu, jambes écartées, abasourdi, le sexe flasque. Je réalisai que pendant toute cette aventure, je n'avais pas prononcé un mot. Ni d'approbation, ni de désapprobation ; elle avait décidé de tout.

J'avais honte. Je venais de me faire sucer par la gonzesse de mon meilleur pote et je n'avais rien fait pour l'en empêcher. Pire ! Vraisemblablement aiguisé par la culpabilité, mon plaisir avait été prodigieux. Les hommes sont ainsi faits. « Tu ne convoiteras pas la femme de ton prochain », ce commandement que Dieu aurait gravé dans les tables de la loi était resté lettre morte. Et quelque part, en cocufiant Max, je me sentais valorisé ; mon ego était au plus haut et n'avait d'égal que la désintégration de ma modestie. Et puis, il y avait toujours l'éternel débat : est-ce que sucer, c'est tromper ? Cette question, j'étais bien décidé de ne jamais la poser à Max.

Tiens ! D'ailleurs, mon pote, vu l'heure, il fallait absolument que je l'appelle pour faire le point.

* * *

Cinq minutes plus tard je l'avais sur son portable.

— Salut Max. Je crois bien que cette nuit, j'ai logé les Albanais. Ils m'ont promené plusieurs heures dans Bordeaux et ils ont fini la nuit dans un bar cours de l'Yser. Pas loin des Capus. J'y retourne aujourd'hui.

— Ça m'étonne pas, le coin est bourré d'étrangers qui viennent de partout. Fais-moi des photos des mecs, je veux être certain qu'il s'agit des miens. Et vérifie si c'est bien leur planque. Il faut être sûr qu'ils seront là quand on débarquera.

— Ok, mais j'ai besoin d'une bagnole moins repérable que ma Mercade. Trouve-moi une vieille caisse, un truc passe-partout. Tu dois bien savoir où je peux dégoter ça.

— Oui, passe chez Steph. Je le préviens. Il te refilera sa camionnette.

— Ok Max.

Steph, c'était un récupérateur de ferraille qui travaillait souvent pour Max. Il était sympa, une sorte de baba-cool toujours en salopette. Ce mec était imbibé de bière et défoncé au cannabis du lever au coucher. Il fumait pétard sur pétard en jurant que la société était pourrie et que s'il était président, pour lutter contre la connerie, il légaliserait le haschisch et l'imposerait dans les écoles primaires. « L'herbe qui rend moins con ! » disait-il souvent. Il m'avait d'ailleurs maintes fois fourni du shit.

Dans la cuisine, j'entendais rire les filles ; elles étaient en train de déjeuner. Apparemment, la belle Sophie, qui faisait montre d'un bel appétit, n'avait pas été rassasiée par ses exploits gustatifs.

Chapitre VII

La traque et l'après-traque

En début de soirée, je circulais devant le bar où, la veille, j'avais vu les Albanais se pieuter. Je le dépassai et fis demi-tour pour garer la vieille fourgonnette C 15 contre le trottoir d'en face. J'étais satisfait car à proximité du débit de boisson, j'avais repéré le break qui m'avait fait visiter Bordeaux. Je traversai le cours et observai les lieux. C'était un petit bistro minable. La devanture avait été peinte en vert, depuis longtemps sans doute car en de nombreux endroits, des écailles de peinture laissaient apparaître du rouge de l'ancienne couleur. Sur l'enseigne, transparaissait l'ancien nom, mais il manquait trop de lettres pour l'identifier.

Je poussai la porte et inspectai l'intérieur. Il faisait sombre, mais je les repérai tout de suite. Il faut reconnaître que je n'avais pour cela pas grand mérite, car dans la salle il n'y avait que quatre clients assis à une table et, derrière son comptoir, en partie masqué par les distributeurs de boisson, le barman qui astiquait ses verres en sifflotant.

Celui que je reconnus en premier fut le maigre au treillis. Il n'était toujours pas rasé et me faisait face. À ses côtés, j'identifiai le conducteur de la 21. Il était plus petit et un peu rondouillard. Les deux autres me tournaient le dos et je ne pus que remarquer qu'ils avaient tous deux les cheveux longs et noirs. L'un d'eux portait une casquette Nike en toile et sa chevelure abondante rangée en catogan lui descendait jusqu'au milieu du dos.

Je m'assis sur un tabouret puis, m'accoudant au comptoir, je commandai un café.

Les quatre compères conversaient à voix haute et apparemment, personne n'avait semblé remarquer ma présence. À leur décharge, je n'avais rien de remarquable.

J'étais parfaitement intégré au décor. Je ne m'étais pas rasé, mes cheveux étaient en bataille et je portais un vieil ensemble en jeans bleu délavé sur des santiags éculées. Difficile de faire plus ringard, je représentais le parfait icône du vieux nostalgique des années soixante-dix. Avec ma boucle d'argent à l'oreille gauche, ma grosse chaîne et ma gourmette, il n'y avait que mes cheveux relativement courts qui dénotaient du look de l'époque.

Je bus tranquillement mon café, payai le barman et sortis sur le trottoir pour rejoindre la C 15 de Steph.

Protégé par l'habitacle, j'ouvris une mallette que j'avais placée sur le siège passager. Elle contenait tout mon attirail de photographie. Le tout comprenait : deux boîtiers Canon AE 1 motorisés, un zoom 70 x 300 et toute une gamme d'objectifs qui allait du 28 au 400. Il y avait quelques années, la photo avait été une de mes passions et bien que techniquement dépassé, mon matériel était toujours opérationnel. Du temps où je vivais avec Claire, je l'avais photographiée sous toutes les coutures et dans toutes les positions. J'avais réalisé d'elle des posters érotiques, des surimpressions et des montages que bien des amateurs chevronnés m'enviaient. Je lui avais même consacré un album de plus de cinq cents photos où elle évoluait entièrement nue dans des décors psychédéliques.

Alors que je montais le zoom sur un boîtier, un peu de nostalgie m'envahit et ce fut les yeux humides que je visai la devanture du bar pour régler mon appareil.

Mon attente dura pratiquement une heure, je commençais à trouver le temps long. Surtout que la vieille guimbarde de Steph n'avait pas de radio et que je commençais à m'inquiéter du manque de luminosité. La nuit tombait, et même avec du 400 ASA, si les Albanais tardaient encore j'étais baisé. Et dans de telles conditions, pas question d'utiliser un flash.

Les premiers à sortir furent le grand maigre et le petit rondouillard. Bien qu'étant sur le trottoir opposé, la distance convenait parfaitement. De plus, ils se déplaçaient dans ma direction, à l'aide du moteur du Canon, j'eus le temps de les cadrer une dizaine de fois. Arrivés devant leur voiture, ils montèrent à bord et s'engagèrent sur le cours.

Les deux autres ne tardèrent pas à les imiter et le premier à franchir la porte fut le chevelu à la casquette. Il attendit son compère, et à l'arrivée de celui-ci, ils restèrent un court moment à discuter sur le seuil. Je les mitraillai littéralement et engrangeai une quinzaine de clichés. Bien m'en prit, car ils partirent dans la direction inverse de leurs prédécesseurs et me tournèrent le dos. Je les vis ouvrir les portières d'une 405 noire dont quelques minutes plus tard je n'aperçus plus que les feux arrières.

Satisfait, je rangeai mon matos. Pour ce soir, ma mission était terminée. Il ne me restait plus qu'à permuter les bagnoles et je pouvais rentrer à la maison.

* * *

Quand j'arrivai chez moi, il était minuit passé, j'avais bouffé avec Steph, nous avions pas mal picolé de rhum arrangé et fumé un nombre impressionnant de joints. Sur les doux accords de Bob Marley nous avions refait le monde à notre façon et pas mal déliré sur la connerie humaine. Les religions en avaient pris pour leur grade, quant aux hommes politiques, selon Steph, imbibé jusqu'aux yeux, il fallait les pendre par les couilles jusqu'à ce qu'ils ressemblent à la momie de Toutankhamon. Je ne partageais pas totalement son avis, mais, trop bourré pour argumenter, j'avais décidé de rentrer chez moi. Le plus dur fut toutefois d'arriver à trouver la serrure de la Mercedes.

Parvenu avec beaucoup de difficultés devant ma demeure, j'étais un peu dégrisé. Il n'y eut apparemment que mon chien à remarquer mon arrivée. La maison paraissait vide et seule la vaisselle empilée sur l'égouttoir témoignait d'une présence. Il est vrai qu'à cette heure-là, les filles devaient dormir profondément. Je décidai de faire de même et après avoir absorbé un grand verre d'eau, je suis allé me pieuter. Comme le disait ma maman qui était très croyante, « Pipi, les dents, la prière et au lit ». En fait, je fis l'impasse sur la prière ; la suite allait me prouver que cette nuit n'avait rien de particulièrement catholique.

J'étais couché à peine depuis quelques minutes, que la porte de la chambre s'ouvrit et qu'une silhouette s'y engagea furtivement. Il n'y avait que deux personnes dans la maison et dans tous les cas, il s'agissait d'une femme. La prestation matinale de Sophie m'avait quelque peu perturbé et avait réveillé mes sens. De plus, je savais que je ne déplaisais pas à Élodie et l'idée d'étreindre son corps juvénile me remplissait d'émoi. Mais dans la vie, il faut avoir un peu de moralité et un minimum de principes. Max me faisait confiance et après m'être fait sucer la bite par sa nana, je n'allais tout de même pas fourrer sa fille. Craignant le pire mais espérant le meilleur, je ne dis mot et ce fut avec délice que je sentis le chaud contact d'une peau brûlante contre mon épiderme. Sophie, car, c'était elle, me murmura à l'oreille :

— Il me tardait que tu rentres. J'avais terriblement envie de toi. Tiens, touche ; je me suis caressée en t'attendant. J'ai joui plusieurs fois.

Ce disant, elle prit ma main et d'autorité la plaqua sur son intimité.

En effet, je constatai qu'elle avait dû s'occuper sérieusement. Elle était trempée ! De l'intérieur de ses cuisses à sa toison, tout son bas-ventre était humecté.

Même dans mes souvenirs les plus torrides, je n'arrivais pas à trouver une femme qui m'avait autant excité. Elle ouvrit largement ses cuisses et ma main fut comme happée à l'intérieur de son sexe. Dès mon incursion, elle commença à ronronner en se frottant langoureusement contre ma hanche, puis elle prit l'initiative de s'allonger sur moi et dans un voluptueux tête-à-queue, elle enjamba mon visage et me colla son intimité sur la bouche. Bien sûr, ce n'était pas mon premier 69, j'avais pratiqué cette variante bien souvent et avec la plupart de mes conquêtes. Mais force m'était de reconnaître que la chatte de Sophie avait de quoi me laisser pantois. Amplifiée par l'abondance de ses sécrétions, il en émanait une senteur douceâtre et sucrée que j'appréciais tout particulièrement. Surtout que, perdant tout contrôle, la bougresse, les jambes écartées au maximum, agitait frénétiquement sa croupe, au risque de martyriser ses parties intimes sur mes incisives. Je ne l'entendais plus gémir ; et pour cause ! Elle avait englouti mon pénis jusqu'à la garde et témoignait d'une ardeur que je fus contraint de refreiner. Pas question de se laisser aller, la nuit ne faisait que commencer.

Quand je repense au déroulement de cette folle nuit d'amour, elle restera sans conteste la plus démentielle de ma vie. Sophie, ce n'était pas que la championne de la baise, c'était une experte des sens, la déesse de la fellation, la reine du coup de rein, l'impératrice de la jouissance, la sublimation des amours extrêmes !

Cette nuit-là, nous avons fait tout ce qui est humainement possible de faire dans un lit entre un homme et une femme. Elle se prêtait allègrement à toutes les fantaisies, à toutes les perversions, à tous les raffinements. Après avoir pratiqué des positions qui convertissent le Kâma-Sûtra en publication biblique, nous nous écroulâmes à demi-morts, les lèvres usées, les reins brisés et les parties génitales enflammées. Le soleil était déjà bien haut dans le ciel ; dehors, les oiseaux carillonnaient et autour de nous, un silence épais de senteurs charnelles envahissait la chambre.

Quelle nuit ! J'étais épuisé, moulu et vidé de toute

substance. À plat ventre à mes côtés, Sophie, qui n'était pas plus reluisante, exprima son contentement :

— Des nuits de baise comme celle-là, il y avait longtemps que je n'en avais pas connu. Je suis défoncée de partout et j'ai tous les orifices en feu ! Demain, on va devoir aller acheter de la crème adoucissante à la pharmacie.

Sur ces paroles pragmatiques, concrétisant certainement une résurgence de son passé de pute, je la pris tendrement dans mes bras et fermant les yeux, j'essayai de prendre mon sommeil. L'enterrement du Gitan me revint à l'esprit.

— Moi, je ne peux pas rester au lit, on enterre Le Tatoué. Faut que je sois au cimetière de Bordeaux-Nord à dix heures.

— Tu auras qu'à faire une prière pour moi. Mais une petite ; le Gitan, je ne l'aimais pas trop, il me faisait peur. Il avait une façon de me regarder qui me foutait la chair de poule.

Chapitre VIII

L'enterrement

Lorsque j'arrivai au cimetière, j'étais un peu en retard. Les parkings, les trottoirs et jusqu'à la chaussée, étaient gavés de véhicules. Tous les types et toutes les marques étaient représentés. Il y en avait pour tous les goûts, et pour toutes les bourses. Ça allait de la Porsche 911 Turbo, arborant à l'arrière un gigantesque aileron, au vieux fourgon C 25 tout pourri où dominait le *Frameto*. J'eus d'énormes difficultés à garer ma voiture. Je dépassai la Jaguar de Max et laissai ma Mercedes en double file. Et bien qu'inquiet pour ma caisse, ce fut en courant que je rejoignis la cohorte des gens qui avaient décidé d'accompagner Le Tatoué dans sa dernière demeure. C'est vrai qu'il y avait foule ! Au moins deux à trois cents personnes. Pratiquement que des Gitans. En comptant le curé, je dénombrai à peine une vingtaine de « Gadgés » (c'est comme cela que les Gitans appellent les Français de souche). J'aperçus Max qui me faisait signe. Je le rejoignis.

— Salut Fred, t'as rien perdu, la caisse est encore là. Regarde, le curé est en train de faire ses simagrées.

— C'était bien, la messe ?

— Tu sais, moi les messes, j'y comprends rien. La seule chose que j'ai comprise, c'est que le Tatoué, il serait plus heureux maintenant. En fait, d'après le curé, les mecs qui l'ont dessoudé, il lui ont rendu service. Dis-moi Fred, toi qui as de l'instruction, la religion, c'est tout de même un peu con non ?

— Oui, c'est fait pour ça, pour rassurer les cons. C'est une fable qui raconte qu'après la mort, il y a une continuité. C'est pour donner l'espoir et rendre la mort moins pénible, ça laisse croire que l'âme du défunt trouvera le chemin du paradis.

— C'est bien ce que je dis, c'est un peu con. Les seuls qui soient vraiment heureux dans tout ce tralala, c'est les asticots ; on leur donne à becter.

Je laissai Max à son pragmatisme basique et j'observai la foule. Près du cercueil, soutenue par un homme de grande taille, une femme assez jeune semblait profondément affectée. Elle était blonde et malgré de sombres lunettes de soleil, son visage paraissait d'une grande beauté. Sa tenue vestimentaire très « djeuns » (pantalon *pat-deph* taille basse, hyper moulant, sur un minuscule débardeur) lui donnait l'allure d'une adolescente. Parmi les gens du voyage, qui avaient revêtu leurs plus belles fringues, elle détonnait. D'un murmure, je questionnai Max :

— C'est qui le couple devant le cercueil ?

— Valérie, la gonzesse du Tatoué ; et celui qui la soutient, c'est son frangin.

— Mais elle est très jeune, elle pourrait être sa fille.

— C'était sa faiblesse à lui, Le Tatoué il aimait les filles jeunes.

— Ce n'est pas une Gitane. Qu'est-ce qu'elle foutait avec un tordu comme lui ?

— Non, c'est pas une Gitane, c'est même la fille d'une grande famille bordelaise très friquée. Il m'en a plus ou moins parlé, il était fou d'elle.

— Et c'était réciproque ?

— Quand tu vois sa tronche décomposée, il semble que oui. Un chagrin pareil, c'est pas du cinéma, elle est vraiment touchée.

— Elle vivait avec lui ?

— Oui, il avait acheté une piaule au Bouscat. Maintenant, je la ferme, faut pas perturber la prière des blaireaux.

En effet, autour de nous, tout le monde priait. Les Gitans

sont très pieux ; il suffisait d'ailleurs d'observer les sépultures qui nous entouraient pour en être persuadé. Dans ce cimetière, les plus luxueuses tombes appartenaient à des Gitans. Pour qui n'est pas rebuté par les symboles macabres, certaines étaient de véritables œuvres d'art où la Vierge Marie avait une place prépondérante. Moi, athée radical, ces choses-là me gonflaient. Je ne crois pas plus en Dieu qu'à la virginité de Marie et encore moins à la survivance de l'âme. Je ne crois même pas à l'existence de cette dernière. Je hais les cimetières et le fait d'enterrer les morts me paraît une coutume ridicule. Venir me recueillir sur une tombe m'est insupportable. Le caveau de mes parents se trouve justement dans ce cimetière, mais je ne sais plus où. Je n'y suis pas revenu depuis l'enterrement de ma mère. Et cela fait plus de dix ans. Bien sûr, j'en ai honte, mais pour moi la terre ne conserve que des squelettes qui n'ont plus rien à voir avec mes parents.

Cette cérémonie me conforta dans ma détermination ; je me ferais incinérer.

Lorsque je repris pied dans la réalité, le cercueil était dans le caveau. Les participants s'alignèrent pour rendre leur dernier hommage. Max et moi, on rentra dans la file. Il nous fallut pas mal de temps pour parvenir au sépulcre. La jeune femme et le frère recevaient les condoléances ; chez les Gitans, ces coutumes perdurent. La bouche noire de la stèle me donna le frisson, je reportai vite mon regard sur Valérie. Max lui tenait la main et essayait de la consoler :

— Chère Valérie, j'avais beaucoup d'estime pour votre compagnon, sachez que je ne vais pas rester sans réagir. J'emploierai désormais toute mon énergie à retrouver ses assassins et je puis vous assurer qu'ils ne l'emporteront pas au paradis.

Qu'est-ce qu'il lui arrivait au Max ? C'était la première fois que je l'entendais prononcer les négations. Pour un peu, il parlerait pointu !

À mon tour, je serrai la main de la jeune femme. Ce fut elle qui maintint ma dextre ; bien plus que ne l'exige la bienséance. Ses lunettes m'empêchaient de voir ses yeux, mais je sentais qu'ils étaient rivés dans les miens. Maladroitement, je tentai une banalité :

— Frédéric Salbor, je travaillais avec votre... heu... compagnon... Je compatis à votre chagrin. Si je peux vous être d'un quelconque secours, n'hésitez pas.

— Je vous remercie... Vous pouvez m'aider... Éliminez les ordures qui l'ont tué. J'ai plus confiance en vous qu'en votre patron.

— Bien sûr Valérie, bien sûr.

— Pour l'instant, je reste au Bouscat, dans la maison de Tonio, passez me voir. C'est en face du stade, au numéro 26.

Sans échanger un mot avec Max, je regagnai ma voiture. Les paroles de Valérie résonnaient encore dans mes oreilles. Pourquoi moi ? Elle ne me connaissait pas et elle me refilait le bébé.

Finalement, sa demande allait dans la même direction que celle de Max, alors, basta ! On verrait bien.

Chapitre IX

La préparation

Vers dix-sept heures, lavé, rasé et parfumé, avec tout de même une bonne gueule de bois, je retrouvai les filles installées sur la terrasse à prendre un bain de soleil. Revêtues (si je puis dire) de leur string de bain, allongées dans des transats, elles papotaient allègrement ; une grande complicité semblait les unir. Elles étaient superbes et cette fois encore, je fus subjugué. La peau blanche et l'éclat juvénile d'Élodie contrastaient harmonieusement avec la splendeur bronzée de sa sculpturale belle-mère.

— Salut les filles. Je vais devoir vous quitter, Max et moi, on a du boulot.

— Attends Fred, me dit Sophie en se levant. Je t'accompagne jusqu'à la voiture.

Dès que nous fûmes éloignés d'Élodie, elle m'assaillit de questions.

— Où en es-tu ? Les Albanais, tu as réussi à les loger ? Cette nuit, on n'a pas eu le temps d'en parler.

Et pour cause ! Il est difficile de parler la bouche pleine ! Je lui relatai les événements ainsi que la séance de photo et je m'installai dans la voiture en la rassurant.

— T'en fais pas, Max a une bonne équipe et il a la réputation de bien préparer ses coups. Aux Albanais, on va leur faire la fête en beauté.

Elle acquiesça puis, me regardant avec tendresse, elle me demanda :

— Comment te sens-tu ?

— Bien ! Pour la première fois depuis bien longtemps, je suis plus attiré par la vie que par la mort.

Se penchant à la portière, elle m'embrassa longuement sur la bouche puis, essoufflée, me chuchota :

— Fais gaffe à toi ! Je t'aime ! Je t'aime Fred ! Comme je n'ai encore jamais aimé !

Complètement abasourdi par cette révélation, je démarrai et pris la route en l'observant dans le rétroviseur.

— Putain de merde ! Il ne manquait plus que ça !

Ce n'était pas que Sophie me dise qu'elle m'aimait qui me foutait en boule, c'était que moi j'avais le sentiment d'y être vraiment accroché. Dans quelle merde avais-je été me foutre ? Comment allais-je faire avec Max ? Surtout que s'il apprenait que son pote fourrait sa gonzesse, je pense que des questions, je n'aurais plus jamais l'occasion de m'en poser ; et Sophie non plus. Le Max, c'est sûr qu'il nous réunirait : pour l'éternité !

Allez, pense à autre chose, tu verras plus tard. Il fallait maintenant que je m'occupe de la pellicule. Pour cela, je me rendis à Auchan, où je savais trouver un rayon photographie qui proposait des développements en une heure.

En effet, à peine une heure après, je ressortais du magasin, ma pochette de photos à la main. Dans ma voiture, je les consultai et constatai avec satisfaction qu'elles étaient toutes très nettes et permettaient d'identifier parfaitement les Albanais. Bon boulot ! Pour ça au moins, Max allait être content.

* * *

Pour sûr qu'il fut content, le Max ! Il les reconnut immédiatement.

— Pas de doute, ce sont bien les enculés qui m'ont menacé ! On se les fait ce soir. Je réunis la bande, toi tu restes avec moi. On va bouffer et après, on a du boulot.

Il ne m'avait pas demandé mon avis, mais pour les neuf briques qu'il me restait à toucher, je décidai de la fermer.

Max passa quelques coups de fil et devant un conséquent casse-croûte où le foie gras fut largement accompagné d'un vieux Sauternes, nous élaborâmes un plan d'attaque.

— On sera six. Toi, moi, Marc et Pierrot, plus deux Gitans qui bossent avec moi ; deux frères jumeaux, des copains du Tatoué. Tu verras, c'est pas des intellos mais on peut compter sur eux. D'habitude, c'est eux qui me fournissent les bagnoles. Ils sont capables de démonter n'importe quel système antivol en quelques secondes. Si on leur demandait, ils pourraient même piquer la voiture présidentielle ou la Ferrari à Schumacher.

Marc et Pierrot, je les connaissais, ils étaient avec Max à *La Sirène* le jour de notre première rencontre. Ils n'avaient pas bonne réputation, on pouvait pas dire qu'ils avaient inventé la poudre, mais ils étaient voués corps et âme à leur patron. J'étais assez rassuré par la tournure que prenaient les événements, nous allions être six contre quatre. Et au niveau des démonstrations de tendresse, les cinq autres n'étaient pas des charlots. Normalement, les Albanais, leur sort était joué. Quant à moi, une nouvelle inquiétude venait me perturber.

— Dis-moi Max, quand on les aura coincés, qu'est-ce qu'on leur fait ? On leur fout la trouille, on les dérouille ou on les butte ?

— Est-ce que tu crois qu'ils se sont posé des questions pour le Gitan ? On les butte ! Et si on peut, lentement, avec autant de délicatesse qu'ils en ont mis pour récupérer son tatouage.

Je n'étais pas enchanté par ce que programmait Max. Bien sûr, je me doutais bien que les Albanais, on allait pas les chercher pour leur chanter des cantiques, ni pour leur demander un rabais sur le prix d'une passe, mais moi, je n'étais pas un truand et encore moins un tueur, et j'éprouvais quelques difficultés à m'imaginer vidant mon chargeur sur un être humain, fût-il un enfoiré de proxénète. Je me consolai en me disant que de toutes façons, nous étions six et que je ne serais vraisemblablement pas obligé d'apporter ma participation à la distribution de plombage.

— Ok, mais après les avoir liquidés, on en fait quoi ? On les laisse sur place ou on les planque ?

— Les Albanais, ils sont pas connus. S'ils disparaissent, personne réclamera leur corps. J'ai trouvé un chantier où y a du béton frais en permanence, c'est un pote à moi qui le surveille la nuit. Ni vu, ni connu, ces enflures vont faire partie des fondations qui supportent les rails du tramway… Il nous suffira de garder les corps jusqu'au départ de la dernière toupie et on leur offrira un sarcophage en béton armé, qualité garantie sur facture, payé par les contribuables et béni par les écolos.

Coup de sonnette ; Max se précipita sur l'interphone.

— Poussez la porte, c'est ouvert.

Puis, se tournant vers moi :

— C'est Marc et Pierrot.

Ils s'installèrent, Max leur proposa une boisson et devant quatre whiskys bien tassés, nous leur expliquâmes notre plan.

Nouvelle sonnerie, dialogue de Max avec l'interphone, et quelques instants après, je vis apparaître les deux Gitans dont il m'avait parlé.

C'est vrai qu'ils n'avaient rien d'intellos ! Grands et baraqués, seul un léger embonpoint de l'un par rapport à l'autre permettait de les reconnaître. Mal rasés, les cheveux couleur de jais, ils semblaient aimer la joncaille, car ils portaient des grosses boucles aux deux oreilles, d'énormes chaînes autour du cou et leurs poignets s'ornaient de multiples bracelets côtoyant de massives gourmettes. Leurs mains brillaient de mille éclats : la presque totalité de leurs doigts étaient couverts de bagues volumineuses. Le tout en or, que je supposais massif. Le bisness des bagnoles, apparemment ça payait bien. Je me dis que si l'envie leur prenait de plonger dans une piscine, vu la forte densité de l'or, ils couleraient à pic. Ils nous saluèrent et le plus mince s'adressa à Max :

— Salut ! Alors Max, ce soir, on va se faire des Gadgés, c'est qui ?

— Des Albanais.

— Ça marche ! Du moment qu'ils ne sont pas gitans.

— Non, c'est pas des Gitans, c'est même eux qui ont dessoudé Le Tatoué.

— Alors, avant de les envoyer en enfer, tu nous laisseras jouer un moment avec eux.

Max me les présenta. Il leur expliqua leur mission, puis s'adressa à l'assemblée :

— On ira vers quatre heures, d'après Fred, c'est l'heure à laquelle ils rentrent. D'ici là, repos, vous trouverez de quoi vous ravitailler à la cuisine. Buvez pas trop, il se pourrait qu'on ait besoin de bons réflexes.

Chapitre X

Imbroglio !

En arrivant à proximité du bar, je repérai tout de suite la Renault 21 des Albanais et, un peu plus loin, une 405 qui semblait être celle de leurs compatriotes. Max et moi nous étions seuls dans la Jaguar, les autres nous suivaient dans une BMW noire conduite par Pierrot.

— C'est bon, ils sont là, dis-je. J'ai repéré leurs caisses.

Pas la moindre lumière n'émanait de l'intérieur. Max se gara juste devant la vitrine. La 320 i nous dépassa pour se ranger à une cinquantaine de mètres.

En désignant la devanture du bar, Max fit :

— Je connais ce troquet, autrefois, il appartenait à un Yougoslave. C'était un mec sympa qui faisait dans les jeux clandestins et l'alcool de contrebande. Si c'est toujours lui le patron, c'est étonnant qu'il les héberge, en principe, les « Yougos » ne peuvent pas blairer les Albanais.

Le cours de l'Yser était désert et nos quatre complices ne prirent même pas la peine de cacher leurs flingues. Des 38 automatiques pour Marc et Pierrot, un énorme Colt 45 à barillet digne des plus prestigieux westerns, pour le plus gros des Gitans, quant à son frère, il exhibait un fusil à pompe dont la crosse et le canon avaient été sciés.

Max ordonna au propriétaire du fusil de rester surveiller la rue, et à Pierrot de retourner dans sa voiture en laissant tourner le moteur. Max n'avait pas arrêté celui de la Jaguar mais il fallait vraiment tendre l'oreille pour percevoir le chuintement du six-cylindres.

La porte du bar n'était pas fermée et à pas de velours nous pénétrâmes à l'intérieur. Ma main étreignant mon 357, je suivis Max. À la lueur d'une minuscule lampe qu'il braquait devant lui, nous nous dirigeâmes vers la pièce du fond. Aucune lumière ne filtrait sous la porte ; ils devaient tous dormir. Je n'en menais pas large. Faut dire que c'était la première fois que je participais à une expédition punitive ; une première, qui devait finir en apothéose meurtrière. Je réalisai aussi que le seul rapport que j'avais pu avoir avec des armes à feu datait de l'armée, dans un stand de tir, avec des fusils d'assaut et il y avait plus de vingt ans ; et j'avais le souvenir d'avoir été particulièrement mauvais.

Le plan de Max était simple et l'obscurité de la pièce allait dans le bon sens : on les surprenait, on les neutralisait puis on les embarquait dans nos tires jusqu'à un terrain vague où on leur faisait chanter la Traviata, ou danser le Charleston, selon le bon vouloir de Max.

Il était arrivé à la porte, l'ouvrit doucement puis glissa sa main le long du chambranle à la recherche de l'interrupteur. D'un contact de l'autre main, il me signifia qu'il l'avait trouvé. Marc, le Gitan et moi, nous étions prêts. Je tenais mon pétard à deux mains, les bras semi-fléchis bien campé sur mes deux jambes, comme je l'avais vu faire tant de fois dans les films policiers.

La lumière jaillit. Max, l'arme au poing, se précipita dans le local.

Face au spectacle qui s'offrait à nos yeux, mon sang se glaça d'un coup. Je ressentis comme un long frisson qui partant de ma nuque, descendait tout le long de mon dos. La scène était cauchemardesque. Un véritable massacre avait eu lieu dans cette pièce ! Nous étions entourés d'hémoglobine ! Les bras baissés, son énorme automatique pendant ridiculement dans sa main droite, Max s'était arrêté au milieu de la pièce. À voir la gueule qu'il faisait, il était au moins aussi suffoqué que moi. Vu leur état, il était maintenant certain que les quatre Albanais ne tabasseraient plus jamais leurs gonzesses. Ils gisaient dans une mare de raisiné. Apparemment, quelqu'un avait eu le même projet que nous, et ce quelqu'un était arrivé avant nous. Autour des corps enchevêtrés, les écoulements sanguins formaient des arabesques qu'en d'autres circonstances et faites d'autres substances, j'aurais pu trouver harmonieuses ; elles imbibaient la toile des paillasses et recouvraient la presque totalité du parquet.

Aux pieds de Max, allongé sur le dos, je reconnus le petit rondouillard. On lui avait tranché la gorge d'une oreille à l'autre, l'entaille était extrêmement nette. Celui qui lui avait fait ça savait se servir de son outil, il ne s'agissait assurément pas d'un débutant. Un peu plus loin, contre la cloison de droite, se trouvait le grand maigre. Je l'identifiai grâce à la veste de treillis parce que pour ce qui était de son visage – ou de ce qui en restait – il n'était plus reconnaissable. On lui avait complètement écrasé la face qui ne formait plus qu'un infâme magma sanguinolent. Au fond de la pièce les corps des deux autres Albanais étaient enchevêtrés. Ils avaient reçu plusieurs bastos ; et pas distribuées par une carabine de foire. Les impacts étaient énormes et, détail qui dans un mauvais scénar de série B aurait pu paraître outrancier, je constatai que l'homme aux cheveux longs avait perdu sa casquette ; faut dire que la moitié de son crâne était partie avec.

Max les observa un moment, puis se baissa pour toucher la tête du petit gros à la gorge tranchée.

— La peau est encore tiède et sur la plaie, le sang n'a pas complètement coagulé. Les enculés sont passés juste avant nous. Pour un peu, on arrivait ensemble. Bordel le mec qui a fait ça, il savait affûter un couteau !

— Oui, répondis-je dans un murmure, et il savait aussi s'en servir.

Max s'approcha des autres corps et à l'instar d'un spécialiste en criminologie, il crut utile de nous expliquer.

— Le grand, ils l'ont défoncé à la barre de fer, et ils ont insisté. Tiens, d'ailleurs, la barre ils l'ont laissée là.

Il ramassa une grosse pince monseigneur dont la partie recourbée était couverte de sang. Il mima quelques frappes, à la suite desquelles il sortit son mouchoir pour essuyer ses empreintes. Puis il reprit son analyse :

— Quant à ceux-là, ils ont tellement de plomb dans la carcasse que si on les foutait à l'eau ils couleraient à pic ; et même que les crabes choperaient le saturnisme.

Il avait gardé son humour, Max.

Infiniment plus sensible que lui, j'eus une pensée émue pour ces pauvres types. Ce n'était que des comparses de faible envergure, des hommes de terrain, c'était pas eux qui tiraient les ficelles. Beaucoup d'entre eux avaient dû fuir l'épuration ethnique du Kosovo, croyant trouver sinon le bonheur tout au moins une tranquillité durable dans le pays des droits de l'homme. Au lieu de cela, on leur avait refusé la régularisation, ce qui les condamnait irrémédiablement à la clandestinité et à se faire embaucher par des réseaux mafieux où ils devaient se coltiner le sale boulot.

— C'est au moins du 11,43 qu'ils ont bouffé et apparemment, ils l'ont mal digéré. Je sais pas avec quoi ils avaient chargé leurs flingues, mais j'ai jamais vu des bastos faire autant de dégâts ; c'est du pruneau à fragmentation ou de la balle explosive. Fred, tu veux pas une casquette ? C'est une Nike, t'as même une perruque dedans !

— Je ne pense pas que ce soit le meilleur endroit pour déconner, répliquai-je agacé.

— T'as raison de pas la prendre, c'est sûrement une contrefaçon.

Son humour à trois balles commençait à me gonfler sérieusement. Il me tardait surtout de me barrer de cet endroit de merde ! Je ne pus éviter de lui donner mon avis :

— Je crois qu'on ferait bien de s'arracher en vitesse. On n'est pas chargé de l'enquête et ce carnage a dû faire pas mal de bruit. Et même dans un quartier comme celui-là, il y a sûrement un défenseur de l'ordre public qui a prévenu les flics.

— T'as raison Fred, allez les mecs, on gicle !

Chapitre XI

Max se met à table

Bouche cousue, Max conduisait lentement, visiblement, il gambergeait ; moi aussi. Un profond malaise m'avait envahi, qui ne venait pas seulement du bain d'horreur où je venais d'être plongé ; dans cette affaire, il y avait trop de choses incohérentes. Je ne savais pas encore exactement lesquelles, ni pourquoi, mais depuis le début, ça ne collait pas. Cette histoire sentait le purin et ce qui me foutait les boules, c'est que je pataugeais dedans sans rien comprendre.

Je profitai du silence pour essayer de faire le point et de recadrer les incohérences. D'abord, les Albanais, le meurtre, ils le pratiquaient qu'en famille et ni vu ni connu ; ça ce passait dans l'anonymat et personne n'avait vent de l'existence même de leurs victimes. En dehors de leurs filles qu'ils buttaient à la moindre incartade ou lorsqu'elles n'étaient plus rentables, ce n'était pas des adeptes de l'exécution sauvage et encore moins d'un affrontement ethnique comme aurait pu l'être le meurtre du Gitan. Dans la région, la communauté gitane est assez conséquente et ce serait une folie que de leur chercher des noises. Et puis en règle générale, les Albanais ne s'attaquaient pas aux locaux ; ils tenaient à rester discrets, tout au plus bastonnaient-ils leurs concurrents ; mais de là à les dépecer ! Alors, si ce n'était pas eux qui avaient dessoudé le Gitan, cela ne pouvait être que les auteurs de ce carnage ; et eux, ils n'avaient pas fait dans la discrétion. Des mecs capables d'agir ouvertement et avec une telle barbarie devaient avoir une autre motivation que le trafic des bagnoles ; fussent-elles de luxe. On ne massacre pas ainsi cinq gus pour un minable trafic de voitures. Max ne m'avait certainement pas dit toute la vérité. Les Albanais n'étaient pas aussi dangereux qu'il me l'avait laissé croire. D'ailleurs, sur les lieux de l'exécution, il n'y avait pas la moindre trace d'armes à feu. Ou les Albanais n'en possédaient pas, ou leurs exécuteurs les avaient ramassées. Mais je pressentais que la première hypothèse était plus probable. Ce qui me menait à la conclusion que les Albanais étaient des petites frappes sans envergure et qu'en réalité, on avait affaire à des adversaires infiniment plus dangereux. Mais je revenais sans cesse à cette impasse : quelles étaient leurs motivations ? Qu'est-ce qui pouvait pousser des hommes à agir avec autant de sauvagerie ?

Max devait se poser les mêmes questions, car il me demanda :

— T'as une idée ?

— Non, mais peut-être que ce n'est pas après nous qu'ils en ont. Maintenant qu'ils ont réglé leur compte aux Albanais on ne les reverra plus. On s'est peut-être trouvés mêlés à une histoire qui ne nous concernait pas.

— Et le Gitan, il n'avait rien d'albanais, lui ! Et mon garage ?

— Tu as raison, j'ai dit une connerie. On a intérêt à faire gaffe ; la prochaine visite risque d'être pour nous.

— Je vais loger les hommes chez moi, si ces enculés rappliquent, on les accueillera comme il faut : avec feu d'artifice et distribution de dragées ; une réception en grande pompe, digne de figurer dans la rubrique festivité du journal mondain. Ils seront pas près d'oublier !

— Vous ferez bien.

— Vous ? Tu comptes faire quoi toi ?

— Vous êtes assez nombreux pour les accueillir, moi je rentre au bercail rejoindre les filles.

Maintenant que j'en avais parlé, je ne pus réprimer un soupir de culpabilité.

Pauvre Max, s'il pouvait s'imaginer un seul instant à quel

point il me tardait de retrouver sa femme. De toutes façons, il fallait absolument que j'arrête ces conneries avant d'être complètement gangrené par ma passion. Max, c'était cent vingt kilos de TNT et la tolérance à l'adultère ne devait pas être sa principale qualité.

— Attends ! Faut qu'on parle. Quand je t'ai fait venir, l'autre soir, je t'ai pas tout dit.

— Je me doute. Tu vas sûrement m'apprendre qu'il n'y a pas que les bagnoles ?

— Oui ! Y a aussi les mecs qui vont dedans.

On était arrivés chez lui et Max ouvrit son garage à porte automatique. Nous entrâmes, suivis des occupants de la BMW. Tout le monde monta à l'étage et là, il nous invita à nous installer confortablement.

— Foutez-vous à l'aise, mais gardez votre artillerie à portée de main. Soyez prêts à défourailler plus vite que Lucky Luke. Les mecs qui ont flingué les Albanais pourraient bien s'emmener ici. Toi Fred, tu viens avec moi. Faut qu'on parle.

Nous passâmes pas mal de temps dans son bureau. Il avait servi deux méga-doses d'un whisky de vingt ans d'âge, s'était installé dans son spacieux fauteuil et, fuyant mon regard, avait commencé à me raconter sa vie :

— Pour que tu comprennes bien, faut que je démarre mon histoire à l'époque où je faisais encore de la boxe ; dans le milieu des années soixante-dix.

À ces mots, je réalisai que Max et moi, nous avions à peu près le même âge. Nous étions plus près des cinquante que des quarante. Je l'écoutai, extrêmement intéressé. Max c'était pas le genre à aller voir le curé, ni à s'épancher sur le divan d'un psychiatre, je devais être le premier mec à qui il se confessait de la sorte.

Au début de sa carrière professionnelle, il n'avait pas eu de bol : mauvais entraîneurs, combats mal préparés et surtout des managers ripoux. Ça lui avait fait perdre pas mal de temps et rencontrer des adversaires bien trop forts pour lui. Et en poids lourd, les KO font très mal et laissent des traces. Il n'avait pas encore trente ans que déjà, les médecins lui conseillaient d'arrêter la boxe.

Pauvre Max ! La seule chose qu'il savait faire, c'était balancer des coups de poing. Alors à l'époque, il avait dû trouver des jobs où sa spécialité était appréciée : videur dans une boîte de nuit, service d'ordre dans les meetings de Chaban, casseur dans ceux de ses opposants et pour finir, exécuteur des sales besognes commanditées par le pouvoir en place. Il avait adhéré au SAC et très rapidement en avait gravi quelques échelons. Il fut chargé des expéditions punitives, des intimidations et lorsqu'ils s'avéraient nécessaires, des formatages.

— ... tu peux pas imaginer Fred, c'est pas croyable, comment quelques bonnes baffes peuvent te faire changer un mec d'opinion. Le plus efficace, c'est quand tu secoues un peu sa gonzesse ou que tu menaces ses rejetons ; là, il te signe tous les papelards que tu lui présentes et adhère à n'importe quelle cause.

— Je me doute, les nazis agissaient comme ça.

— Faut pas exagérer, nous, on brûlait personne.

En l'écoutant je réalisais que je ne connaissais pas le vrai Max. On avait vraiment eu des parcours diamétralement opposés. À cette époque, moi j'avais le portrait du *Che* sur le mur de ma chambre, je votais Krivine, j'admirais Mesrine et j'avais beaucoup plus de sympathie pour la bande à Bader que pour Chaban-Delmas et la droite réactionnaire qui dirigeait la France de Pompidou. Qui, au demeurant, représentait pour moi le président le plus réactionnaire que la France ait jamais connu.

Max continuait : ce fut grâce à ses prestations au sein du SAC, qu'il réussit à monter son affaire de vente de voitures volées. Parmi ses sbires, pour les sombres besognes, il avait recruté des Gitans de Bordeaux-Nord, spécialistes de l'acquisition nocturne et promotionnelle des voitures. Max avait vite compris que l'on pouvait gagner du fric en associant des cartes grises d'épaves accidentées avec des bagnoles volées. Pour cela, il suffisait de refrapper les numéros de châssis. Il achetait des valises de cartes grises et passait commande aux Gitans pour les véhicules correspondant. Il avait commencé par des caisses de petite et moyenne gamme, mais très vite, partant du principe « qui vole un œuf vole un bœuf », il s'était spécialisé dans les tires de luxe et les sportives, principalement allemandes.

Ce trafic avait parfaitement fonctionné pendant une dizaine d'années, puis la loi sur les véhicules gravement accidentés (VGA) s'étant faite très stricte, il était devenu de plus en plus difficile de se procurer des cartes grises. Alors, les voitures volées, il avait fallu les envoyer à l'étranger, dans des pays où les autorités n'étaient pas trop regardantes. Ça aussi, ça marchait assez bien. Les caisses étaient *blanchies* par l'administration locale et se refaisaient une nouvelle jeunesse.

— ... j'ai d'abord exporté les bagnoles vers les pays arabes, mais ça n'a pas marché longtemps. Fallait arroser trop de gens. Il y avait trop de frais et les *bougnoules* se prenaient tous pour des Émirs, ils voulaient que des Rolls-Royce, des Bentley ou de la Mercedes 600. Et Bordeaux, c'est pas Nice ni Monaco et même en ratissant large jusqu'à Biarritz, les berlines de prestige, ça courait pas les rues. Alors, je me suis tourné vers la Russie. Oh, pas la Russie des bolcheviques, le Petit Père du Peuple est mort depuis longtemps, mais celle de la nouvelle bourgeoisie. Les nouveaux riches voulaient des Mercedes, des Porche et des BMW ; moi, je leur en livrais à domicile. Et moyennant quelques liasses, sur place, elles retrouvaient un bulletin de naissance plus vrai que l'original… Tu vois Fred, ça aurait pu durer comme ça longtemps. Je me faisais des couilles en or et les risques étaient limités. Seulement voilà, dans la nouvelle élite moscovite, envieuse de belles caisses, y a pas que des caves et des blaireaux qui veulent péter plus haut que leur cul. Y a des mafieux, des flics ripoux et des militaires de haut rang qui ont perdu leurs illusions. Et certains de ces militaires m'ont proposé de me payer les bagnoles en nature ; enfin quand je dis en nature, ça a rien de naturel. Ils me refilaient des armes estampillées URSS... Toutes sortes d'armes, ça pouvait aller du pistolet mitrailleur au missile nucléaire en passant par les mines antipersonnel. À moi de me démerder pour les revendre là où il y avait de la demande.

— Et ça te faisait rien de vendre ces saloperies ?

— Tu sais Fred, les *bougnoules* et les *bicos*, avec ou sans moi, ils s'entretuent depuis toujours à l'arc ou à la machette. Alors moi, on pourrait dire par pure charité chrétienne, je leur fournis des moyens plus efficaces ; pour qu'ils se tuent moins longtemps ! C'est mon côté humaniste, ça va plus vite et leurs souffrances sont abrégées.

— Tu me fais gerber ! T'as quand même pas fait dans le nucléaire ?

— Juste un peu. Quelques missiles antichars à l'uranium appauvri. D'ailleurs, quand tu vois leurs prix, il y a bien que l'uranium qui est pauvre ! Pour ça aussi, il y avait de la demande.

— Où ?

— En Afrique. Au début de ma carrière dans les bagnoles, j'avais un pote du SAC qui avait monté une affaire d'import-export et comme à l'époque, les bananes ça rapportait pas assez, il m'avait proposé d'envoyer des caisses pourraves chez les *bicos*. Ces cons, ils voulaient que des « *Pigeot* », alors on leur envoyait des « *Pigeot* ».

— Et tu le vois toujours ?

— Bien sûr que je bosse encore avec lui. Ce mec a pignon sur rue et il est déclaré au registre du commerce. Il expédie ma marchandise en toute légalité ; enfin presque. Mais c'est plus des voitures qu'on envoie. Tu sais Fred, l'Afrique est un inestimable terrain de jeu où les règles sont imposées à la Kalachnikov et au lance-roquettes par des dictateurs corrompus ; les nègres se font baiser par des nègres ; tu voudrais pas que moi, je sois plus royaliste que le Roi ! Que ce soit au Rwanda, au Burundi ou dans la république « *démoc'atic* » du Congo, c'est partout le bordel et pour se trucider, ils ont un besoin considérable de jouets. C'est ma participation à la « *démoc'atisation* », moi je leur apporte le progrès.

Putain ! Merde ! Je découvrais un nouveau Max. Il avait tout de même conservé son humour dévastateur car pour dire « *démoc'atic* », il roulait les yeux et prenait un mauvais accent petit nègre. J'étais écœuré par ses propos. Ainsi, il faisait partie de ces enfoirés qui fourguaient des mines antipersonnel. Et dire que moi j'avais signé une pétition en faveur de la charte sur l'interdiction de fabrication et de vente de ces saloperies. Bien après les conflits ces abominables engins continuaient à estropier en aveugle, de braves paysans et leurs gosses. Moi, j'avais toujours aimé l'Afrique, lorsque j'étais gamin, je rêvais d'être explorateur sur ce continent. Mais je n'étais plus un enfant et en Afrique, excepté la barbarie des hommes, il n'y avait plus rien à explorer.

Mais là n'était pas la fin de l'histoire. Max m'apprit que son bisness avait complètement changé de stature. Désormais, pour la fourniture des armes, ses contacts étaient de l'autre côté de l'Oural et pour les écouler en Afrique, il avait dû se construire un solide réseau et corrompre pas mal de fonctionnaires ; sans grande peine, car dans bien des pays africains, dire *fonctionnaires ripoux*, c'est un pléonasme.

— Les camions partent pour la Russie avec des voitures et

reviennent bourrés d'armes et de munitions. Pour le vieux continent, tout part du Verdon par cargo. Il suffit d'arroser un peu la douane. Grâce aux hommes politiques que j'ai côtoyés dans le temps, beaucoup de portes restent ouvertes et moyennant quelques grasses commissions virées sur des comptes en Suisse et au Liechtenstein, le système fonctionne parfaitement.

Il s'interrompit et porta le verre à ses lèvres. Avec un sourire que je voulus narquois, je posai la question fondamentale :

— Ok Max. Mais alors, qu'est-ce qui a cloché ?

— J'y viens, Fred, j'y viens. J'sais pas lesquels, mais je pense qu'il y a des *Popoffs* qui ont décidé de reprendre le trafic à leur compte. Et comme ils voulaient rester incognito, comme intermédiaires, ils se sont adressés aux Albanais. J'aurai dû m'en douter. Pour mon garage, ils m'en avaient proposé dix fois le prix. C'était trop pour un garage et pas assez pour une entreprise internationale de trafic d'armes.

— Je suis sûr que tu avais deviné et que tu savais quand tu m'as demandé de planquer les filles.

— Inconsciemment, peut-être.

Dubitatif, je haussai les épaules et me préparai à le quitter. Mon univers s'était décomposé et j'éprouvais un grand malaise. Dire que j'étais au service d'un pareil enculé ! Et en plus ce fumier me payait avec l'argent de la honte.

— J'ai sommeil. Ciao ! À demain et ne dormez pas tous en même temps, vous avez une épée de Damoclès au-dessus de la tête.

— Bonne nuit Fred, dès que tu les verras, éclaire Sophie et rassure Élodie.

Pour l'éclairer Sophie, c'est sûr que j'allais l'éclairer ! Mais pas comme il pensait. J'allais même l'éclairer de partout !

Chapitre XII

Une ville tranquille !

Dans ma bagnole, je remis de la musique, mais quelque chose de calme : une vieille cassette de J. J. Cale, dont le blues cool et limpide me fit du bien. J'étais fatigué et profondément écœuré. Bordeaux avait la réputation d'une ville tranquille. Chaban avait passé près de cinquante ans de sa vie à le proclamer. Il avait ainsi créé le mythe d'une ville bourgeoise où il ne se passait jamais rien d'anormal. Il y avait bien eu quelques affaires impossibles à étouffer comme le trou des Girondins, le gouffre de l'hypothétique métro ainsi que le coût exorbitant de la cité mondiale du vin, des abattoirs et du vélodrome, mais dans l'ensemble une impénétrable chape de plomb couvrait toute la Communauté urbaine.

Le Duc d'Aquitaine avait su construire un imposant réseau d'influence comprenant la plupart des institutions et les médias régionaux bâillonnaient efficacement toutes tentatives de critique ou de contestation. L'opposition était systématiquement muselée et le SAC aseptisait radicalement le terrain.

À cette époque de grande confusion j'étais jeune, mais je suivais tout cela avec lucidité, mon vieux m'en parlait souvent. La politique, dès l'adolescence, j'avais commencé à m'y intéresser et en 68, mon action avait été diamétralement opposée à celle de Max. Bien que tout jeune adolescent, moi aussi j'avais balancé du pavé dans la gueule des CRS et brandi le drapeau rouge de l'espoir avec la bannière « Il est interdit d'interdire ». Bordel ! J'y avais cru moi, à un monde meilleur ! Après la victoire de la gauche, en 81, lorsque Mitterrand avait été élu, j'y croyais encore. J'étais descendu faire la fête dans la rue. C'était la première fois que ma préférence politique aboutissait à un succès. Mais très vite, le désenchantement remplaça l'euphorie et les espoirs de lendemains qui chantent. Quelques années de désillusion plus tard, je pris une autre voie.

Je ne croyais plus en la démocratie, si chère et pourtant tant critiquée par Platon. Comme Nietzsche, le pouvoir du troupeau me faisait gerber. J'avais enfin compris qu'il ne servait à rien de donner la parole au peuple car il ne s'exprimait que pour sauver ses intérêts propres ; et toujours pour du court terme. Les votes corporatistes en étaient la preuve évidente ; « Dis-moi quelle est ta profession, je te dirai où tu votes. » Les fonctionnaires votaient à gauche pour conserver leurs avantages, les commerçants à droite pour avoir l'espoir de payer moins d'impôts, les flics et les militaires préféraient le Front National qui leur promet des crédits plus conséquents et un retour à l'ordre moral, et au milieu de toutes ces incohérences, les écologistes cherchaient, pour la plupart, la notoriété personnelle. Désabusé, je m'étais éloigné de la politique, j'étais parti habiter à la campagne et ne votais plus que pour les municipales. Je m'étais alors consacré à la nature, à la photographie et un peu plus tard à l'amour de Claire.

Pendant ce temps, à Bordeaux, les affaires continuaient à défrayer la chronique.

La fin du règne de Chaban s'était faite dans la douleur, sous la pression des juges, de la Cour des comptes et de diverses associations, l'omerta s'effritait. Embrouillé dans des explications contradictoires, le vieux politicard faiblissait et ses réactions perdaient en sagacité. Certains n'hésitaient pas à dire qu'il radotait et que la ville était gérée par sa femme. Le SAC n'existait plus, les policiers complaisants avaient pris leur retraite et même *Sud Ouest*, le seul gros quotidien local, semblait prendre de la distance. Il ne cherchait pas à endiguer la contestation de ses opposants.

Dans la ville tranquille, les affaires se cumulaient, et abasourdie mais compatissante, la frileuse population prit connaissance de leur contenu et surtout de l'ampleur du gouffre financier qu'elle aurait à combler. Bordeaux faisait désormais partie des villes les plus endettées de France.

Pour couronner le tout, un trafic de bagnoles volées et d'armes clandestines de l'armée Rouge avait récemment vu le jour dans la cité de Montaigne. Aujourd'hui, Bordeaux brûlait vraiment, mais, ça, nous n'étions que quelques-uns à le savoir : Max, ses hommes, moi… et les enfoirés qui avaient massacré les Albanais et dépecé le Gitan !

Chapitre XIII

Nous !

Le soleil commençait à poindre lorsque je garai la voiture devant ma maison. Il était presque sept heures.

En chemin, j'avais pris des décisions que je pensais irrévocables : cette affaire classée, je chercherais un boulot régulier, je couperais les ponts avec Max et surtout, je ne reverrais pas Sophie. Même si c'était douloureux, il fallait trancher le lien avant qu'il ne devienne trop résistant. « C'est maintenant ou jamais, après, cela risque de faire comme pour Claire. » Et mon cœur n'était pas assez solide pour cumuler deux chagrins d'amour. De toutes façons, Max vivant, pas question de filer le parfait amour avec sa gonzesse. Et Max avait une santé indestructible.

Devant un café encore fumant, Sophie m'attendait dans le salon. Ses traits marqués et ses yeux fatigués attestaient d'une nuit sans sommeil, où, me dit-elle, s'était mêlées fatigue et inquiétude. D'un bond, elle fut dans mes bras et, collée à moi comme une seconde peau, me roula une monumentale pelle. Face à cette agression, ma détermination s'évapora et mes bonnes résolutions s'envolèrent rejoindre dans la nébuleuse de la morale les principes selon lesquels on ne doit jamais sauter la femme de son copain.

Et ce fut sur le vieux canapé en cuir que, fichées au plus profond de son intimité, mes dernières réticences furent étouffées par ses témoignages de plaisir.

Le calme revenu, je lui racontai en détail nos mésaventures, notamment celles des Albanais. Elle m'écoutait en buvant un nouveau café et ne m'interrompit que pour m'en proposer un. Tasse en main, je terminai par les confessions de Max. Elle me précisa que pour le trafic d'arme, elle était au courant mais qu'elle n'avait pas eu l'idée de faire le lien avec les Albanais.

— Tu sais, Fred. Que Max ne soit pas étouffé par ses scrupules et que la survie de l'Afrique ne soit pas sa principale préoccupation, je le savais déjà. Max est une ordure mais il a toujours était gentil avec moi et à une certaine époque, j'avais besoin que l'on soit gentil avec moi. Mais là n'est pas le problème, les Albanais, les Russes, les armes, moi je m'en balance, ce qui compte, c'est nous ! *Nous*, dans tout ça, qu'est-ce qu'on devient ?

— Je crois rêver ! Je marche sur des cadavres, j'ai les semelles pleines de raisiné, j'ai encore l'odeur de la mort dans les narines et toi, tu me parles de *nous* ! Et tu trouves que Max, c'est pas le problème… Je vais de dire où il est le problème !... Tu me parles de *nous* ! Mais ma pauvre Sophie, réalise que le monde est pourri et qu'il n'y a pas que *nous* ! Il y a Max qui n'appréciera sûrement pas que je baise sa femme et, qui pour me donner des leçons de moralité, ne manquera pas de m'envoyer ses sbires ; avec leurs flingues ! À moins qu'il ne s'en charge lui-même et s'occupe personnellement de *nous*. Il y a aussi les enfoirés qui ont massacré les Albanais et qui rêvent sûrement de me transformer en Canigou ! Et crois-moi, j'ai vu leur œuvre, ce ne sont pas des charlots. Et ensuite, il y a moi, un *looser*, un gagne-petit, qui n'ai ni fric, ni projet, ni avenir. Et tant qu'il y aura tout ça, nous aurons peu de chances de conjuguer *nous* au présent et encore moins au plus-que-parfait.

— Mais on s'aime !

— Oui, bien sûr, Sophie, on s'aime ! Mais comme disait Brel, « quand on a que l'amour » ! Tu sais Sophie, l'amour comme gilet pare-balles, on fait mieux et face à des 45 et à des fusils à canon scié, ça ne pèse pas lourd. Et pour moi, l'amour ça se vit sur terre, pas au paradis… Et encore moins en enfer !

— T'as la trouille ?

— Oui ! Mais on en reparlera, pour le moment, il est impératif que je récupère et toi aussi. Alors chacun dans sa chambre et dodo. Fais de beaux rêves.

— Toi aussi. Dans l'après-midi, si tu veux bien nous y emmener, Élodie et moi, nous aimerions aller à la plage, à Lacanau.

Cette femme était folle ! Le raisiné submergeait la planète, et elle voulait aller à la plage !

— Ok, mais avant, il faudra que j'aille jusqu'à Saint-Médard faire quelques courses, le frigo est vide, il y a plus rien à manger.

Je ne valais guère mieux : dans cet univers sanguinolent, je pensais à bouffer.

Chapitre XIV

Mauvaise journée

J'avais passé plus de temps que prévu à faire les courses et j'arrivai avec pratiquement une heure de retard au rendez-vous que j'avais donné aux filles. Elles devaient m'attendre avec impatience, les sacs de plage aux bras.

De retour à la maison, le coffre de ma Mercedes gavé de victuailles, je ne compris pas immédiatement pourquoi Jackson n'aboyait pas. C'est en ouvrant le portail que je l'aperçus gisant sur la terrasse au milieu d'une flaque de sang. Blême, je m'approchai et je constatai que désormais, il me faudrait me passer de son affection, de son regard énamouré et de sa bave sur les vitres de la véranda ; on lui avait tranché la gorge de la même manière qu'à l'Albanais rondouillard. Sur le moment, la mort de mon chien m'affecta profondément, mais très vite, un sentiment plus fort que la tristesse m'envahit : un touffu mélange de rage, de peur, de désarroi et de haine érigea en moi un obsédant désir de vengeance.

Ils étaient peut-être encore là, et je réalisai que j'avais laissé mon flingue dans le tiroir de ma table de nuit. Je me plaquai au mur et le longeai jusqu'à la porte d'entrée. Elle était entrouverte, je parvins à la pousser sans bruit. À l'intérieur, grand silence, je m'avançai doucement dans le séjour où rien ne bougeait. C'est là qu'interloqué, je découvris le corps d'Élodie.

Elle était nue, couchée à plat ventre, baignant elle aussi dans son sang. Elle aussi avait été victime de l'égorgeur. Tel un zombie, le cerveau court-circuité, je m'approchai. Quelques ecchymoses sur sa peau blanche attestaient qu'on l'avait maltraitée avant de la tuer. « On », pas de doute, c'était des Russes qu'il s'agissait. Mais les questions demeuraient : combien étaient-ils ? Et surtout, où étaient-ils ? La seule que je ne me posais pas, c'est « que veulent-ils ? », car à présent, leurs intentions étaient claires : ils voulaient nous exterminer !

Longeant le couloir, j'étais quasiment persuadé de trouver le cadavre de Sophie dans le reste de la maison et j'ouvris les chambres une à une. Mais, mis à part un désordre indescriptible dans la sienne, je ne trouvai la trace d'aucune nouvelle tuerie. Apparemment, ils l'avaient embarquée.

De retour dans le séjour, j'essayai de trouver des indices. Je retournai le corps d'Élodie. Ses yeux fixes, grands ouverts, avaient conservé leur éclat, ils semblaient me reprocher mon retard. Je passai ma main dessus afin de les lui fermer, puis j'observai les marques laissées sur sa peau. Ces fumiers s'étaient un peu amusés avec elle. Ses poignets portaient les traces rougeâtres d'une forte pression. Plus insupportable encore, une substance révélatrice s'écoulait de son sexe et humidifiait l'intérieur de ses cuisses.

Effondré par tant d'ignominie, je m'assis à même le sol et considérai ce corps sans vie ; un corps magnifique que ni la mort ni les sévices de ses bourreaux n'avaient réussi à enlaidir. Pauvre Élodie promise à un grand avenir, brillante dans ses études, choyée par son père, estimée par sa belle-mère, elle aurait dû n'évoluer que dans des sphères cotonneuses. Il était impensable qu'elle finît comme ça, violée et égorgée, chez moi ; presque sous mes yeux !

Un jour, Max m'avait parlé d'elle, les yeux brillant d'orgueil : « Élodie, c'est une surdouée, elle a un QI supérieur à la moyenne. Elle s'est littéralement promenée dans toute sa scolarité, son bac n'a été qu'une formalité, elle a décroché la mention. Elle vient de réussir brillamment les tests d'entrée à un IUT de journalisme. J'ai beaucoup d'espoir pour elle. Elle est intelligente, instruite et grâce à moi riche. Je vois très vite un beau mariage avec quelqu'un de la haute, un avocat ou un chirurgien, et ils me feront très vite de beaux petits-enfants », et il avait ri.

Il avait raison Max, c'est comme cela que tout aurait dû se passer. Mais voilà ! Son père était un truand que son passé venait de rattraper et Élodie avait réglé l'addition. Elle n'épouserait personne, n'aurait pas d'enfants et ne sortirait aucun article dans les journaux. Elle ne dénoncerait jamais l'actualité ; aujourd'hui, l'actualité, c'était elle qui en faisait les frais. Elle ignorait sûrement les trafics de son père – qu'elle n'aurait probablement pas approuvés. Mais c'était à cause de cela qu'aujourd'hui elle gisait là.

Cette gamine, je l'aimais bien ! Je ne l'avais pas beaucoup fréquentée, mais par son charme juvénile et sa franchise spontanée, elle m'avait conquis. Élodie avait la naïveté et la loyauté de la jeunesse. Bordel de merde ! C'était de gens comme elle dont nous avions grand besoin sur cette terre peuplée de tordus ! J'eus un frisson et j'écrasai une larme sur ma joue. Je n'avais jamais autant côtoyé la mort, mais celle-là, parce qu'elle était particulièrement injuste, me faisait encore plus mal.

J'avais vraiment des envies de meurtre. Je me levai pour aller récupérer mon flingue. Il fallait absolument que je retrouve ces enfoirés : je n'aurais de repos que lorsqu'ils seraient tous morts. Maintenant, j'avais un but dans la vie. Et en plus, ces fumiers détenaient Sophie.

Pour l'instant, il fallait absolument que je prévienne Max.

* * *

Je composai son numéro de portable, mais je n'eus accès qu'à sa messagerie. Plus qu'agacé, je perdis mon sang-froid et jetai pratiquement mon sans fil sur le fauteuil du salon en jurant à haute voix. « Putain de merde ! Ces enculés de portables, dans l'urgence, on ne peut jamais joindre quelqu'un ! »

J'expirai profondément. Malgré le dramatique de la

situation, il ne fallait surtout pas s'affoler, je devais absolument garder la tête froide.

Que faire : appeler les gendarmes ? Je ne le sentais pas, je ne m'imaginais pas leur racontant cette abracadabrantesque histoire. Je risquais fort de devenir le premier suspect. Si j'arrivais à joindre Max on aviserait ensemble. Rien ne pressait, cet après-midi, je n'étais pas censé être passé chez moi et personne ne m'avait vu.

Pour faire tomber la pression, je pris une décision qui me sembla sage : aller me calmer et réfléchir en marchant dans le parc ; loin de la barbarie et, tiens ! en me roulant un joint. Fallait absolument joindre Max, c'est cela qui déterminerait la marche à suivre. Ce fut après les dernières volutes de l'apaisante fumée que je renouvelai mon appel ; toujours en vain. Désobéissant à ses recommandations, je composai le numéro de son téléphone fixe et là encore, j'eus le désagrément d'entendre sa messagerie.

Il ne me restait plus qu'une chose à faire : aller chez lui.

Chapitre XV

La rédemption de Max

En arrivant chez Max, je pressai plusieurs fois le bouton de la sonnette. Je m'énervai un peu, insistai rageusement, mais l'interphone restait résolument muet. La maison semblait vide. Je fis le tour et, côté jardin, vérifiai que la porte de service était bien verrouillée ; elle l'était et paraissait solide. Plus haut, car le jardin était surélevé, sur l'immense terrasse desservie par un monumental escalier, une vaste baie vitrée éclairait le séjour. Elle aussi était bloquée, et d'épaisses tentures occultaient la vue sur l'intérieur de la pièce. En hurlant des « Max ! Ouvre, c'est moi », je frappai longuement et puissamment, mais soit la maison était vide, soit… Je préférais ne pas y songer. D'ailleurs, pour conjurer le sort, avant d'aller plus loin, je retournai prudemment à la bagnole, récupérer mon flingue.

Dans le jardin, une pelle-bêche, restée plantée là, m'apporta une solution. Et ce fut au rideau coulissant du garage que je m'attaquai. Après avoir glissé le plat de la pelle en dessous, je fis levier et eus la satisfaction de le sentir monter. Posant l'outil, je m'emparai de la traverse, et au risque de me péter les reins, je tirai de toutes mes forces. Centimètre par centimètre, ça cédait. Quand elle atteignit la hauteur de mes genoux, j'interrompis ma traction et, en rampant, je me glissai dans le garage. Les bagnoles étaient là ; c'était pas bon signe. Il faisait chaud, très chaud et mes efforts m'avaient éreinté. J'étais trempé et ma chemisette collait à ma peau. Je me pris à penser que normalement, à cette heure, j'aurais dû être étendu sur le sable à contempler l'océan en compagnie de deux créatures de rêve à moitié nues.

Ce n'était pourtant ni le lieu ni le moment de rêvasser ! Et la suite me le confirma. En pénétrant dans le vaste hall d'entrée, j'eus la révélation de ce que je n'osais envisager. Le hall, spacieux, couvert de marbre vert foncé, mettait en valeur un monumental escalier gris clair, fait de la même précieuse matière. J'étais passé par cette pièce la veille et jusque-là, à part les dimensions pharaoniques de la bâtisse, à laquelle je n'arrivais pas à m'habituer, rien d'anormal n'attirait l'attention. Rien ! Ou presque rien ! Au fond, sortant de dessous l'escalier, les jambes d'un mec allongé par terre. Et détail significatif s'il en est, entourées d'une large étendue de raisiné.

Mon front ruisselait et la sueur me coulait dans les yeux. Je passai l'avant-bras sur mon visage puis, dans le but improbable d'essayer de me rassurer, je sortis le calibre de ma ceinture.

Mains moites, revolver au poing, je me dirigeai vers la silhouette étendue. Au sol, des traînées rouges attestaient qu'on l'avait tiré jusque-là. Je m'approchai encore et malgré l'obscurité relative de ce dessous d'escalier, je reconnus le Gitan au fusil à canon scié. Il ne tenait plus son arme, ses agresseurs l'avaient déposée sur un petit meuble de coin. Par contre, il avait toujours ses chaînes en or et mes yeux maintenant accoutumés à la pénombre me permirent de découvrir, parmi elles, un petit câble bien serré. Ça ressemblait à un câble de frein de vélo, mais chaque extrémité était terminée par une poignée en bois. Profondément enfoncée dans ses chairs, cette arme redoutable avait entaillé la peau et à voir la quantité d'hémoglobine répandue sur le marbre, elle avait dû sectionner l'artère carotide. Ses yeux exorbités donnaient une juste mesure de la douleur ou de la terreur qui avait précédé sa mort, confirmant que j'avais affaire à des tueurs professionnels, pour qui la vie d'un homme ne valait pas un pet de nonne.

Sur la pointe des pieds, je montai l'escalier et parvins à la salle de séjour, là où, la veille, j'avais laissé toute l'équipe se préparant à collationner. Tournant le dos à l'escalier, le second

Gitan était installé à la grande table de chêne massif qui trônait au centre de la pièce. Ses bras pendaient de chaque côté de son buste et au sol, près de sa chaise, son Colt paraissait encore plus long. Le Gitan, ce n'était pas le genre de mecs à laisser traîner un flingue aussi précieux. Je le contournai et découvris devant lui une assiette garnie d'appétissante charcuterie. Pourtant, il ne mangeait pas ; ou alors, salement, la joue collée dans les cochonnailles, le regard inexpressif, la bouche tordue par le bord de l'assiette. Il n'était pas très reluisant. Vivant, il n'était déjà pas charmant le Gitan, mais la mort ne l'avait pas embelli. On l'avait flingué par-derrière et son veston portait trois impacts au milieu du dos. Apparemment, du petit calibre.

Quand on a des ennemis, on ne tourne jamais le dos à l'entrée. Il aurait dû au moins savoir ça, ce con ! Max m'avait dit « c'est pas des intellos », mais être con à ce point, ça méritait d'être cité dans le *Guinness* !

Abandonnant son cadavre, je me rendis dans le bureau de Max.

Il était assis dans le même fauteuil que la veille et comme la veille, il avait gardé les mains bien à plat sur le sous-main. Il me regardait fixement, et son œil droit semblait me dire « Salut Fred, qu'est-ce que tu en penses ? » Si je précise le droit, c'est qu'à la place du gauche, un trou béant laissait apparaître une bouillie infâme où se mêlaient le sang, les éclats d'os et les morceaux de cervelle. La balle avait emporté l'œil, l'arcade et une bonne partie de la boîte crânienne. Derrière lui, l'étagère faisant office de bibliothèque portait les vestiges dégoulinants de ce qui lui avait tenu lieu de cerveau. Désormais, sa collection de séries noires était encore plus réaliste ; le raisiné coulait à chaque page. Max avait perdu son ultime combat et plus jamais personne n'aurait à subir son humour à deux balles et ses sempiternelles conneries.

Mon estime pour lui s'était un peu effritée au fil de ses révélations, mais cela me faisait de la peine de le voir finir comme ça ; pitoyable chair inerte. Il s'était fait tout seul à la puissance de ses poings. Il avait souvent baisé les autres Max, mais aujourd'hui, la roue avait tourné : c'était son tour, et en beauté… Et moi qui n'avais baisé personne, je réalisai que je me trouvais dans la même galère et que j'étais en bonne voie pour subir le même sort.

Je laissai Max à ses rêveries et je partis inspecter le reste du château.

Pierrot et Marc, je les trouvai dans une chambre au deuxième étage. On les avait flingués à bout portant pendant leur sommeil. Comme de vieux amants qui dorment côte à côte depuis de nombreuses années, ils gisaient sur un plumard couvert d'un splendide couvre-lit en peau de léopard. Cette fois, ce n'était pas le sang du fauve qui tachait sa peau, mais celui des chasseurs.

Pour eux aussi, l'addition était salée, mais ils devaient s'y attendre, quand on a choisi de vivre à proximité d'une moulinette à pruneaux, on a peu de chances de mourir de vieillesse. De toutes façons, ils n'avaient sûrement pas cotisé à la caisse des retraites.

Je redescendis, en me disant que je donnerais bien les neuf briques que je ne toucherais jamais et tout l'or du monde que je ne possédais pas, pour faire tourner la machine à remonter le temps et pouvoir dire à Max d'aller se faire foutre avec ses Albanais. Je regrettais ma campagne, ma maison, mon chien et…. Bordel de merde ! Ce que je regrettais le plus, c'était la partie tranquille de ma vie, aux côtés de Claire.

Mais qu'est-ce que j'avais été foutre mes arpions dans un pareil merdier ? Le purin, c'est comme la machine à dévorer les cons, il ne faut pas y mettre un orteil et moi, j'y avais sauté à pieds joints ! Moi, je n'étais pas du milieu, je n'étais pas un truand, ni un trafiquant ; je n'étais même pas de droite. Je m'étais impliqué dans ce que j'exécrais : la magouille politico-financière et le trafic d'armes.

Bien sûr, il y avait eu les dix briques et j'en avais tellement honte que je me fis le serment de me remettre à travailler – un boulot honnête, fatigant et mal payé. Bien évidemment, si je m'en sortais, ce qui n'était pas aussi établi que le théorème de Pythagore.

Plus tard, lorsque je redémarrai ma voiture, je pris conscience qu'une page importante de ma vie venait de se tourner. J'étais de nouveau seul. Seul contre tout, seul contre la vie et les emmerdes, seul face aux tueurs russes et si elle était toujours vivante, seul pour essayer de retrouver Sophie. Ce fut cette pensée qui me donna la force et de continuer. Dans ce monde impitoyable, quelqu'un m'avait dit « je t'aime ». Une femme d'une beauté hors du commun et qui plus est, son mec brûlant en enfer, maintenant disponible. Motivé par une haine indescriptible, où perlait une lueur d'espoir, je m'exprimai à haute voix. « Sophie, je te jure que si tu vis encore je te retrouverai et, dussé-je exterminer tous les mafieux de la planète, je te ramènerai. »

Mais pour cela, il me fallait de l'aide et la seule personne qui pouvait m'aider, c'était Marceau. Je décidai de me rendre chez lui.

Deuxième partie

Chapitre XVI

Retour aux sources

Bacalan, j'y avais passé toute mon enfance. Selon certains, le nom de ce quartier de Bordeaux Nord venait de *Bacalhau* ou *Bacalao,* qui en portugais signifie morue. D'autres prétendaient qu'il était dû à un avocat général au Parlement, Monsieur de Bacalan, qui au XVIIe siècle avait élu domicile dans le coin. Qu'importe, à l'époque, tout le monde l'appelait le quartier des morutiers et moi, j'avais davantage côtoyé les morues en tous genres que les avocats généraux du XVIIe siècle.

Côté Bordeaux, Bacalan était délimité par deux immenses bassins où venaient décharger les navires. Ils revenaient une fois l'an de leurs longs périples où ils avaient croisé les icebergs du Groenland, les chalutiers de Terre-Neuve et les pétroliers de la mer du Nord ; où, c'est probable, les marins imbibés de rhum et de bière avaient, comme dans la chanson de Brel, pissé dans les étoiles et honoré les putains.

Nous, les sales gosses du quartier, nous courions derrière les camions surchargés de morues séchées pour en chaparder une ; le soir venu, quelle n'était pas notre fierté de l'apporter aux parents en leur racontant qu'elle nous avait été offerte pour avoir aidé au déchargement des navires. Les morues, avant de les manger, il fallait les mettre à dessaler pendant deux jours dans un seau en changeant l'eau plusieurs fois par jour. À l'époque, c'était le plat du pauvre et sous différentes recettes, comme la brandade et la salade froide avec des pommes de terre, c'était souvent au menu.

J'avais aimé ce quartier avec son bassin à flot où

s'empilaient, outre les piles de morues séchées fraîchement débarquées, les poteaux de mines en partance pour l'Asie et les billes d'acajou venues d'Afrique. Inoubliables aussi, les énormes grues sur rails qui remplissaient le ventre des cargos amarrés aux pieds de l'imposante « base sous-marine ».

La « base sous-marine », comme tout Bacalanais l'appelle, c'est un gigantesque blockhaus construit pendant la guerre par les Allemands pour protéger et réparer leur flotte de sous-marins. Elle véhiculait tant de légendes que pour nous, malgré les interdictions, c'était un formidable terrain de jeu. De l'intérieur, des barreaux scellés au béton nous conduisaient trente mètres plus haut, jusqu'à une terrasse parsemée de cratères de bombes. Si l'on en croit les anciens, de 1942 à 1945, les escadrilles de B 29 avaient régulièrement et très largement arrosé le quartier. Les maisons avaient plus souffert que la base et dans mon enfance, nous jouions sur leurs ruines.

Terrain de jeux aussi, ou plutôt piscine, les immenses bassins de stationnement et de réparation des bateaux. Les morutiers, les cargos et les paquebots ne pouvaient y accéder que par un jeu compliqué de six écluses surmontées par paire d'un pont pivotant. Nous plongions des ponts et nagions au milieu des auréoles de mazout et des détritus qui parsemaient la surface d'une eau boueuse et nauséabonde. Une fois le jeu terminé, le dé-mazoutage à l'aide d'huile de table prenait plus de temps que ne l'avait fait la baignade.

Aujourd'hui, le port de Bordeaux n'a plus aucune activité, les morutiers ont disparu, le prix de la morue l'a convertie en un plat de riches, les grands bateaux s'arrêtent au Verdon, les grues ont rouillé et la base sous-marine est devenue un atelier de soudure. La seule chose qui subsiste, c'est le mazout et les immondices, mais plus aucun gamin ne prendrait le risque de s'y baigner.

J'en étais là de mes souvenirs nostalgiques lorsque je franchis le troisième pont tournant. On les comptait ainsi, du premier en partant de la Garonne, le troisième, c'était le dernier. De l'autre côté, c'était vraiment Bacalan et Marceau y habitait toujours, entre le bassin à flot et le pont d'Aquitaine.

* * *

À la mort de ses parents, il avait récupéré la maisonnette et l'atelier de plomberie de son père. Comme il n'avait pas la fibre artisanale, ce local lui servait principalement de réserve où il entreposait quantité d'objets volés, ou en transit de contrebande. C'est ce qu'il m'expliqua rapidement à mon arrivée, avant de m'offrir l'apéro.

— Putain Fred ! Ça me fait vraiment plaisir de te voir. Je suis heureux que tu te pointes chez moi après cinq ans de silence. Je suis heureux, mais ça m'inquiète. T'aurais pas des emmerdes ?

— Si, mais il faut que je t'explique depuis le début.

Nous nous installâmes autour de la table de jardin sous une tonnelle couverte de glycine. Il me servit un whisky que n'aurait pas dédaigné John Wayne, puis il remplit son verre d'une titanesque dose de Ricard que l'eau ne réussit à troubler qu'avec peine.

Pour la première fois depuis vingt-quatre heures, je me sentais serein, calme et rassuré. Ce retour aux sources me régénérait ; la présence de Marceau aussi.

— Vas-y Fred. Raconte et n'aie pas peur d'y passer la nuit. On bouffe ensemble et si tu veux, tu dors ici.

Sa proposition m'arrangeait, je n'avais nulle envie de me retrouver avec le cadavre d'Élodie et hormis chez moi, je n'aurais vraiment pas su où passer la nuit.

— Ça marche Marceau, tu vas comprendre pourquoi je ne peux pas retourner chez moi.

Je lui relatai tout. Dans les moindres détails, sans rien

omettre, ni ma discussion avec Max, ni ma partie de jambes en l'air avec Sophie. Je lui confiai même la force de mes sentiments pour elle. Mes doutes, mes craintes et mes espoirs. Et puis, je lui narrai les différents massacres et surtout l'inaltérable haine dont m'avait empli l'exécution d'Élodie.

Lorsque j'eus terminé mon exposé, le soleil était presque couché et seulement protégé par ma chemisette d'été dans laquelle, quelques heures plus tôt, j'avais abondamment transpiré, je me mis à frissonner. Marceau s'en aperçut et, se levant, me dit :

— On va bouffer à l'intérieur. J'ai des saucisses et des merguez à faire griller. Je vais faire ça à la cheminée, ça nous réchauffera.

Il me regarda avec insistance, puis ajouta :

— J'ai toujours su que Max avait été une ordure aux ordres de la clique à Chaban et j'ai jamais compris ce que tu foutais avec lui… Ton vieux doit se retourner dans sa tombe.

Mon vieux, c'est vrai qu'il n'aurait pas apprécié ma relation avec Max. Fils unique d'une fille-mère espagnole qui s'était fait engrosser par un vagabond de passage, il n'avait jamais mis les pieds dans une école. Très jeune, il avait, comme les Compagnons, fait le tour de France et proposé ses services partout où l'on demandait de la main-d'œuvre. Il avait fait tous les métiers. Un jour de grâce, il avait rencontré celle qui allait devenir ma mère et par amour pour elle, il était resté à Bordeaux où il avait conduit une benne à ordure.

Il avait passé une grande partie de sa vie à combattre Chaban. Il était coco et fier de l'être. Syndicaliste forcené à la CGT, il s'était plusieurs fois affronté avec son patron qui n'était autre que le tout jeune nouveau maire de Bordeaux, le Général de brigade Jacques Chaban-Delmas. À l'époque, mon vieux était secrétaire syndical de la section qui englobait les balayeurs, les chauffeurs et les éboueurs de la ville. Il avait mené avec succès les grandes grèves de l'après-guerre et avait donné du manche de pioche en réplique à la matraque du CRS. Toute mon enfance avait été bercée par ses prises de position en faveur du collectivisme, ses discours sur les mensonges de la propagande capitaliste et sa haine viscérale pour les « fesses ouvertes » ; appellation simpliste mais combien vérifiée de ses concurrents syndicaux de Force Ouvrière, briseurs de grève et serviteurs zélés du patronat.

Lui, il croyait naïvement que le communisme sauverait l'humanité de la rapacité des hommes et que la lutte des classes sortirait les pauvres des ghettos. Il disparut avant la chute de l'URSS et c'est bien ainsi, il n'aurait pas survécu à la désagrégation de ses idéaux, et l'épandage des révélations sur les exactions de ceux qu'il soutenait l'aurait anéanti.

Après une longue année d'agonie, mon vieux finit par mourir d'un cancer. Dans la douleur, en luttant contre la maladie, comme il l'avait fait toute sa vie contre l'injustice, le capitalisme et l'exploitation de l'homme par l'homme.

Pour rester dans le ton, Marceau me parla du passé et de ses parents disparus quatre ans plus tôt, tous deux la même année.

— Mon vieux, il n'a pas survécu au départ de ma mère, il faisait que répéter qu'il voulait la rejoindre. Tu sais Fred, ces deux-là, ils s'engueulaient tout le temps mais au fond, ils s'adoraient. C'est quand mon vieux s'est retrouvé seul que je l'ai compris. Enfin, il est mort heureux. Quand il est parti, je l'ai lu dans ses yeux, il était persuadé qu'il allait la retrouver.

* * *

La grillade se passa sans problème et en passant à table, nous venions d'engloutir le sixième apéritif. Marceau me demanda alors si je préférais boire du rouge ou du rosé.

Tout au long du repas, nous repassâmes le film de notre enfance, notre indélébile complicité, les projets que nous avions à l'époque et ce que nous en avions fait. Marceau s'était fait virer de l'école après la quatrième, moi, j'avais fait un an de plus. Ensuite, il était resté sans rien faire d'avouable, et de petits coups pourris en démerdes illicites, il faisait tampon entre les Gitans et les Arabes, les deux communautés ennemies les plus représentatives du quartier. Il lui arrivait même de vendre aux uns des jantes en alliage volées par les autres, et *vice versa* pour des autoradios.

Et puis nous philosophâmes sur la morale, la société, l'injustice et le destin qui nous avait conduit là, ce soir, dans la baraque de ses vieux à refaire le monde, pleins de mélancolie. Ensuite, l'alcool aidant, Marceau se mit à parler de cul. Le cul, c'était avec les armes sa principale passion. Faut dire que plus jeune, il n'était pas mal et grâce à un culot sans borne, sa collection de « touffes » (c'était comme ça qu'il appelait ses conquêtes) était ahurissante. En boîte, il lui arrivait parfois d'en *tirer* deux dans la même soirée. Nous étions tous admiratifs de ses performances et envieux de ses victoires. Il ne nous restait plus qu'à consoler leurs copines, restées seules et désœuvrées.

Mais voilà, tout passe et le charme de Marceau aussi. Il s'était épaissi, avait perdu ses cheveux et la gent féminine sensible à son look actuel ne courait pas les rues. Les boîtes sont de nos jours remplies d'adolescentes et les rares bourgeoises qui viennent y rôder sont plus attirées par le style « cadre grisonnant » que « loubard tatoué ». Les conquêtes s'étaient faites plus rares et il m'avoua assumer maintenant sa sexualité en tournant, le soir, sur le parking de la foire à la recherche de couples échangistes en mal de partouze.

— Et ça marche ?

— Tu peux pas t'imaginer à quel point ! Comme j'ai une grosse bite, je me suis fait une renommée et toutes les chattes en feu en réclament. Y a même des mecs qui m'embarquent chez eux pour que je saute leur gonzesse ! Des bourgeoises friquées ! Fringuées et apprêtées, comme on le voit que dans les magazines. Qui vivent dans des baraques où celle-ci rentrerait en totalité dans le salon, avec des salles de bain plus grandes que l'atelier de mon vieux. On peut rentrer à six dans les baignoires ! Y a même des jets qui te caressent les couilles.

Il était parti dans ses délires, Marceau, et les yeux pétillants de malice, il me conta les épisodes les plus déjantés de ses escapades nocturnes :

— Tu vas rire, mais un jour, je me suis même fait sucer par le mari ! Faut te dire que sa femme, une splendide blonde à la croupe généreuse, était tête-bêche sur moi, je lui bouffais le cul et j'étais persuadé que c'était sa bouche qui me pompait la queue. En fait, quand j'ai constaté l'erreur, c'était trop tard, j'avais largué la purée et le mec a tout avalé.

Quand il racontait, le Marceau, il ne faisait pas dans la dentelle. De toutes façons, la broderie n'était assurément pas la spécialité du quartier. Il était hilare. Lui au moins, il avait trouvé sa solution, il ne se prenait pas la tête avec les sentiments. C'était au fond un être simple qui savait prendre son plaisir en faisant abstraction de toutes complications.

Moi, j'étais aux antipodes de Marceau et de son hédonisme trivial, j'étais un cérébral. J'avais souvent été guidé par mes passions et j'avais toujours eu besoin d'aimer ; même si mon amour n'avait pas réussi à m'empêcher de déconner. Dans tous les cas, la perspective de n'être qu'une bite me laissait de glace et les partouzes, qu'elles se passent à trois ou à douze, ce n'était pas mon truc.

Et Marceau, avec la même délicatesse, de m'en remettre une couche :

— Tu comprends, Fred ! Le principal, c'est de renouveler sa faune testiculaire ! Alors si Madame veut de la bite ! Madame va être servie ! Et en principe, je te jure qu'elles en redemandent.

Bonjour la poésie ! Il m'arrivait pourtant de l'envier. Oh,

pas pour ses cascades nocturnes, mais pour la simplicité avec laquelle il abordait le sexe. Marceau, c'était un rustre, mais un rustre heureux ! Macho, queutard et heureux de l'être ! Diamétralement opposé à moi, toujours esclave de mes neurones tourmentés, tel un écorché vif qui compliquait tout. Avec mon amour pour Claire qui ne reviendrait jamais et ma passion pour Sophie qui avait disparu.

Beaucoup plus tard, en allant nous coucher, nous avions bu le rosé, le rouge et une bouteille de cognac.

Et la nuit ne me laissa aucun souvenir.

* * *

Le lendemain au réveil, j'avais la gueule de bois et un phénoménal mal de tête. Il était dix heures, Marceau était déjà debout et lisait le *Sud Ouest*.

— Salut Fred ! Ça va ? Mis à part le massacre des Albanais, y parlent pas de ton affaire. Ni de chez toi ni de chez Max.

— Chez moi, y a que la factrice qui risque de s'étonner que Jackson n'aboie pas. Fais voir ce qu'ils disent sur les Albanais.

Il me passa le journal et je pus constater que l'auteur de l'article était dans le flou le plus complet. Il parlait de quatre cadavres non identifiés, trouvés dans l'arrière-salle d'un bar mal famé, situé près du marché des Capucins. Certainement des étrangers, venus d'Albanie ou du Kosovo. Les enquêteurs supposaient qu'il s'agissait d'une prise de possession brutale d'un des réseaux de la prostitution bordelaise. Le propriétaire, un quinquagénaire d'origine yougoslave, avait été longuement interrogé par la police, mais ses révélations n'avaient apporté aucun élément permettant de faire avancer l'enquête.

— Si tu veux déjeuner, il y a du café chaud dans la cafetière, et je suis allé chercher des croissants frais chez Lagarde.

Lagarde, c'était le boulanger du coin, il se trouvait à deux pas de chez Marceau. Gamin, nous allions y acheter des Carambar, mais surtout pour mater les gros nichons de la boulangère.

« La Lagarde », comme nous l'appelions tous, était une blonde plantureuse qui arborait magnifiquement la quarantaine. L'été venu, elle portait des décolletés outrageants qui exhibaient une volumineuse poitrine laiteuse. Que de nuits pus-je passer la main sous les draps à m'imaginer le nez coincé entre ses opulentes rondeurs ! Les mauvaises langues disaient qu'elle avait beaucoup d'amants et que le boulanger, qui pétrissait sa pâte toutes les nuits, était plus cocu que celui du roman de Pagnol ! Mais on n'empêchera jamais les jaloux de calomnier. Et nous, la boulangère, nous l'aimions bien.

— Dis-moi, Marceau, te connaissant comme je te connais, tu l'as sautée la mère Lagarde ? Tant d'appâts à portée de main, ça a dû te donner le vertige.

— Crois-moi si tu veux, mais non ! Juste un peu tripotée. Les nibards et le cul ! Un jour, je lui ai même fourré un doigt dans la chatte. Mais elle a jamais voulu aller plus loin. C'était une allumeuse. Et tu vois, je crois bien qu'elle y tenait à son boulanger et qu'elle l'a jamais trompé.

— C'est vrai que « juste un doigt dans la chatte », c'est pas tromper ! Qu'est-ce qu'elle est devenue ?

— Elle est morte y a deux ans. Elle l'a tenu jusqu'au bout, son magasin. Juste avant qu'elle claque, tu l'aurais pas reconnue. Elle avait plus de soixante-dix berges et elle était bourrée d'arthrose ; à peine si elle pouvait marcher... Mais elle était toujours aussi sympa avec les mômes du quartier. Je l'aimais bien, moi ; c'était une figure emblématique du quartier.

— Emblématique ! Chapeau, Marceau ! Ce mot, tu l'as copié dans ta main pour me le ressortir maintenant ?

Marceau se vexa.

— Tu me prends pour un blaireau, mais je suis allé à la même école que toi et t'étais pas meilleur. Souviens-toi, on était les lanternes rouges de la classe, quand j'étais dernier, t'étais avant-dernier et *vice versa*.

Les croissants étaient moelleux et le café délicieux. Marceau me jeta un regard interrogateur puis me demanda :

— Tu m'as toujours pas dit ce que tu attendais de moi, ni ce que tu comptes faire pour retrouver les Russes.

— La première des choses qu'il est impératif de faire, c'est que tu m'apprennes à me servir de mon flingue. Je n'ai jamais tiré avec un revolver, et de toute façon je n'ai que les munitions contenues dans le barillet.

— Pas de problème pour te former. Je tire très bien, à l'armée j'ai même été tireur d'élite, quant aux munitions, je peux en avoir autant que tu voudras. Je connais aussi un bon endroit pour nous entraîner. Qu'est-ce que je peux faire d'autre ? T'as bien un plan d'attaque.

— Non, je n'ai aucune idée.

— Et comment tu veux que je t'aide ? Moi je connaissais que Max. T'as bien une petite piste ?

— Une toute petite, et je suis pas sûr qu'elle aboutisse.

— C'est quoi ta piste ?

— Valérie, la maîtresse du Tatoué.

— Le Tatoué, je le connaissais un peu, il était pas giron. Je suis étonné qu'une gonzesse ait pu lui trouver du charme.

— Et en plus, elle est canon de chez canon ! Tout juste la vingtaine, et côté cambrure, elle est gaulée comme une patineuse sur glace.

— Tu m'excites ! Tu crois qu'elle sait quelque chose ?

— Peut-être, dans tous les cas, on ne peut pas négliger cette piste.

— Bon alors, on va la voir quand ? Tu sais où elle crèche ?

— Oui, au Bouscat, en face du stade, elle m'a même donné le numéro, c'est au 26.

— C'est parti !

J'étais tout excité à l'idée de revoir Valérie. Quant à Marceau, il frétillait comme un clébard à qui on présente un os de dinosaure.

Chapitre XVII

Valérie

La maison était fort belle et le parc qui l'entourait avait de quoi laisser pantois. Deux piliers de pierre encadraient un haut portail en fer forgé des plus classes. Marceau était interloqué.

— Putain, comment il pouvait se payer tout ça ton *Gitous* ? C'est une des communes les plus friquées de la CUB. Il a gagné un loto ?

— Je ne pense pas, Max devait bien le récompenser. D'après ce que j'ai compris, c'était son homme de confiance ; et comme Max brassait des fortunes... Et puis Le Tatoué, il devait avoir ses propres affaires.

J'appuyai sur la sonnette et en réponse à une voix féminine, je me présentai. Le grognement de la gâche électrique nous indiqua que nous pouvions entrer. Le temps de parcourir la grande allée, Valérie nous attendait sur le seuil. Je lui présentai Marceau. Elle lui serra la main.

— De loin, lui dit-elle, je vous avais pris pour M. Estival. Vous avez la même carrure. Je vous avoue que je préfèrerais ne pas le rencontrer ; je le tiens pour responsable de la mort de Tonio.

— Ne vous inquiétez pas, M. Estival ne viendra pas vous ennuyer. Je m'en porte garant.

Là, je ne prenais pas grand risque. Elle nous fit entrer. Nous découvrîmes un gigantesque séjour, où elle nous pria de nous installer dans un somptueux canapé de cuir blanc nacré. Marceau était aux anges ! Il ne pouvait décoller son regard des formes de la jeune femme. Faut dire qu'elle portait un survêtement Adidas plutôt moulant qui mettait en valeur la finesse de sa taille et accentuait la courbe de ses rotondités postérieures. J'étais moi aussi impressionné, mais je m'efforçais de n'en rien laisser paraître.

— Vous prendrez bien un café ? demanda-t-elle. Il est encore chaud.

Nous acquiesçâmes. Elle tourna les talons et partit vers la cuisine ; à la vue du verso, Le Chacal faillit exploser.

— Putain Fred, t'avais raison, quel canon ! Le *Gitous*, y devait pas s'emmerder au pieu !

— Calme, Marceau, calme. Pense qu'elle vient de perdre l'homme de sa vie.

— Justement, la place est libre…

Le retour de Valérie portant un plateau où nous attendaient nos cafés, mit fin à ses lubricités verbales. Le service accompli, elle s'assit en face de nous, puis, le regard interrogateur, nous observa. Ce fut elle qui rompit le silence :

— Que puis-je pour vous ? Je suppose que vous n'êtes pas venu pour mes beaux yeux.

C'est vrai qu'ils étaient beaux ses yeux ; d'un gris-vert lumineux époustouflant. Je raclai ma gorge et tentai d'expliquer clairement le but de notre venue :

— Pour des raisons différentes, nous avons des objectifs communs. Entre autres, celui de retrouver les assassins de votre compagnon.

— Commençons par appeler un chat un chat, Tonio n'était pas mon compagnon, c'était mon amant. Ce n'était pas le premier, mais c'était le meilleur. Et il m'aimait… Mais continuez, vous m'intéressez. Moi aussi je veux qu'on retrouve les ordures qui l'ont tué.

— Au cimetière, j'ai cru comprendre que vous souhaitiez me rencontrer. C'est réciproque, car vous êtes actuellement la seule personne à pouvoir nous mettre sur leur piste.

— Et M. Estival, demandez-lui. Lui, il sait ce que trafiquait Tonio. C'était son patron.

— M. Estival ne pourra pas nous renseigner, il est mort !

— Lui aussi ! s'étrangla-t-elle.

— C'est une longue histoire et je vous prie de garder cette information pour vous. Sa disparition n'est pas encore connue.

— Que lui est-il arrivé ?

Je racontai à nouveau toute l'affaire. Sans toutefois parler de mes rapports avec Sophie ni du meurtre d'Élodie. Lorsque j'eus terminé, elle parut déçue :

— Alors les assassins de Tonio peuvent dormir sur leurs deux oreilles. On n'est pas prêt de les attraper… Je ne sais rien moi ! En ce qui concerne ses activités, Tonio était aussi muet qu'une carpe. La seule chose que je sais, c'est qu'il s'absentait souvent et qu'il gagnait beaucoup de fric. C'est tout.

— Réfléchissez, vous êtes notre seule chance. Une parole, une adresse, un numéro de téléphone…

— Non, je suis désolée, rien. J'ai beau me creuser les méninges…

— Je vous en prie, réfléchissez. Le moindre indice peut nous aider.

— Attendez… Si, peut-être que j'ai quelque chose. Tonio voyait souvent un type ; mais je ne sais pas grand-chose de lui. D'après ce que j'ai cru comprendre, il s'agissait d'un exportateur. Un jour où il avait rendez-vous avec lui, Tonio m'a fait attendre dans la voiture. Je ne sais pas exactement où il est situé, mais c'était pas loin du Hangar 14.

Bon sang, il s'agissait certainement de la personne dont m'avait parlé Max. On l'avait notre piste, il suffisait de le localiser. Il n'était pas certain qu'elle nous conduise aux Russes, mais on avait de quoi continuer. Marceau avait apparemment d'autres préoccupations. Le regard énamouré, d'une voix sirupeuse, il questionna Valérie :

— Vous allez rester habiter ici ?

— Non, la famille de Tonio veut récupérer la maison, je ne

sais même pas où aller. Pas question de retourner chez mes parents ; ce sont des *cathos* intégristes qui voulaient me marier avec un notaire ringard. Ils n'ont pas accepté que je me mette avec Tonio ; pour eux, c'est le déshonneur.

Arborant un sourire aussi chargé de stupre que celui du loup devant le Chaperon rouge, Marceau se lança :

— Écoutez, belle enfant, je dispose d'une maison, qui sans être aussi spacieuse que celle-ci n'en est pas moins confortable ; si vraiment vous ne savez pas où aller, je me ferais un plaisir de vous héberger.

Valérie sembla plutôt énervée :

— Et je suppose que vous me proposerez de partager votre chambre… Vous me ferez même une petite place dans votre lit ?

— Heu… je...

— C'est dégueulasse ! Depuis que vous êtes entré, vous n'avez pas cessé de me mater. Vous dégoulinez de vice. Les mecs comme vous, je les reconnais au premier regard ! Vous me faites gerber ! Pour une fois, essayez d'oubliez votre bite et de penser avec votre cerveau ! Tonio vient juste d'être enterré. Et, même si ça peut vous paraître anormal, je l'aimais. Et c'était réciproque ! Alors votre appendice, vous pouvez vous le foutre derrière l'oreille, vous le fumerez plus tard !

Moi, dans mon coin, je buvais du petit lait. Comment elle me l'allumait le Marceau ! Il était devenu rouge cerise et n'ouvrait plus la bouche.

En souriant, je décidai d'essayer de détendre l'atmosphère :

— Sachez, chère Valérie, que je me désolidarise totalement des maladresses de mon ami. Il faut lui pardonner, cet homme vit en ermite au fond de la forêt et cela faisait une éternité qu'il n'avait pas vu une femme.

— Alors, quand vous l'amenez en ville, tenez-le en laisse et foutez-lui une muselière.

J'éclatai de rire ; pas Marceau. Une question m'obsédait :

— Dites-moi, Valérie, au cimetière, vous avez émis le souhait de me rencontrer.

— Effectivement.

— Pour quelle raison ?

— Tonio m'a laissé beaucoup d'argent. Quand je dis beaucoup, cela veut dire beaucoup ! Alors, j'ai décidé d'en dépenser un peu pour le venger. Je veux passer un contrat sur la tête de ses assassins. Et comme je n'avais aucune confiance en M. Estival, j'avais l'intention de m'adresser à vous. Je ne connais personne d'autre.

— Vous n'avez pas contacté sa famille ? En principe, les Gitans ont la dent dure.

— Si, mais son frère est sédentarisé et il a aujourd'hui pignon sur rue ; il préfère que quelqu'un d'autre se charge de ça. Donc, si vous exécutez les ordures qui ont torturé Tonio, vous toucherez quarante mille euros en espèce, avec une avance de dix pour cent maintenant, pour vos frais.

Mentalement, je traduisis en francs : plus de vingt-cinq plaques. C'était pour le moins inattendu. Je ne toucherais jamais les neuf briques de Max, et voilà qu'on m'en proposait plus du double ! Les risques aussi étaient doubles : ce n'était plus des gentils proxénètes albanais que je devais trouver, c'était des tueurs russes que je devais exécuter.

— Ok, Valérie, j'accepte. Mais il n'est pas certain que je les retrouve. La piste de l'exportateur peut très bien tourner court.

— Je vous fais confiance, et si vous n'aboutissez pas, vous garderez les arrhes.

Elle nous laissa seuls quelques minutes puis revint, tenant une liasse de billets.

— Voici quatre mille euros. Prenez aussi mon numéro de portable. Tenez-moi au courant de la suite.

Je le notai, puis nous la quittâmes. Lorsque nous fûmes seuls, mon vieux pote grommela :

— Merci pour ton aide. T'es un bel enfoiré. Qu'est-ce qu'il lui a pris à cette conne, elle se croit belle ou quoi !

— Toujours est-il que celle-là, tu ne l'as pas rendue folle ! Tu ne dois pas être son genre.

— Quelle conne !

— Une conne qui, je te le rappelle, vient de nous refiler quatre mille euros et en tient trente-six mille à notre disposition. Sois bon joueur ; tu l'as un peu cherchée.

— Ok, mais qu'est-ce que tu veux, moi, quand je vois un cul comme ça, et que je me dis qu'il est disponible, je disjoncte. Sacré *Gitous* !

Chapitre XVIII

L'arme fatale

De retour à sa piaule, Marceau était de meilleure humeur, il semblait motivé et paraissait vouloir prendre une part active aux opérations.

— Et maintenant, qu'est-ce qu'on fait ? me demanda-t-il.

— Maintenant, on a une piste : l'exportateur.

— Tu crois que c'est sérieux ?

— Oui ; Max m'a déjà causé d'un pote à lui qui s'occupe d'import-export. C'est lui qui est chargé du transit des armes vers l'Afrique. En ce qui concerne la partie maritime, c'est lui qui organise tout. Dans ce trafic, ce mec est incontournable. Si les Russes veulent commercer avec l'Afrique, ils ne peuvent pas se passer de lui ; ils l'ont sûrement contacté. Je vais aller le voir, je ne connais pas son nom, mais avec ce que nous a dit Valérie, on doit bien arriver à le localiser. Son bureau est sur les quais, quelque part à proximité du Hangar 14.

— Le Hangar 14, c'est l'ancienne capitainerie ?

— Oui, et vu la désaffection du port, des boîtes d'import-export, il ne doit pas y en avoir des masses.

— Et alors, tu crois qu'il va te causer ?

— Ou il me cause, et je trouve les *Russkoffs*. Ou il les prévient de ma visite, et… C'est là que j'ai besoin de toi. Je veux bien servir d'appât pour attirer les fauves, mais pour les abattre, il est impératif qu'il y ait un chasseur à l'affût. Les Russes, on ne sait pas qui ils sont, ni où ils sont, et encore moins combien ils sont, mais ce qui est certain, c'est que si on ne les trouve pas, et qu'on vient les chatouiller, ce seront eux qui nous trouveront. Et je veux être prêt pour les deux hypothèses.

— Ça se tient. Tu peux compter sur moi. Mais il faudra que

je me débrouille des armes appropriées : fusil à lunette infrarouge, et pourquoi pas quelques bonnes grenades quadrillées.

— Et si tu peux trouver un porte-avions ! ricanai-je.

Il souriait. Apparemment, il avait oublié l'épisode Valérie et le fait de refaire équipe avec moi semblait le combler. C'est enthousiaste qu'il déclara :

— Allez, ça baigne. Accorde-moi juste une petite demi-heure pour aller chercher des munitions chez un pote et on va sur l'ancienne décharge de Labarde. On va tirer sur des cannettes.

Il m'abandonna et revint tout excité.

— Allez mec, j'ai pris de quoi tenir un siège de six mois face à la garde de Saddam Hussein. Direction le stand de tir.

L'ancienne décharge était un immense terrain vague de plusieurs hectares, situé entre la Garonne et une route départementale qui partait vers le Médoc, le chemin de Labarde.

Pour nous y rendre, nous passâmes sous le pont d'Aquitaine en longeant ses angoissantes piles de béton, noircies par le temps et la pollution. Hautes de plus d'une centaine de mètres, elles nous écrasaient par leur gigantisme rudimentaire et le tablier de métal situé à leur mi-hauteur délimitait par sa présence rectiligne la partie nord du quartier.

Après avoir accueilli les ordures ménagères de toute la ville pendant une vingtaine d'années, la décharge avait été fermée et recouverte d'une épaisse couche d'argile provenant des alluvions dragués dans la rivière, puis propulsés sur les remblais. On appelait ça les colmatages. Depuis, les ronces et les ajoncs avaient abondamment poussé mais laissaient de vastes surfaces infertiles où la terre craquelée n'était pas sans rappeler la vallée de la Mort, que les photos de JeanLoup Sieff avaient si remarquablement mise en valeur.

Marceau avait réussi à faufiler sa vieille R 25 entre les taillis et c'est au bord du fleuve que nous décidâmes d'installer notre stand de tir.

— Tu reconnais le coin ? Faut dire qu'il a changé ! fit Marceau.

Pour avoir changé, il avait changé. Le coin, on l'avait bien connu avant que les bennes à ordure ne commencent à décharger leurs immondices. Autrefois, c'était une vaste prairie où broutaient vaches et chevaux, avec en bordure du fleuve une large étendue de roseaux où les gamins du quartier venaient jouer aux cow-boys et aux indiens entre eux, et au docteur avec les filles. C'était là que pour la première fois, j'avais joué au papa et à la maman avec Fanfan, de deux ans mon aînée. Marceau aussi, ça lui rappelait de bons souvenirs de jeunesse et de touche-pipi, mais plus de trente ans étaient passés et nous étions devenus deux vieux cons qui s'apprêtaient à jouer une minable parodie de *L'Arme fatale.*

Marceau sortit une caisse de balles et la déposa à mes pieds.

— Tiens, quand tu auras tiré tout ça, si t'es pas meilleur que Clint Eastwood, tes *Popoffs*, tu feras mieux de les défier aux échecs.

Il disposa au sol une dizaine de bouteilles de bière vides, me fit reculer d'une vingtaine de pas, puis nous commençâmes mon instruction au tir.

Mon 357 en main, il me fit une démonstration de positionnement, puis me passa le flingue. Pas très rassuré, je le pris et essayai de l'imiter. Marceau excellait dans son rôle de formateur :

— Pas comme ça ! Tu le tiens comme une banane ! Oui ! Comme ça ! Serre-le bien ! Mais juste au moment où tu tires. Ok, les bras souples, décontractés, tu descends et quand tu vois la bouteille dans l'alignement du canon, tu appuies sur la détente. Rien qu'avec le doigt, bouge pas le poignet.

La détonation du 357 était impressionnante et pour m'habituer au recul, il ne me fallut pas moins d'une vingtaine de tirs. Après une heure à jouer à l'inspecteur Harry, je savais tirer mais je n'avais toujours pas touché une seule cannette.

Comme je râlais de ma maladresse, Marceau me rassura :

— T'en fais pas, je les ai pas mises là pour que tu les touches, mais pour qu'elles te servent de repère. Je vois sauter la terre. Tu te rapproches. C'est vachement mariolle de toucher d'aussi petites cibles, de toutes façons, tes Russes, ils sont plus gros qu'une bière ! Et dis-toi bien que ça sert à rien d'être précis si tu tires pas le premier… Tiens ! Passe-moi le flingue.

Pistolet tenu des deux mains, bras tendus vers l'avant, Marceau tira très rapidement six fois. Quatre bouteilles explosèrent et je pus apercevoir les traces de poussière tout près des deux autres.

— Putain ! Tu te démerdes bien !

— Je te l'ai dit, à l'armée, j'étais un spécialiste et je m'entraîne toujours. Je viens souvent faire des cartons ici. C'est moins cher que dans un club et je peux utiliser toutes sortes d'armes sans affoler les voisins. Pour aujourd'hui, ça ira, on rentre boire une bonne bière fraîche, ça changera des cannettes vides.

* * *

En rentrant, on fit un petit détour pour passer devant l'ancienne maison des mes vieux. C'était une copieuse bâtisse à étage dont la façade s'ornait d'un grand balcon. Marceau ralentit, et les souvenirs défilèrent. Cette maison, mon vieux l'avait entièrement construite de ses mains. Il en avait fabriqué les pierres à l'aide de moules en tôles. Ces parpaings étaient constitués de béton comprenant des résidus de fonderie et du ciment. Il avait même récupéré la ferraille des fondations en cassant à la masse les blocs de béton d'anciens blockhaus qu'en fuyant, les Allemands avaient fait sauter. Même la charpente venait d'un hangar en démolition. Et bien que gamin, j'avais participé les mains pleines d'ampoules à ces pénibles travaux.

Du vivant de mes vieux, le balcon et les fenêtres étaient toujours garnis de géraniums, ce qui leur avait valu plusieurs fois un prix octroyé par la mairie de Bordeaux.

Ça faisait plus de dix ans que ma mère avait disparu. Elle avait survécu une dizaine d'années à son mari et durant cette émouvante période, le balcon était toujours resté fleuri.

Devinant mes pensées, Marceau crut bon de faire remarquer :

— Depuis que ta vieille est morte, y a plus jamais eu de fleurs.

— C'était pour lui qu'elle le fleurissait. C'était sa manière à elle de continuer son œuvre. Quand mon vieux était vivant, elle ne connaissait rien aux géraniums et ne s'approchait jamais d'un pot de fleurs.

— Elle en avait fait le plus beau balcon de Bordeaux, fit Marceau nostalgique.

Et puis, une nuit, elle était partie rejoindre son impérieux mari ; à petits pas, sans faire de bruit. Elle s'était endormie sans un murmure, discrètement ; comme elle avait vécu.

Chapitre XIX

L'import-export

Coincée entre le fleuve et une grande chaussée bordée de somptueux immeubles du XVIIIe siècle, la capitainerie est un immense hangar, terminé sur sa face nord par des bureaux. Autrefois, c'était le cœur du port de Bordeaux et dans ce complexe, cohabitaient tous ceux qui jouaient un rôle dans son fonctionnement. On y retrouvait les douanes, les autorités portuaires et fluviales, les boîtes d'import-export, les sociétés de remorquage ainsi que les responsables du port autonome.

Désaffecté puis rénové par Juppé, ce gigantesque ensemble est devenu une pharaonique salle de réception pour galas et manifestations en tous genres dépassant le millier de participants. Et même si plus aucun capitaine n'en a franchi le seuil depuis belle lurette, les vieux Bordelais continuent de l'appeler « la capitainerie », quand les plus jeunes lui préfèrent « le Hangar 14 ».

Je garai ma voiture au bord de la Garonne et je contemplai un instant ses eaux boueuses qui charrient inlassablement des immondices, des troncs d'arbres et des branchages. Dire qu'autrefois, je me baignais là-dedans ! Un jour, j'avais même essayé de traverser le fleuve, mais le courant trop fort m'avait fait renoncer, et ce fut épuisé et déçu que je m'étais retrouvé dans la vase de la même berge, un bon kilomètre en aval. Aujourd'hui, je n'étais pas là pour battre ce record, mais pour une opération tout aussi vaseuse qui pourrait s'avérer infiniment plus dangereuse.

Je traversai la chaussée et rejoignis le trottoir où s'alignaient de colossales portes cochères. La plupart s'ouvraient sur de vastes halls. Je fis une centaine de mètres en contrôlant les noms inscrits sur les boîtes à lettres. Je ne trouvai que deux sociétés d'import-export. La première se nommait

« Société de transport maritime bordelaise » et la seconde « La Porte de l'Afrique ». Certainement à cause de *l'Afrique*, je décidai de commencer par celle-là.

Elle se situait au troisième étage. Un large escalier de pierre aux marches usées y conduisait. Sur le dernier palier, trois portes sombres et anciennes se découpaient dans la cloison. Elles étaient démunies de sonnette et une seule possédait une plaque en cuivre où figurait le nom de la société recherchée. Afin de reprendre mon souffle, je m'accordai une pause, puis frappai contre le panneau vermoulu.

— Oui ! Entrez !

J'appuyai sur le bec de canne et entrai dans la pièce. Elle était vaste et en son milieu un bureau clair aux formes modernes dénotait avec la vétusté de l'ensemble. Assis derrière ledit bureau, il y avait un mec qui, demi-lune sur le nez, me demanda :

— C'est pourquoi ? Nous n'avons pas rendez-vous et je n'ai pas le plaisir de vous connaître.

Il ressemblait à une caricature de Daniel Prévost. La cinquantaine grisonnante, costard sombre, cravate bariolée où dominait le jaune, sur une chemise bleu clair.

— Bonjour, Frédéric Salbor, je suis un ami de Max.

— Quel Max ? Des Max, y en a plein.

— Maximilien Estival, l'ancien boxeur.

— Je ne connais pas, dit-il en replongeant dans ses dossiers.

Ce mec avait vraiment une tête de con, je dus faire un effort monumental pour ne pas lui dire avec fermeté ce que je pensais de lui. Je réussis à sourire et perfidement, je lui précisai :

— Pourtant, Max, la veille du jour où il a été exécuté, il m'a parlé de vous.

Cette fois, j'étais sûr d'avoir touché juste. Le poisson était ferré. Il avait accusé le coup et c'est en balbutiant qu'il me répondit :

— Je… Je vous dis… que je ne connais pas d'Estival… Et puis, je ne me souviens pas de tous les noms des gens que je fréquente. Si vous n'avez pas plus de précisions à me donner, foutez-moi la paix. J'ai du boulot moi !

Ce mec mentait, j'en étais sûr. Son nez pointu et ses petits yeux porcins me le criaient. Et on ne ment jamais pour rien, il devait avoir une excellente raison ; vitale ou lucrative. Je le regardai à la manière d'un CRS face à un étudiant ramassant un pavé et, décidé à le déstabiliser un peu plus, j'optai pour le tutoiement :

— Tu sais mec, je suis sûr que tu le connaissais, Max. Peut-être que tu savais pas encore qu'il s'était fait descendre, ce qui, sur l'instant, expliquerait la trouille dont tu sembles envahi, mais je suis certain que c'est toi qui exportes ses jouets, *via* le Verdon, vers l'Afrique. Et je pense même que tu connais les enfoirés qui l'ont dessoudé. Alors écoute-moi bien, parce que ce que tu retiendras et seras capable de répéter avec éloquence, déterminera tes chances de survie. Tu leur diras que s'ils touchent un seul cheveu de Sophie, ils sont morts. Je les trouverai, où qu'ils soient, où qu'ils aillent. Je serai leur pire cauchemar. Même si je dois y consacrer ma vie entière, je te jure que je les aurai. Et s'ils lui ont fait la moindre misère... tu seras le premier à passer à la moulinette. Je ferai avec toi le plus dégueulasse pâté pour chien de la Création.

— Mais… Je ne comprends pas ! Je ne connais pas de Sophie.

— Y pas de mais mec ! Souviens-toi bien de ça. Surtout, fais en sorte qu'ils ne la touchent pas !

Puis, sans me retourner, je sortis de la pièce en refermant la porte derrière moi. Sur le palier, j'attendis un court instant. À la suite de quoi, je collai mon oreille contre le panneau. Et j'eus la confirmation de mes espoirs : le mec téléphonait. Je ne compris pas ce qu'il disait mais sa voix suraiguë me donna la mesure de son affolement. J'avais touché juste, cet enfoiré était de connivence avec les tueurs.

Chapitre XX

Des Russes pas très orthodoxes

Je ressortis de l'immeuble et d'un pas nonchalant me dirigeai vers ma Mercedes. Au lieu de repartir immédiatement, les avant-bras posés sur la rambarde de protection, je restai à méditer face à la rivière. Je regardai ma montre, il était dix-sept heures et un soleil de plomb particulièrement agressif brûlait encore les pavés du port.

Si je voulais que les Russes me trouvent, il fallait bien que je laisse quelques traces ou du moins que je leur donne le temps de s'organiser. Dans le camp adverse, ça devait sérieusement s'agiter.

J'avais depuis quelques temps arrêté de fumer des cigarettes et l'action apaisante de la clope me manqua, mais n'ayant rien sur moi pour me rouler un joint, c'est en crachant dans la flotte de la Garonne que je mis un terme à ma méditation. Un petit quart d'heure s'était écoulé. Remontant dans ma caisse, je m'insérai tranquillement dans la circulation.

Je n'avais pas fait trois cents mètres que, dans mon rétroviseur, je remarquai une Ford Mondeo qui, à une distance respectable, roulait à la même vitesse que moi. À son bord, malgré les vitres teintées, j'aperçus deux personnes. Ils touchaient presque le pavillon du véhicule de la tête. Si mes supputations s'avéraient exactes, mon intervention chez l'importateur avait fait mouche et la vitesse de la réaction m'indiquait la probable promiscuité de la résidence des Russes avec la société d'import-export.

Afin de vérifier qu'ils étaient bien là pour ma pomme, je changeai plusieurs fois d'allure et me faufilai entre les files de voiture. La Ford, un moment distancée, réapparut dans mon rétro. Mes plus que soupçons étaient confirmés. L'importateur, le vieux copain de Max, son complice de toujours, jouait le double jeu. Je me dis que décidément dans ce bas monde, la loyauté était une marchandise bien périssable. « La vertu se noie dans l'intérêt comme les fleuves dans la mer », disait le duc de La Rochefoucauld.

* * *

Je décidai de les promener un peu, ce qui avait le double avantage de tester leur ténacité et de me donner le temps de réfléchir. Pas question de les conduire chez Marceau et dans tous les cas, pour agir, il fallait attendre la nuit. Je souris en pensant que les deux Russes devaient se dire la même chose.

Un petit tronçon de rocade franchi à vive allure m'emmena à la sortie qui s'ouvrait sur le Médoc, et je commençai à chercher où piéger mes poursuivants.

Mon choix se porta sur un petit hôtel situé à Eysines sur l'avenue du Médoc, à une dizaine de kilomètres du Lac de Bordeaux.

Sa façade, à même le trottoir, n'étant séparée que de quelques mètres de la chaussée, il convenait parfaitement à mes projets. Je dépassai le porche et me garai. Le rétroviseur me renseigna : par un savant créneau, la Ford se rangea entre deux véhicules, une vingtaine de mètres en amont. L'entrée de l'hôtel se trouvait entre nos deux voitures.

Je pénétrai à l'intérieur de la bâtisse et dans le hall vide, je frappai à une porte de service. Un petit vieux binoclard tout fripé apparut.

— C'est pourquoi ? demanda-t-il en regardant mes mains vides.

— Une chambre pour la nuit. Vous avez de la place ?

— Pour avoir de la place, on en a. L'hôtel est vide ! Vous savez ici, en dehors de la foire d'exposition et de *Vinexpo*, il y a toujours de la place. Nous avons vingt-deux chambres avec WC et douche.

— J'en voudrais une qui donne sur la route.

— Si vous voulez, mais vous avez tort. Derrière, c'est plus calme ; ça donne sur un magnifique parc boisé, avec un étang. Demain matin vous serez réveillé par les canards.

— Je préfère la rue. Les chambres sont-elles équipées d'un téléphone ?

— Bien sûr qu'il y a un téléphone, même une télé. On n'est pas chez les aborigènes ici.

En hochant la tête, il m'échangea la clé contre ma carte d'identité et me signifia le prix. La confiance avait ses limites !

— C'est trente-huit euros et à dix heures on fait les chambres. Premier étage, chambre 102, avec en prime, le bruit des voitures et les gaz d'échappement des camions. Vous n'avez pas de valise ?

Non, je n'avais pas de valise, mais pour ce que je venais faire, je n'en avais vraiment pas besoin. Arrivé dans la chambre, je me précipitai à la fenêtre et sans toucher au fin rideau de dentelle, j'appréciai la vue imprenable que m'offrait la position surélevée de mon poste d'observation. De là, je voyais très bien le passager de la Mondeo : il fumait, la tête légèrement penchée à l'extérieur.

Je pris le téléphone pour appeler Marceau. Je lui expliquai ce qui s'était passé et où je me trouvais. Ensuite, nous élaborâmes un plan pour les heures à venir. Nous soignâmes tous les détails et Marceau me fit les dernières recommandations :

— Ne les lâche pas des yeux. Si tu les vois descendre et se diriger vers l'hôtel, tire-toi vite. Ne tente rien sans moi. J'interviendrai à vingt-deux heures précises. Comme à l'armée, on ajuste nos montres... Au troisième top il sera exactement dix-huit heures quinze.

Il me restait presque quatre heures à attendre, j'avais faim et devinant que nos adversaires ne bougeraient pas avant la nuit, je redescendis à la réception. Le gérant bouquinait derrière son comptoir. Je constatai que le vieil homme avait les mêmes aspirations politiques que moi : il lisait *Dieu et l'État,* de Mikhaïl Bakounine. Par-dessus ses lunettes, il me regarda avec étonnement.

— Y a quelque chose qui va pas ?

— Non, tout va bien. J'ai juste un peu faim. Vous n'auriez pas un petit reste ?

— Normalement, le repas n'est pas prévu ; c'est pas un resto ici. Mais je vais voir ce que je peux faire. Il doit bien rester quelques miettes dans le frigo.

— Merci, je remonte. Vous me préviendrez ?

— Ça marche. Votre casse-croûte, je vous l'apporte dans cinq minutes. Avec, vous voulez une bière ? J'ai de la belge. De la Leffe blonde.

— C'est parfait, c'est ma préférée, j'adore les bières d'abbaye.

Il était sympa le vieux. Il me regardait avec curiosité et devait se dire qu'un mec qui aime la bière belge ne pouvait pas être foncièrement mauvais, même s'il n'avait pas de valise, choisissait la chambre donnant sur la rue et préférait le vrombissement des moteurs aux *coin-coin* des canards. Je décidai de lui en mettre une couche de plus en lui faisant part de nos affinités communes. Je lui balançai une célèbre citation de son auteur préféré :

— « L'État est un immense cimetière où viennent s'enterrer toutes les manifestations de la vie individuelle. » Bakounine ! Mikhaïl Bakounine était un hédoniste, ogre en tout ! Il avait fait de Dieu son ennemi personnel.

— Je sais ! Je vois avec plaisir que nous avons les mêmes lectures. J'ai toujours été fasciné par les anarchistes du XIXe siècle. Surtout les Russes.

— Anarchie ! Condition suprême de l'homme ! Mais de l'homme abouti, respectueux et responsable ! Et nous n'en sommes pas encore là, philosophai-je.

— Oui, bien sûr. Nous sommes à l'adolescence de l'humanité et nous commettons toutes les fautes de jeunesse ; même les vieux cons comme moi ! Bon, retournez dans votre chambre, je m'occupe de vous.

Effectivement, cinq minutes plus tard, il déposait sur le lit un plateau composé d'un sandwich au jambon, d'un bout de fromage et d'une pêche, le tout encadrant la fameuse Leffe.

— C'est tout ce que j'ai trouvé. Vous n'avez pas touché au lit, ni allumé la télé ?

— Non, je voulais d'abord grignoter.

Il me regarda fixement et je me dis que ce vieux-là, dans sa vie, il avait dû en voir de toutes les couleurs et que celui qui réussirait à l'endormir n'était pas encore né. De ses petits yeux malins émanait une vivacité d'esprit hors du commun et je compris qu'il n'était pas dupe. D'ailleurs, il me le confirma :

— Je ne sais pas ce que vous êtes venu faire dans cette chambre. Et ça ne me regarde pas ! Mais vous n'êtes sûrement pas là pour dormir. J'espère que vos combines ne compromettent que vous. Allez, à plus. Si vous avez besoin de quoi que ce soit, n'hésitez pas.

Je souris mais ne répondis pas ; on ne raconte pas d'histoire à un admirateur de Bakounine.

Et, en dégustant mon sandwich, je repris ma surveillance.

À dix heures moins cinq, conformément à notre plan, je redescendis dans le hall de l'hôtel et me plaquai contre l'encadrement de la porte.

Les occupants de la Ford n'avaient pas bougé, mais malgré la lumière des réverbères je ne les distinguais plus. La circulation s'était fluidifiée et les voitures roulaient particulièrement vite. Le vieux avait raison, la route était extrêmement bruyante.

Je regardai passer une jeune femme brune. Elle était vêtue d'un tailleur court qui laissait voir le départ de ses cuisses galbées. Bien droite, perchée sur des talons hauts, elle marchait d'un pas décidé. Sans doute rentrait-elle chez elle après une longue journée de labeur. Je me surpris à essayer de deviner ses formes postérieures, mais sa veste droite, arrivant à mi-fesses, ne me permit pas d'évaluer la cambrure de ses reins. Comme si c'était le moment de penser à la bagatelle ! Une vingtaine de mètres plus loin, elle croisa un clochard coiffé d'un bonnet de laine marron et vêtu d'un vieil imper gris, de la poche duquel dépassait le goulot d'une bouteille. Il titubait et gesticulait en proférant des insultes à tout va. Il faillit la bousculer et, se retournant sur son passage le majeur tendu, il éructa des insultes à son encontre. Je crus entendre le doux quolibet de « salope » ; sans se retourner, la femme accéléra le pas. Puis il repartit en zigzagant jusqu'au niveau des Russes, où il se vautra contre la portière avant de la Mondeo. L'occupant du véhicule fit entendre ce qui devait probablement être des insultes en russe et, par la fenêtre, il repoussa le clodo des deux bras. Celui-ci partit en arrière et tomba lourdement au sol ; couché sur le dos, en gueulant, il donna de violentes ruades dans la tôle du véhicule. Ça faisait un sacré bordel et certainement pour descendre le calmer, afin de ne pas être repéré, le passager ouvrit sa portière.

Mal lui en prit, car Marceau, c'était bien lui, déguisé comme l'avait prévu notre plan, sortit un 45 automatique prolongé d'un gigantesque silencieux, et depuis le sol à moins d'un mètre, bien dans l'alignement de l'ouverture de la portière, il assaisonna le colosse. À l'instant où je courus vers la portière du conducteur, je vis le corps du passager tressauter sous les impacts. La puissance de feu du Colt de Marceau avait propulsé sa grande carcasse contre son complice et je discernais nettement, sur la tôle du toit, les stigmates du passage des balles. Elles avaient traversé le corps du Russe et le pavillon de la voiture.

Ce fut alors le canon de mon Magnum passé par la vitre baissée que le chauffeur, désemparé, sentit contre sa joue gauche.

— Bouge pas ! Tu repousses doucement ton copain. Tu démarres le moteur. Et tu mets tes mains bien à plat sur le volant !

Il jeta un regard affolé sur son pote inerte et sanguinolent appuyé à son épaule et se dégagea. L'autre s'avachit, la tête sur le tableau de bord. Marceau qui était déjà sur la banquette arrière plaqua son silencieux dans le cou du mec en gueulant.

— C'est bon, Fred ! Magne-toi ! Monte ! Et toi ! Ou tu démarres... Ou tu crèves !

Nous ignorions si le Russe comprenait le Français. Mais il démarra en trombe et Marceau dut le réfréner.

— Calme-toi mec ! On a le temps. Tu roules tranquille et tu vas où on te dit. Première étape, la décharge de Labarde. Je te dirai où tu tournes.

Puis il me mit au jus :

— On retourne sur notre stand de tir. On sera peinard pour faire la causerie à Gagarine.

Je regardai la victime de Marceau : de ce côté-là, il n'y avait rien à attendre. Une balle lui avait emporté la mâchoire et une autre lui avait brisé le front.

Marceau confirma mes supputations :

— C'est sûr qu'on pourra rien tirer de celui-là, il a pris au moins cinq bastos ; deux dans la tronche et trois dans le buffet. Le mec, il est plein de courants d'air.

Je faillis gerber.

Nous prîmes la direction du lac puis contournâmes le golf de Bordeaux pour rejoindre le chemin de Labarde et longer le Village andalou.

Le Village andalou était accolé à l'ancienne décharge. Il

s'agissait de préfabriqués que, dans les années soixante-dix, la mairie avait mis à disposition des Gitans. Depuis, beaucoup s'étaient sédentarisés et avaient quitté l'endroit pour acheter des petites maisons dans la partie du quartier proche du pont d'Aquitaine. Seuls les plus pauvres étaient restés là, dans la boue, les immondices et les carcasses de voiture. Marceau commentait les dernières nouvelles :

— On doit raser le camp, on a récemment découvert que leurs gosses souffraient de saturnisme. Normal, le sol était gavé du plomb des batteries et tous les gamins jouaient en permanence sur les épaves de bagnoles.

— Quand on leur a construit le village, le sol était vierge de toute pollution. C'est fou ce que les hommes sont doués pour pourrir leur environnement. On va les mettre où ?

— La dernière nouveauté, c'est de les intégrer aux habitants du quartier ; les HLM font valoir leur droit de préemption sur toutes les transactions et leur refilent à petits prix des piaules refaites à neuf.

— Et ils sont d'accord ?

— Oui, mais à la seule condition qu'il y ait un jardin.

— Ils sont devenus jardiniers ?

— Pas du tout, c'est pour y foutre des épaves de bagnoles.

Je réalisai que nous discutions avec autant de désinvolture que si nous étions en route pour le week-end. Pourtant, à bord, il y avait un cadavre et un Russe survivant qui devait se douter que nous n'allions pas à la plage.

En pénétrant entre les taillis de la décharge, nous fûmes surpris par une multitude de lapins de garenne qui batifolaient dans le faisceau de nos phares. Marceau, qui guidait notre prisonnier, lui intima l'ordre de s'arrêter. Nous étions à environ cent mètres des roseaux qui bordaient la berge du fleuve. Je reconnus l'endroit où Marceau m'avait initié au tir.

— C'est bon ! Ici, on va être tranquilles pour causer. Fred, descends et tiens la porte ouverte à Monsieur le bolchevique.

Il sortit du véhicule et ordonna au conducteur de descendre. Il le fit passer devant moi et monter à l'arrière, puis contournant la voiture, il se glissa à ses côtés et lui planta son Colt 45 sous la gorge. Moi, je restai dehors et je maintins la portière ouverte. Ce qui me permit de suivre la conversation, tant bien que mal, car elle était en partie couverte par le concert d'un collectif de crapauds.

— Écoute-moi bien, Gagarine, ton copain est mort parce qu'il avait des préjugés envers les clochards, toi, tu vas tout de même pas crever parce que t'as des principes qui te font garder le silence. Alors, tu vas nous dire où se trouvent tes complices et surtout où est passée la gonzesse de Max.

Le Russe, blond, grand, à peine la trentaine, mâchoire carrée et regard clair, avait bien compris le français. Il nous toisa avec le mépris que pourrait avoir un cygne royal pour un canard de basse-cour et, dans un français déformé par un horrible accent slave, la bouche haineuse, il persifla :

— Allez faire foutre vous. J'ai fait l'Afghanistan, plus trois ans en Tchétchénie, pas des petits truands de votre espèce qui vont faire peur à moi. Je…

Il ne termina pas sa phrase. Amplifiée par l'exiguïté de l'habitacle, malgré le silencieux, la détonation du 45 fut impressionnante. Le Russe se courba en hurlant. Marceau venait de lui tirer un pruneau dans le genou droit.

— Si t'as été un bon danseur, t'as bien fait d'en profiter. Parce que tu pourras plus jamais danser. Du 11,43 ça vous transforme définitivement un genou en « Lou Gascoun ». Il faudra sûrement te couper la jambe… Maintenant, ou tu parles, ou je t'explose l'autre.

Le type gémissait et la faible lueur du plafonnier me permettait d'entrevoir son visage blafard aux traits déformés par la douleur. Dans la voiture, les odeurs de poudre et de sang me donnaient envie de gerber.

Brisé par la souffrance, notre victime sanglotait des « pas savoir… être pour rien dans disparition femme… petit exécutant » et je me pris à ressentir un profond dégoût pour ce que nous étions en train de faire.

Comment faisait-il, Marceau, pour rester de glace devant tant de douleur ? Y prenait-il du plaisir ? Ou faisait-il ça par dévotion à ma cause ? Bien sûr, ces mecs étaient des enfoirés de première et je leur vouais une haine indescriptible, mais de là à me transformer en barbare… Le 45 aboya de nouveau.

Le blessé fit un bond et retomba en avant. Un hurlement inhumain sortit de sa gorge, Marceau dut attendre de longues minutes qu'il se calme pour renouveler sa demande.

— Tu vois, Gagarine, tu pourras même pas ramener la voiture. Alors ! Y sont où tes complices ? Elle est où Sophie ? Si tu causes pas, la prochaine, je te la fous dans les couilles et non seulement tu pourras plus danser mais en prime, plus question de baiser.

Le front contre l'appui-tête du siège avant, le mec se mit à parler, mais dans un murmure et j'entendis à peine sa voix. Seuls quelques mots étaient déchiffrables : « port… chaussée… et pitié ». Je me tournai vers Marceau qui était plus près de lui et je le questionnai du menton.

— Ça ira. D'après lui, ils sont logés au rez-de-chaussée de l'immeuble de l'importateur où tu étais cet après-midi.

— Demande-lui combien ils sont et si Sophie va bien.

— Pourra pas nous répondre. Il est dans les pommes, on tirera plus rien de lui. Écarte-toi de la bagnole.

Je lui obéis et à peine la portière refermée, la troisième détonation creva le silence de la nuit. Mon pote venait de faire exploser la tête du Russe et la vitre de la portière resta couverte d'une infâme bouillie rougeâtre.

— Fin du premier acte ! Dans le prochain, on fait disparaître les cadavres.

— Qu'est-ce qu'on en fait ?

— La Garonne. Ses esturgeons ressemblent à s'y méprendre à ceux de la Volga, alors les *Russkoffs*, ils vont se croire revenus chez eux.

Fier de sa blague, Marceau récupéra les clés de contact et passant derrière le véhicule, ouvrit le coffre. Il s'empara de la manivelle du cric puis revint s'installer au volant. Il remit le moteur en route, puis il passa une vitesse, accéléra, coinça la pédale d'embrayage avec la manivelle et descendit. Ensuite, il ramassa une grosse pierre qu'il posa sur l'accélérateur. Le moteur vrombit : Marceau dut hurler pour m'ordonner de retirer la manivelle. Je lui dis que je ne voyais pas trop comment y parvenir sans me faire arracher le bras. Alors il s'avança, changea le chargeur de son 45, puis, à une distance d'environ un mètre, il tira sur la pédale. Au deuxième impact, dans un nuage de poussière, la Ford bondit. Elle partit tout droit vers la rivière. Le sol était en pente et lorsqu'elle arriva à la barrière de roseaux, elle la franchit sans ralentir, glissa sur la vase, et finit sa course folle dans les eaux boueuses du fleuve. Elle fit en peu d'aquaplaning, puis s'immobilisa. Enfin, le moteur se tut et lentement la voiture s'enfonça dans les flots. Les feux arrière de la Ford continuèrent de briller jusqu'à l'engloutissement total de la voiture, dont il ne resta plus que des bulles d'air et la saignée faite par son passage dans les roseaux.

La nuit était redevenue calme ; les croassements semblaient cette fois plus persistants, comme si les crapauds voulaient exprimer leur horreur face à la barbarie dont pouvait faire preuve les hommes.

Moi, je n'avais pas retrouvé la sérénité. J'étais conscient que par ces actes, nous prouvions que nous ne valions pas mieux que nos ennemis. Comme pour exorciser le dégoût et la culpabilité, moi qui ne crois en rien, je proposai à Marceau :

— On pourrait leur dire une prière. Si j'en connaissais une, je la dirais. Tu crois en Dieu, toi ?

— Tu sais, Fred, il n'y a pas assez d'amour et de bonté sur cette terre pour que nous puissions nous permettre d'en gaspiller pour des êtres imaginaires ! fit-il en riant.

Je n'en croyais pas mes oreilles ! Marceau, l'inculte, l'infâme, me citait Nietzsche !

— D'où tu sors ça toi ? C'est une citation de Nietzsche ! Ça ne doit pas venir de tes lectures favorites.

Ses lectures favorites à Marceau, j'en avais eu un aperçu sur les étagères de son salon. Pour les magazines, essentiellement *New Look* et *Union* ; quant aux bouquins, je le voyais plutôt lire *San Antonio* et *SAS* que le *Zarathoustra* de Nietzsche ou l'*Éthique* de Spinoza.

— C'est une frangine intello que je sautais, y a une dizaine d'années. C'était pas un canon, elle était plutôt maigrelette, mais sa chatte bougeait bien et intellectuellement, elle était loin d'être conne. C'était une prof de philo et chez elle, ce qui me gonflait le plus, c'est qu'elle ne savait pas ouvrir la bouche sans faire une citation... Même quand je la baisais ! À l'époque, j'en avais noté quelques-unes, mais ne me demande pas qui les a écrites... De qui tu dis qu'elle est celle-là ? de « Niche » ?

— Nietzsche ! C'était un philosophe allemand de la fin du XIXe siècle. Bien qu'il soit mort en 1900, dans les années trente, ses thèses sur les rapports de maître à esclave ont été récupérées et interprétées à la sauce raciste par les nazis. Elle ne t'a pas dit ça, ta prof ?

— Je vais te faire rire Fred. Elle était mariée à un prof de math et un jour, alors que sa nana me hurlait sa reconnaissance, il nous a trouvés à poil dans le lit conjugal. Il est devenu comme fou et s'est mis à m'insulter et à me frapper les omoplates avec ses petits poings teigneux. Sa femme, elle était dans les vapes entre le cinquième et le sixième ciel, elle n'a même pas remarqué ce qui se passait dans mon dos.

— Et alors ?

— Alors ! Le petit prof, les mathématiques auraient dû lui enseigner le rapport des masses en présence. Il aurait dû savoir que lorsqu'une masse de 95 kilos percute un objet de 60, c'est toujours le plus lourd qui gagne. Je l'ai laissé me taper le temps de finir de faire reluire sa gonzesse et je lui en ai collé une bonne dans les gencives. Le prof, en comptant ses incisives, il pouvait toujours faire une soustraction, voire une équation à plusieurs inconnues !

Je ne ris pas, car je supposais que ce qui n'avait été pour Marceau qu'une partie de cul et de franche rigolade, avait certainement dû être un drame pour ce couple d'enseignants.

Je me mis à repenser à Claire et à la philosophie. La philosophie, c'était son autre passion, après les voyages ; ou avant, ou avec. Peut-être était-ce par soif de philosophie qu'elle était partie ailleurs, voir comment vivaient les gens, sous d'autres cieux, avec d'autres cultures. Elle me remplissait la maison de bouquins et passait des heures à recopier des textes pour en saisir le sens. Elle m'en parlait et on en venait même à se disputer quand nos interprétations du message d'un auteur divergeaient.

— Évidemment, toi, il n'y a que le foot qui t'intéresse... Mais, bon sang ! Comment peux-tu trouver de l'intérêt à contempler vingt-deux milliardaires totalement abrutis qui se disputent le même ballon !

Et en haussant les épaules elle se replongeait dans sa lecture. Quant à moi, je me gardais bien de lui expliquer que dans le BTP, il était plus facile de trouver un conducteur de bulldozer pour commenter le match de la veille, qu'un intello pour débattre de la conception de l'existentialisme chez Jean-Paul Sartre.

Pourtant par amour pour elle, malgré mon aversion pour les choses compliquées, j'avais accepté de meubler les longues soirées d'hiver à m'initier à la philosophie. Et j'avais subi toute l'histoire de la pensée, avec courage et détermination.

Fière de son nouveau statut de prof, Claire avait commencé ma formation par les Grecs. Elle m'avait fait connaître la sagesse de Socrate, la tolérance de Platon et le pragmatisme d'Aristote. Au bout de quelques mois, elle m'expliquait déjà les lois de l'universalité prônées par Kant, ensuite, après avoir vainement essayé de me faire admettre la définition de la volonté de Schopenhauer, elle m'avait donné un petit cours d'idéologie politique selon Marx et Engels, et m'avait présenté Nietzsche.

Friedrich Nietzsche et sa théorie du surhomme, son cri de « Dieu est mort ! » et ses pourvoyeurs de pensée, dont faisait inconsciemment partie mon pote Marceau qui, par une belle nuit d'été, venait d'envoyer au ciel deux brebis égarées.

Et puis, Claire était partie philosopher ailleurs, moi j'étais resté au pacifisme de Bertrand Russell et je n'avais jamais plus regardé les matchs de foot à la télé.

Pendant que je me laissais déborder par la nostalgie, nous avions gagné la route. Marceau, les mains dans les poches de son jeans, sifflotait en massacrant consciencieusement l'air d'un vieux hard rock des seventies. Levant le menton, il me dit :

— Regarde le pont d'Aquitaine ! C'est quand même beau, la nuit.

Devant nous, l'arche enjambant la Garonne étincelait sur plusieurs kilomètres. Oui, c'était beau ! Mais entre ce que je venais de vivre et ce qui m'attendait, j'étais loin de toute préoccupation esthétique. Je devais retrouver Sophie avant qu'elle et moi, on se fasse butter.

Il reprit son sifflement et je crus reconnaître le refrain de *Smoke on the water*. Une interprétation tellement fausse que s'il avait été contraint à la subir, Blackmore en aurait perdu son abondante crinière et sa foi dans le rock.

— Tu écoutes toujours ça ?

— Tu sais, moi, en musique, je suis assez primaire. Je suis

resté fidèle aux grands standards de la défonce : Deep Purple, Black Sabbath, Blue Oyster Cult, Steppenwolt, AC/DC. Et quand je les trahis, c'est avec ZZ Top ou Metallica.

Je dus jusqu'à chez lui supporter le massacre de l'œuvre qui avait chargé d'électricité toute ma jeunesse.

C'est vrai que dans les seventies, Marceau et moi nous étions des fondus de guitare électrique, nous courions tous les concerts où les décibels régnaient en despote. Je me souvenais encore du concert de Statuts Quo dans le hall d'exposition de la foire, de celui de ZZ Top à la Patinoire, nous étions même allés à Mont-de-Marsan applaudir notre idole du moment, Rory Gallagher dans les arènes.

Mais tout cela, c'était avant que je rencontre Claire, Max, Sophie, les Albanais ; à une époque où les Russes étaient tous communistes et restaient bloqués derrière le rideau de fer. Une époque où, pour nous tous, l'armée Rouge, c'était surtout des chants et des danses cosaques.

* * *

Le lendemain matin, devant un copieux petit déjeuner préparé par Marceau, nous prîmes connaissance du journal. En première page, en gros titre, il était question d'un « Massacre chez un trafiquant de voiture », et à la page des faits divers, nous pûmes compulser le récit de l'événement. C'était la femme de ménage qui avait découvert le premier corps et prévenu la police. Quatre autres cadavres avaient été dénombrés. Les enquêteurs, à cause de la quantité d'armes retrouvées sur place, privilégiaient la piste d'un règlement de compte entre gangs rivaux. Le journaliste, lui, supputait un trafic de drogue, et supposait qu'il s'agissait d'une arnaque avec des importateurs de came. Pas un mot sur la disparition des deux femmes, ni sur ce qui avait eu lieu chez moi. Il est vrai que moi, je n'avais pas de femme de ménage.

Vers dix heures, Marceau et moi, en taxi, allâmes récupérer nos voitures. Dans le hall de l'hôtel, le petit vieux lisait le même bouquin et, avec un sourire sarcastique, me fit :

— Je vous avais dit de prendre une chambre sur la cour. Vous avez entendu ce bazar hier soir. Un clodo qu'a foutu le bordel ! J'ai vu ça de la fenêtre de la souillarde. Même qu'il est parti dans la bagnole des mecs qu'il emmerdait. Je n'ai rien compris. Vous n'avez pas pu louper ça de là-haut.

— Non, je n'ai rien entendu, je regardais la télé. Vous me préparez ma note – avec le casse-croûte.

— Bien sûr, mais je vous disais ça pour voir. Je sais très bien que vous n'avez pas dormi là. Ça non plus, ça ne me regarde pas, mais la voiture, elle a quand même démarré en trombe… Et puis, j'ai eu l'impression qu'un des occupants était plutôt mal barré… L'avait mauvaise mine le gars. Voilà votre note, comme convenu, trente-huit euros, plus sept de casse-croûte. Ça vous fait moins de trois cents balles pour une soirée western !

Je le réglai, il me rendit ma carte d'identité. En lui serrant fermement la main, je lui dis au revoir. Il rit et me raccompagna en me prenant par l'épaule.

— À plus, vous revenez quand vous voulez. Des clients qui ne défont même pas le lit, je suis preneur.

Chapitre XXI

L'exportateur expédié

Maintenant que nous savions où les trouver, nous avions décidé d'attaquer le reste de la bande le soir même, mais pour ça, il nous fallait quelques précisions supplémentaires, que seul l'importateur pouvait nous apprendre. Ce mec n'avait rien dans son froc et je me sentais de taille à le faire parler. Au grand désespoir de Marceau, je décidai de me rendre seul à son bureau. Mais pas d'imprudence, les Russes logeant dans le même bâtiment, il était plus qu'important de bien observer les lieux et si possible de serrer l'exportateur à l'extérieur. Pour ce faire j'avais en poche, mon meilleur atout, le 357. Je m'installai donc en planque devant son immeuble. Ma Mercedes était garée cette fois en bordure des quais, face à la porte cochère que j'avais franchie la vieille. J'avais mis une cassette de Stevie Ray Vaughan, m'étais roulé un joint et, Vuarnet sur le nez, j'étais bien décidé à ne rater aucun mouvement de nos adversaires.

Le blues cafardeux de *Texas Flood* me rappela dans quelle merde je m'étais foutu. Putain de merde ! Il semblait que le sort s'acharnait sur moi en écartant toutes les personnes que j'aimais ; toutes celles qui auraient pu donner un sens à ma vie avaient disparu : Élodie assassinée, Sophie enlevée et Claire partie découvrir le monde. Claire ! Ce qu'elle pouvait me manquer, Claire !

Je n'avais jamais reçu le moindre courrier, à peine avais-je su, par une de ses amies, qu'elle était partie pour l'Inde où elle œuvrait dans un dispensaire. Elle projetait ensuite de travailler en Birmanie, en Thaïlande et au Laos, puis de pousser jusqu'au Tibet pour, peut-être, se fixer en Chine.

Certainement influencée par Schopenhauer, Claire avait toujours été attirée par des philosophies proches du

Bouddhisme et elle croyait à la réincarnation. Elle respectait tout ce qui vivait sur la planète, ne mangeait ni viande ni poisson et n'écrasait jamais une araignée. Elle n'aurait pas aimé Max, pas plus que Marceau, son monde à elle était idéaliste et construit sur des valeurs tels la bonté, la générosité et le partage ; le nôtre, surtout depuis quelque temps, était devenu cruellement réaliste et ponctué de drames où la seule chose qui était généreusement distribuée, c'était le plomb.

J'aurais dû la supplier pour qu'elle m'autorise à la suivre. Ensemble, nous aurions rencontré les moines tibétains, nous aurions purifié nos corps dans les eaux du Gange, ce qui nous aurait permis de franchir, main dans la main, pleins de forces, la grande muraille de Chine. J'aurais découvert Confucius et magnifié Bouddha… Je serais sûrement devenu bouddhiste ! Pour plus de bonheur, j'aurais même pu lui faire un enfant… J'aurais…. Mon Dieu ! Que n'aurais-je pas fait pour être avec elle en ce moment !

Cette fois, j'étais décidé. Si je sortais vivant de cette histoire, je partirais à sa recherche… Et Sophie ! Je l'avais presque oubliée… Non, je ne risquais pas de l'oublier. Les images des deux femmes de ma vie se superposaient jusqu'à se confondre dans un maelström allégorique. Quel bordel dans ma tête ! J'étais ahuri par la rapidité avec laquelle j'avais été dominé par cette passion. Bien sûr, Sophie ne m'avait pas fait oublier Claire, Claire resterait l'amour de ma vie, mais Sophie me paraissait réelle, plus abordable, plus proche, plus passionnelle. Face à ce dilemme insoluble, mon pauvre cerveau disjonctait et bien des questions cruciales encombraient ma pensée : si on s'en sortait, pourrais-je vivre avec elle ? M'aimerait-elle assez pour rester avec un ringard comme moi ? Elle aimait le fric et la vie de château ; moi, je n'avais rien à lui proposer. Son amour risquait de fondre comme neige au soleil, et de toutes façons, je n'avais pas la mentalité d'un gigolo pour vivre à ses crochets. Avec la mort d'Élodie, Sophie allait se trouver seule à la tête d'une fortune conséquente et ses attentes s'orienteraient certainement vers des horizons plus florissants que celui proposé par un amoureux transi et fauché.

J'étais plongé dans ces réflexions confuses lorsque, en arrière-plan, j'aperçus l'importateur devant son immeuble. Il portait un costume aussi sombre que la veille et tenait sous le bras un porte-documents noir. Il semblait inquiet et resta un moment sous le porche. Il regarda plusieurs fois de droite à gauche avant de s'engager sur le trottoir. D'un pas énergique, il remonta vers le centre-ville. Je sortis de ma voiture et traversai l'avenue, pour me glisser à une centaine de mètres derrière lui. Je remarquai soudain une Golf GTI noire qui arrivait à son niveau au ralenti.

Les vitres étaient couvertes d'un film noir qui dissimulait les occupants. Seule la vitre du passager était baissée et malgré la distance, je discernai le court canon d'un fusil-mitrailleur. L'arme était pointée en direction de l'importateur. Dans l'attente du pire, je m'arrêtai de marcher et ce fut sans surprise que j'entendis les rapides détonations de la rafale. Le sosie de Daniel Prévost mourut avant même de comprendre qu'il allait mourir. Je vis son corps tressauter ; la puissance de feu de l'arme automatique le déplaça transversalement de plusieurs mètres et finit par le plaquer, le dos contre le mur d'un immeuble. Là, il se tortilla comme pris d'une soudaine danse de Saint-Guy. Méticuleusement, son agresseur acheva de vider son chargeur et lorsque le tir cessa, l'exportateur s'écroula en avant. Il s'étala de tout son long sur les carreaux de terre cuite qui couvraient le trottoir. Les pierres du mur gardaient des éclats et des traces de sang.

Dans un crissement de pneus, la Golf bondit et disparut dans la première rue à droite. Je sprintai jusqu'au cadavre et m'emparai de la serviette tombée à terre. Personne n'avait assisté à la scène. Je restai là à attendre l'arrivée des badauds.

Le silence mortel (on peut le dire) qui suivit l'attaque les fit rapidement sortir des commerces, bars et restaurants, qui ne manquaient guère à cet endroit. Je fus promptement entouré d'une foule de gens racontant chacun avec conviction une version différente des faits. Nul n'avait vu la Golf et pas un ne m'avait aperçu ramassant la sacoche. Un grand escogriffe portant des lunettes aux verres aussi épais que des culs de bouteilles prétendait avec véhémence que les coups de feu avaient été tirés d'une moto qui roulait sur le trottoir ; une femme potelée le contredisait et assurait que les tirs venaient de l'autre côté de la chaussée, vraisemblablement du toit du hangar. L'homme répliqua avec mépris que c'était bien trop loin. Il nous précisa qu'il avait combattu en Algérie, et qu'il s'y connaissait en armes à feu et que c'était sûrement un coup des terroristes et que…

Les enquêteurs n'étaient pas sortis de l'auberge, pensai-je avant de reporter mon regard sur mon exportateur. Dessinant des figures abstraites, du cadavre vers le caniveau, le sang se répandait sur le trottoir. J'eus un dernier regard sur celui qui désormais cesserait de vendre des saloperies qui mutilaient quotidiennement des enfants africains. Son beau costume portait plus de trous que ma râpe à fromage. Justice avait été faite, le marchand d'armes était mort par les armes. Et on lui avait mis le compte ! Il avait pris une bonne vingtaine de bastos et pas de la carabine à plomb, du gros calibre. Dans son dos, certains trous étaient plus gros que mon poing et une des balles lui avait arraché la moitié du cou. De l'artère carotide sectionnée, jaillissait par saccades un flot d'hémoglobine qui s'épuisa rapidement pour ne devenir qu'un faible écoulement moussu.

Je quittai discrètement les lieux et regagnai le parking où était garée ma voiture. Pour avoir des renseignements par l'ancien complice de Max, c'était mal barré. Malgré tout, il me restait la sacoche. Fallait que je retourne chez Marceau pour faire le point.

* * *

La sacoche ne contenait que des papiers et je décidai de les étudier plus tard. Marceau me donna son point de vue :

— S'ils ont pris le risque de le butter comme ça en plein jour et en pleine rue, c'est qu'ils avaient le feu au cul. Le mec, il savait des trucs et ces trucs nous auraient permis de les retrouver. À mon avis, ils ont déménagé de chez lui et ils voulaient pas y retourner. Y a de grandes chances pour qu'on ait perdu leur trace.

— Je suis d'accord, les Russes se sont certainement tirés. Mais on peut quand même aller voir chez lui, au cas où. Et puis on pourra toujours vérifier s'ils n'ont pas laissé d'indices. Je propose d'attaquer dès la nuit tombée. Au rez-de-chaussée, au fond du hall, j'ai repéré une porte en ferraille, elle donne certainement sur un local assez vaste. Après tout, l'exportateur était le seul à connaître leur planque, ils se croient peut-être à l'abri. Si par chance, ils sont toujours là, on se les fait.

— D'accord, Fred. Je vais vérifier les armes. Ce soir, on sort le grand jeu.

* * *

Deux heures plus tard, à la nuit tombante, nous garions la 25 de Marceau devant le porche et nous nous précipitions dans le hall. Marceau, outre son 45 automatique, avait caché sous sa veste un 357 identique au mien et, dans sa ceinture, un Lüger à culasse mobile ; un truc ultra-plat. Avec ses quatre grenades quadrillées, Marceau représentait à lui seul la puissance de feu d'un char Leclerc. Moi, j'étais resté fidèle à mon bon vieux Colt Python 357 Magnum et ça me suffisait amplement.

Marceau par la droite, moi côté gauche, nous longeâmes le mur jusqu'à la porte métallique que j'avais remarquée. J'appuyai sur la poignée et constatai avec agacement que la porte était verrouillée.

— Laisse, je m'en occupe, dit Marceau en allumant son briquet. C'est de la grosse serrure rustique. Je pourrais te l'ouvrir avec un fil de fer ou une pointe tordue, mais ça ira beaucoup plus vite, j'ai apporté un jeu de passes.

À la lueur de la flamme, méthodiquement, il en choisit un et l'engagea dans la serrure, en murmurant sur un ton qui se voulait sensuel :

— Tu vois, je la connais bien celle-là, c'est pas une clitoridienne, plutôt une vaginale, y faut aller tout au fond… ça y est, je la sens venir… encore quelque réticence à succomber à mes charmes et la voilà qui s'ouvre.

En effet, la porte s'ouvrit sans le moindre bruit. Nous pénétrâmes dans un hangar et dans un silence total nous cherchâmes l'interrupteur. Je finis par le trouver et prévins Marceau. Lorsque la lumière jaillit, nous pûmes constater que le hangar était immense ; à l'autre extrémité, seul un rideau métallique permettait d'accéder à l'extérieur. Au fond, pour seuls objets, des matelas, une table en formica et des chaises. Ces vestiges nous confirmèrent que quelqu'un avait bien logé là. Il y avait quatre paillasses, cinq chaises et un amoncellement de bouteilles vides. Nous pouvions sans risque déduire que les mecs qui s'étaient planqués là devaient être quatre. La table était dégueulasse et portait des traces brunes qui ressemblaient à s'y méprendre à du sang séché. Nous venions vraisemblablement de découvrir l'endroit où Le Tatoué avait perdu son tatouage. Au sol, des morceaux de sangles appuyaient cette hypothèse. Nous inspectâmes méticuleusement les lieux mais nos adversaires n'avaient laissé aucune trace nous permettant d'avancer dans notre enquête. Nous y voyions plus clair sur ce qui s'était passé, mais pour la suite de l'histoire, que dalle ! Ces enfoirés avaient disparu, et, de chasseur, nous devenions gibier. Notre seul espoir pouvait venir de la sacoche de l'exportateur.

La mission étant terminée, nous rentrâmes à Bacalan.

Chapitre XXII

Un fil ténu

Pendant que Marceau faisait cuire une colossale côte de bœuf sur le gril de la cheminée, je triai le contenu de la sacoche. Elle était remplie de documents de toutes sortes, bons de commande, bordereaux de livraison, factures, mais aucun n'avait pour moi le moindre intérêt. Ils me permirent toutefois d'apprendre son nom et sa raison sociale. Je dis à Marceau :

— De son vivant, il s'appelait Cappielli. Giovanni Cappielli.

— Un blaze d'origine italienne.

— Il habite Bordeaux, mais son siège social se trouve au port du Verdon ainsi que la plupart des structures administratives de sa société.

— Elle est vraiment internationale ton histoire. Des Albanais commandités par des Russes emmerdent un malfrat français, qui vend des voitures allemandes à ces mêmes Russes, qui refourguent des armes à des Africains par l'intermédiaire d'un Italien, et tout ça pour grossir des comptes bancaires en Suisse et au Lichtenstein.

— Oui, écoute, je crois que j'ai une analyse intéressante. Suis mon raisonnement. Les Russes dans la région, ils ne connaissent personne et Cappielli, le seul qui pouvait les aider, ils l'ont flingué. C'est des mecs friqués, c'est pas des nécessiteux, ils ont les moyens de se payer l'hôtel, alors j'en déduis qu'ils n'ont sûrement pas de visa, ni le droit de séjourner en France, sinon, ils n'auraient pas logé sur des paillasses pourries dans un hangar désaffecté. Ajoute à ça que si Cappielli ne les a pas installés chez lui, à Bordeaux, c'est sûrement parce qu'il ne vit pas seul, ou qu'il ne voulait pas se compromettre.

— Ou que les autres l'ont un peu forcé à les planquer.

— Ce qui conforte mon hypothèse. Ils ont sûrement prévu une planque de secours. Et en plus, s'ils l'ont liquidé, c'est qu'ils n'ont plus besoin de lui. Et comme tu le disais si justement, s'ils l'ont flingué dans la rue et pas dans son bureau, où ça aurait été tout de même moins risqué, c'est qu'ils ne voulaient pas remettre les pieds chez lui.

— Et ça te donne quoi ?

— Ça me donne qu'à mon avis, ils sont planqués là où se trouve son siège social, au Verdon. Peut-être même dans un bateau, ou dans un entrepôt, mais je suis sûr qu'ils sont dans le Médoc.

— Si je comprends bien, ça veut dire que demain, on va au Verdon. Putain, ce bled, c'est le trou du cul de la Gironde ! Remarque, à cette saison, il y a pas mal de touristes et le long de la jetée, on devrait pouvoir reluquer quelques nibards. L'été, le coin est envahi de Boches. Y en a même qui se foutent à poil !

— Je connais bien. Claire et moi nous allions souvent dans le centre de naturisme d'Euronat. À l'intérieur du camp, il y a même une thalassothérapie et nous y avons fait quelques cures.

— Et toi aussi, tu te promenais la bite à l'air ?

— Évidemment, Ducon ! Dans ce genre d'endroits, tout le monde est pareil.

— Moi, je pourrais pas. De voir des culs et des chattes partout, je banderais tout le temps.

Et il rit en plaçant un avant-bras tendu devant son ventre pour imiter la position qu'aurait son sexe en pareille circonstance.

Je pris mon temps à lui expliquer que le naturisme n'avait rien à voir avec la luxure et qu'un centre naturiste n'était pas un lieu de perversion – que les adeptes de cette pratique sont bien souvent plus moraux que ceux qui dissimulent leurs parties sexuelles derrière un maillot de bain – qu'en plus de dix ans de pratique je n'avais jamais vu un seul mec en érection – et que les seuls attouchements qu'il m'avait été donné de voir consistaient en applications d'huile solaire. Pas convaincu, Marceau, en franchouillard établi victime de son éducation, continuait de balancer des vannes grivoises ou, de son bras placé devant lui, il mimait les mecs en train de courir ou de faire de la bicyclette. Il était hilare :

— Il paraît qu'il y a des miradors et des surveillants partout et que si t'es pas à poil, ils sifflent !

— Mais oui Ducon ! Juste avant de tirer à la mitrailleuse lourde !

— On est même obligé de faire ses courses la bite au-dessus des étalages de fruits et légumes ! T'en as même qui débourrent sur les tranches de jambon et qui se grattent les couilles sur les pizzas ! Remarque, les pellicules, ça remplace le Parmesan.

— Alors toi ! Comme con, tu te poses là ! À ce niveau de perfection, ça mérite de rester dans l'Histoire.

Sourd à mes insultes, il pinça les lèvres et mima une scène :

— S'il vous plaît, que Madame daigne prendre la queue, comme tout le monde. Dis-moi Fred, comment ça se passe dans les queues ! On se branche ? Eh, les mecs, poussez pas ! J'ai des hémorroïdes !

Il m'énervait un peu, mais je savais pertinemment que ces diatribes sur les camps naturistes étaient monnaie courante. Dès que l'on parlait de naturisme, les défenseurs de la normalité se gaussaient. J'avais moi-même lu maints articles de journaux, pourtant renommés sérieux, qui en parlaient en des termes certes moins outranciers que ceux de Marceau, mais tout aussi sarcastiques. Les rédacteurs brocardaient des situations fantaisistes directement issues de leur imagination. Marceau riait tellement qu'il faillit s'étrangler.

Je compris bien vite que je perdais mon temps à essayer de

lui faire percevoir la sensation de bien-être à vivre nu dans un lieu où tout le monde jouait le jeu. Marceau, c'était un être à part. En queutard absolu, il partouzait à tout va et baisait tout ce qui passait à portée de sa queue, mariée ou pas, majeure ou pas ! Mais il était scandalisé à l'idée que des gens puissent aimer vivre nus sur une plage ou dans un endroit approprié. Les voies de la vertu sont parfois bien déconcertantes.

Troisième partie

Chapitre XXIII

Le Médoc

Le lendemain matin, d'assez bonne heure, nous prîmes la route du Verdon. Marceau avait mis une cassette de l'album live d'AC/DC dans le lecteur de ma Mercedes et les riffs enragés d'Angus malmenaient mes haut-parleurs. De ses mains, mon épuisant congénère frappait sur le tableau de bord au rythme de la batterie, quand il ne mimait pas le guitare-héros de son groupe préféré, en poussant des hurlements à fissurer le pare-brise.

La presqu'île du Médoc forme un triangle d'environ soixante kilomètres de base sur une hauteur de près de cent, qui se termine au nord par la Pointe de Grave. La base part du nord de Bordeaux pour remonter vers l'océan jusqu'au Porge, le côté ouest est délimité par l'océan et l'est borde la Garonne, puis l'estuaire de la Gironde.

Les ressources de la région sont principalement le vin, où les Margaux, les Pauillac et les Saint-Estèphe font partie des meilleurs crus du Bordelais ; le tourisme permet de multiplier par dix la population des villes et des villages côtiers ; et enfin la forêt de pins qui fut malheureusement en partie décimée par la tempête de décembre 99.

Mais en Médoc, l'activité populaire la plus répandue est, de loin, la chasse. Dire Médocain et chasseur est un pléonasme. Et cette région compte les plus enragés contestataires des directives de Bruxelles. Notamment celle interdisant la chasse à la tourterelle.

Il faisait très beau et la route des lacs, une petite départementale que nous avions préférée à la nationale qui traverse Lesparre, était relativement tranquille. Nous nous trouvions au cœur de la forêt de pins et les séquelles de la tempête étaient encore visibles. Cinq ans après la catastrophe, l'amoncellement de pins enchevêtrés donnait au paysage un aspect apocalyptique. Cela me fit penser à un géant qui aurait piétiné la forêt sans ménager sa peine. Marceau, lui aussi sensible aux stigmates du désastre, interrompit un instant son concert :

— Regarde, Fred, on dirait qu'il y a eu une gigantesque explosion !

Alors que nous traversions Carcans, Marceau interpella une jeune femme blonde outrageusement maquillée. Elle conduisait un monumental 4 x 4 et avait eu la malencontreuse idée de nous refuser la priorité. Majeur tendu, il lui fit des gestes obscènes, puis se tournant vers moi, se crut obligé de m'expliquer.

— Tu vois cette salope avec sa grosse caisse, si ça se trouve, elle vient de se faire tringler dans la bagnole que lui a achetée son mari en travaillant comme un con.

— Mais enfin, Marceau, ça n'a rien à voir. Toi, tu ramènes tout au cul ! T'as vraiment le cerveau dans les roustons ! Elle peut être une piètre conductrice et même si elle ressemble à une poupée Barbie, rester sérieuse.

— Les femmes, sérieuses ! T'y crois, toi ? Si ça existait, ça se saurait.

Du coup, il avait baissé le son de l'autoradio. Ça l'intéressait bougrement. Dès que l'on abordait tout ce qui touchait à la sexualité, Marceau était tout ouïe.

— Oui, j'y crois. Mais pas comme tu le penses toi. Et quand bien même ! Ce n'est pas parce qu'une femme a des aventures extraconjugales ou qu'elle multiplie les rencontres amoureuses, qu'elle n'est pas sérieuse. Ses actes, fussent-ils libertins, ne regardent qu'elle. Sa sexualité n'appartient à personne, pas plus à son mari qu'à ses amants. Et rien ne t'autorise à mal la juger.

Et j'entrepris de lui expliquer patiemment ce que j'avais mis tant de temps à comprendre. Qu'aucun être humain n'appartenait jamais à personne, que dans un monde moderne, comme se voulait le nôtre, chaque individu, homme ou femme, devait être maître de sa sexualité ; parce que sa sexualité n'appartenait qu'à lui. Qu'aimer une femme ne signifiait pas se l'approprier et en exiger l'exclusivité. Qu'on pouvait dire « ma voiture », « mon frigo » ou « mon chien », mais qu'il était présomptueux, stupide et particulièrement imprudent de dire « ma femme ». Pour la bonne raison qu'elle ne serait jamais à nous et que nous ne serions jamais à elle.

— Je comprends rien à tes conneries. T'es en train de me foutre le mal de tronche. Et puis moi tu sais, de savoir qui est à qui, je m'en branle ! Je suis célibataire et je compte le rester… Alors, je me prends pas la tête. Je me contente de troncher les femmes des autres ; sérieuses ou pas !

Fort de cette rassurante constatation, il remonta le volume du poste et le son de cloches de l'intro de *Black in black* remplit l'habitacle. Puis, à mon grand désespoir, il reprit son exercice de batterie et son œuvre de destruction sur mon infortuné tableau de bord.

Décidément, l'éducation de Marceau était une tâche incommensurable et je me consolai en pensant qu'avant de rencontrer Claire, je raisonnais comme lui. Le Fred Salbor d'avant Claire possédait la même culture que Marceau et des réflexes machistes identiques. À l'opposé des usages de ma jeunesse, mon amour pour Claire m'avait appris à respecter les femmes, à les considérer autrement que comme des exutoires permettant d'épancher nos trop-plein de virilité.

Je restai muet jusqu'à Vendays où un quinquagénaire en tenue de chasseur traversa devant nous. Je me tournai vers Marceau et, plus pour l'inciter à baisser le son qu'intéressé par sa réponse, lui demandai :

— Tu chasses, toi ?

— Oui ! Le poil ! et il s'esclaffa.

— Putain, Marceau, merde ! Mais tu penses qu'à ça ! Avec toi, on ne peut pas avoir une conversation sérieuse. Essaie, parfois, de résister à tes montées de testostérone.

— De quoi ?

— Rien ! La testostérone, chez toi, c'est ce qui remplace le liquide céphalo-rachidien.

— Le quoi ?

— Ne cherche pas à comprendre. Quand on a les neurones en forme de spermatozoïde, il ne faut surtout pas les traumatiser, ils risquent de se mordre la queue.

Marceau se mit à bouder, mais suivant mon conseil, ne dit mot. Quant à moi, j'en profitai pour me concentrer sur mes pensées.

Quand j'étais gosse, mon vieux m'emmenait dans les forêts qui entourent le Verdon pour chasser la tourterelle. À l'époque, cette chasse était permise et j'avais encore en mémoire les roulements de tonnerre occasionnés par les tirs de barrage annonciateurs de l'arrivée du gibier. Les pylônes florissaient et à partir du premier mai, toute la Pointe de Grave vivait à l'heure de la tourterelle. Aujourd'hui, cette chasse est interdite et on n'en parle plus que dans ce coin perdu où quelques irréductibles continuent à défier les autorités. Ils passent malgré tout plus de temps à manifester qu'à chasser, ils vieillissent et sont de moins en moins nombreux. Dans tous les cas, les tourterelles sont plus rares que par le passé et la période de chasse voit mourir infiniment plus de bœufs, qui finissent en entrecôtes cuites sur les sarments de vigne, que d'oiseaux protégés. La plus grande distraction des manifestants restant, une fois l'an, de foutre leur poing dans la gueule de Bougrain-Dubourg, grand masochiste devant l'éternel, venu chercher là sa dose d'osselet.

Sur cette interdiction, bien que grand défenseur de la

nature, je n'avais pas d'avis, car pour moi les écologistes devraient avoir bien d'autres préoccupations que de sauver la tourterelle. À mon avis, c'est la planète qu'il devenait impératif de sauver et, indubitablement, l'humanité victime de son incommensurable connerie.

Afin d'éviter un surmenage destructif de ses neurones, je me gardai bien de communiquer mes états d'âme à Marceau – qui, sur l'air de *Highway to hell,* torturait le couvercle de ma boîte à gants.

À Soulac-sur-Mer, il me fit arrêter en bordure de la plage pour fumer une clope et reluquer les filles qui bronzaient sur le sable brûlant. Nous nous assîmes sur le muret qui sépare la plage de la chaussée où Marceau, excité comme un bagnard rentrant dans les douches d'un internat de jeunes filles, me dit :

— T'es sûr qu'il faut continuer la chasse aux Russes ? Tu vois, moi, je préférerais aller à la chasse aux Allemandes, ou aux Anglaises ! Voire aux Médocaines !

— Écoute, Marceau. On se débarrasse des *Russkoffs* et après, tu pourras chasser tout ce que tu voudras.

Sa mine déconfite signifia une telle désapprobation que je me crus dans l'obligation de le consoler :

— Tiens, pour commencer, on va déjeuner ici. C'est gavé de restos avec vue sur la plage. Tu pourras te remplir l'estomac en te régalant les yeux.

Ce fut devant une copieuse part de moules-frites, arrosée d'un très frais Clairet de Quinsac que moi, Fred Salbor, chômeur et porte-flingue au chômage, semi-dépressif accroché à ses principes, et mon pote, l'affreux Marceau, surnommé « Le Chacal », Rmiste et truand notoire, trimbalant son QI dans son calbar, prîmes des forces pour affronter et vaincre, dans un ultime combat, des tueurs sanguinaires venu de l'Oural et qui avaient certainement appartenu au KGB.

Chapitre XXIV

Le Verdon

Il était presque trois heures lorsque nous arrivâmes au Verdon. La température était quasiment équatoriale et, comme souvent sous les tropiques, le ciel commençait à s'assombrir de gros nuages noirs. Dans le lointain, on entendait des grondements de tonnerre. L'été dans le Sud-Ouest, ils sont fréquents et les vents du sud présents depuis la veille favorisent leur venue. Marceau, qui avait absorbé plus d'une bouteille de vin à lui seul, me fit remarquer, les pommettes colorées et l'œil grivois :

— On aurait dû rester en bordure de la plage. J'adore voir les gens courir sous la flotte. Les gonzesses, cheveux trempés, chignon à l'agonie et robe mouillée collée au corps, ça m'excite plus que quand elles sont à poil.

Excédé par tant de délicatesse, je ne relevai pas.

— Pour ce qu'on est venu faire, ce n'est pas plus mal qu'il pleuve. Il y aura moins de gens dehors.

Et Marceau d'approuver :

— En plus, quand il flotte, personne n'entend rien. Quand tu piques une bagnole, sous un orage tu peux y aller tranquille. Personne te fera chier, le bruit de la pluie couvre celui de la perceuse et tu peux même péter une vitre sans ameuter l'entourage… Et là, dans cinq minutes, ça va décarrer grave.

Comme pour lui donner raison, de grosses gouttes s'écrasèrent sur le pare-brise. Nous étions garés face à l'estuaire, près du quai d'où partent les bacs à destination de Royan. La visibilité réduite ne nous permettait pas de voir l'autre rive, tout juste l'écume des vagues grandissantes sous la pluie et le vent. C'était à présent une véritable tornade qui s'abattait sur le Médoc. Des branches de pins et divers feuillus passaient devant le pare-brise et allaient joncher la chaussée. À l'abri dans l'habitacle, nous subissions les secousses des rafales de vent ; Marceau avait arrêté la musique, sans doute était-il interpellé par tant de puissance. Découvrant subitement que sur terre il y avait des choses aussi grandiloquentes que l'entrecuisse des femmes, il me dit :

— Regarde, Fred, l'horizon est tellement bas qu'on a l'impression d'être écrasé entre le ciel et la mer. Devant un tel spectacle, on se sent tout petit. On réalise qu'on est rien !

Au secours ! Marceau, dit Le Chacal, poète des banlieues défavorisées et philosophe de comptoir, vient d'avoir une illumination ! Attention peuple de France, le Marceau nouveau est arrivé ! Il vient de comprendre que la vie sur terre et le fonctionnement de l'univers ne se résument pas à quelques centimètres cube de corps spongieux qui se gonflent et se dégonflent aux injonctions des turpitudes cérébrales de son propriétaire. Je crus bon de le conforter dans sa nouvelle démarche spirituelle et d'enrichir sa connaissance :

— De toute façon, on n'est pas grand-chose. Tu sais, mon vieux, la terre est née il y a plus de quatre milliards d'années et les hommes ne l'habitent que depuis une centaine de milliers d'années. Sais-tu que si l'on matérialisait l'aventure de la planète au sol, en prenant un millimètre par siècle, son histoire s'étendrait sur quarante-cinq kilomètres, la naissance du Christ se trouverait à deux centimètres ? T'as sûrement entendu parler de Lucy ?

— La cousine à Janot, celle qui a été mannequin ?

— Mais non, triple buse ! Je te parle de la jeune australopithèque dont les fossiles ont été découverts au Kenya.

— Et qu'est-ce qu'il lui est arrivé à ta jeune austro… quelque chose ?

— Elle ressemblait plus à *Cheeta* qu'à Claudia Schiffer, mais elle fait partie de la longue chaîne de l'origine de l'humanité et elle est née il y a plus de trois millions d'années. Et sur notre échelle, ça ne représente que trente-trois mètres.

— Putain ! Fred ! Maintenant, c'est plus « La Savate » qu'il faut t'appeler ! C'est « Frankenstein » !

— Excuse-moi Marceau, mais tu dois vouloir parler d'Albert Einstein !

— J'savais pas qu'il avait un frère !

— Mais non ! Comment tu fais pour être aussi con !

— Comment peux-tu savoir tout ça, toi ? On était à la même école ! Dans la même classe. Et comme moi tu as passé plus de temps dans le couloir que dans la classe. Tu te souviens, même qu'on manquait pas d'argent de poche parce que dans le couloir, y avait les manteaux des autres élèves et qu'on leur faisait les poches. T'as pas fait plus d'études que moi ! Alors pourquoi tu serais plus instruit ?

— Claire. Elle s'intéressait à tout ce qui se rapporte à l'homme. La quête de nos origines, notre place dans le temps et dans l'espace. Tiens, par exemple, la place de l'homme dans l'espace, c'est encore plus angoissant que dans le temps, dans l'univers, nous ne sommes vraiment que des poussières ! Des poussières de poussières !

— Écoute Fred, reviens sur terre. Y a quand même des poussières qu'y faudrait pas négliger ! Et même s'ils ne sont que poussières, nos *Popoffs* sont des enculées de poussières armées jusqu'aux dents et bien décidées à nous envoyer voyager dans l'univers jusqu'à la fin des temps.

Face à cette argumentation au pragmatisme indiscutable, j'admis qu'il y avait un temps pour tout, que celui-ci devait être consacré à monter un plan d'attaque pour une soirée sanguinolente plutôt qu'à philosopher sur l'importance de l'humanité dans l'infini stellaire.

— Ok Marceau. On va repérer les lieux. Et si je ne me suis pas gouré, que les Russes sont bien là, on monte un plan d'attaque.

* * *

Le port du Verdon avait connu son expansion dans les années soixante. Il avait pris le relais après le déclin de celui de Bordeaux. Beaucoup plus abordable financièrement, il représentait un gain de temps considérable car les navires n'avaient pas à remonter la Gironde, puis le fleuve, sur une centaine de kilomètres. Autrefois, les bateaux étaient pris en charge depuis l'embouchure par le pilote du port autonome de Bordeaux. Ils remontaient la Garonne tirés par deux remorqueurs. La généralisation, à moindre coût, du transport routier, avait aboli ces pratiques et le convoyage maritime conditionné en conteneurs *multi-modals* permettait de dispatcher les marchandises vers toutes les destinations à partir du Verdon. Bien que le trafic soit très éloigné de celui escompté par les autorités portuaires, ces quais s'honoraient régulièrement de l'arrivée de gros tonnages : céréaliers, porte-conteneurs, tankers ou cargos.

Je fus tout de même déçu par la faible importance des installations. Mis à part trois énormes grues porte-conteneurs, la seule construction imposante était un gigantesque hangar. Nous contournâmes la capitainerie et quelques blockhaus, vestiges de la dernière guerre, pour nous retrouver face à une barrière automatique munie d'un interphone. Je prétextai un rendez-vous avec M. Cappielli et la barrière se leva.

Le port semblait désert. Un seul bateau était amarré au quai. C'était un vieux cargo tout délabré qui se trouvait sous la première grue.

N'ayant rien remarqué de particulier, je faufilai ma voiture entre les piles de conteneurs et les amoncellements de troncs d'arbres, puis, longeant le hangar, j'arrivai devant une rangée de préfabriqués. La plupart abritaient des bureaux. Nous passâmes au ralenti en essayant de les identifier. Je garai la Mercedes puis nous descendîmes.

Nous y étions ; une plaque portait l'inscription « La Porte de l'Afrique ». Je poussai le battant et, suivi de Marceau, accédai à un sas qui donnait accès à un bureau. Je frappai et une voix féminine m'enjoignit d'entrer. Nous pénétrâmes dans la pièce. Une jeune femme brune, installée derrière un ordinateur coincé entre des piles de documents, nous accueillit froidement :

— Qu'est-ce que vous voulez ?

— Je souhaiterais rencontrer M. Cappielli.

— Je crains que vous ne puissiez voir M. Cappielli ; il ne viendra pas au Verdon aujourd'hui.

Il émanait d'elle une grande lassitude. Je me dis qu'il fallait absolument la bousculer un peu. Alors, jouant la tragédie, d'une voix tranchée, je lui dis :

— Écoutez-moi bien, je me suis certainement mal exprimé ! Si je vous dis que je souhaiterais le rencontrer, ça veut dire que je dois absolument lui parler. C'est une affaire de vie ou de mort.

La fille blêmit, se leva et, me regardant droit dans les yeux, elle me remit à ma place :

— Qui êtes-vous pour me parler sur ce ton ? Une affaire de vie ou de mort ! Pauvre mec ! Le patron, il s'en fout pas mal de vos menaces. Il s'est fait descendre hier à Bordeaux ! Et il est mort ! Vous entendez, tas de cons ! Il est mort ! On l'a assassiné !

Elle avait crié la dernière phrase et se mit à sangloter. Marceau et moi ne savions plus quelle attitude adopter et après un bref coup d'œil complice, je choisis la douceur :

— Assassiné ! Mais qui a bien pu faire ça ? On a arrêté son agresseur ?

— Non, l'enquête est en cours et les flics ne m'ont rien dit de précis. Ils sont venus ce matin m'apprendre la nouvelle. Giovanni devait passer. Je l'attendais et ce sont les flics qui sont arrivés.

Elle venait de nommer son employeur par son prénom. Oubliant jusqu'à notre présence, elle se rassit et sanglota de plus belle. Elle faisait peine à voir ; le sieur Cappielli avait dû être un patron anormalement proche de sa secrétaire. Tout de miel, je repris :

— Excusez-moi, mais je vous dois quelques explications. Giovanni était un ami, nous travaillions ensemble et nous sommes venus ici pour lui rendre service. Nous avions appris que des gens lui voulaient des embrouilles, mais nous ignorions qu'il était trop tard. Vous savez, Giovanni était vraiment un ami.

— Excusez-moi. Qu'est-ce que je peux faire ? dit-elle en reniflant.

— On a d'autres potes dans le coin, des Russes. Vous ne les auriez pas vus ?

— Si, deux grands types avec un accent épouvantable. Ils sont passés, hier. Je crois me souvenir que Giovanni leur avait retenu une cabine sur le *San Cristobal.* C'est un cargo en partance pour l'Afrique noire. Nous faisons transiter quelques conteneurs de matériel agricole, j'en ai fait charger deux ce matin pour un client.

Je réussis difficilement à rester impassible.

— C'est qui le client ?

— Je sais pas si je peux…

— Si, vous pouvez, il y a urgence et votre patron ne vous le reprochera pas.

En hochant la tête, elle consulta ses bordereaux, et nous donna un nom qui valida toutes mes supputations :

— M. Estival, Maximilien Estival. On doit livrer ça à Pointe Noire.

Je me gardai bien de rayonner, mais j'avais vu juste : tout se retrouvait dans ce cargo.

— Et il est où ce bateau ?

— À quai. Juste un peu plus loin. Vous ne pouvez pas le louper, en ce moment, c'est le seul. D'ailleurs, on le voit d'ici, dit-elle en reniflant.

Avec ses yeux rougis, son maquillage dégoulinant sur ses joues, cette fille était touchante. Elle sortit de derrière son comptoir et s'approcha de la fenêtre pour me désigner du doigt le vieux cargo tout rouillé que nous avions repéré en arrivant. Il était situé à environ deux cents mètres du bureau.

— C'est celui-là... C'est à vous la Mercedes ? Elle est belle.

Une esquisse de sourire détendit son visage, elle me dévisagea avec intérêt. Je répondis par l'affirmative en me disant que décidément, les belles bagnoles faisaient toujours autant d'effet aux nanas.

Marceau était derrière elle et ce n'était visiblement pas la vue sur le port qui l'intéressait. Ses yeux exorbités fixaient la croupe de la secrétaire et je me pris à espérer qu'elle ne se retournât point pour constater les ravages que ses attributs occasionnaient sur le self-contrôle de mon partenaire. Faut dire qu'il y avait de quoi. La fille portait un pantalon noir extrêmement moulant qui accentuait la finesse de sa taille et l'extraordinaire cambrure de ses reins ; à la limite de la scoliose ! Lorsqu'elle me tourna le dos pour regagner sa place je fus à mon tour confronté aux affres de la lubricité. Plutôt petite, elle était perchée sur des chaussures à talons extrêmement hauts et marchait en ondulant de la croupe comme pour un défilé de mode. Le fin tissu pénétrait outrageusement dans le profond sillon de ses fesses charnues et cette vision semblait avoir déstabilisé irrémédiablement le pauvre Marceau.

Je décidai de rompre le charme et m'adressant à la jeune femme, je me confondis en remerciements :

— Je vous remercie de votre aide, si j'apprends quelque chose de nouveau, je vous tiens au courant.

— Merci. Excusez-moi de mon manque de sang-froid de tout à l'heure, mais vous savez, Giovanni et moi, on devait se mettre ensemble. Dès que son divorce aurait été prononcé.

Laissant la belle à son chagrin, nous sortîmes du bureau ; Marceau tout excité me tira par la manche et me fit part de son émoi :

— Putain Fred ! T'as vu comment elle est gaulée ! J'ai rarement vu un cul pareil. Le rital, y devait pas s'emmerder ! Elle a à peine vingt-cinq piges.

— On n'est pas là pour ça. Si tu veux la revoir, tu sais où la trouver. Réalise plutôt que normalement, on a situé les tueurs de Max. Ils sont certainement à bord du *San Cristobal*. On ira le visiter ce soir.

— Ok Fred. Attends-moi, je lui file mon numéro de téléphone et j'arrive. Et il retourna dans le bureau.

Décidément, Le Chacal était irrécupérable. Je meublai mon attente en essayant d'envisager un plan d'attaque. Que cela se passe à bord d'un bateau n'allait pas nous simplifier la vie. Je ne connaissais rien à la topographie d'un cargo et trouver deux personnes dans un tel foutoir sans se faire remarquer par l'équipage me paraissait totalement irréaliste… Qu'est-ce qu'il branlait, le Marceau ?

Il revint tout essoufflé et rayonnant de turpitude, il me fit :

— C'est bon ! J'ai un rencard pour demain soir, au resto. Elle a besoin d'être consolée. Et moi, j'ai assez de compassion pour ça.

— Je n'en doute pas ! Ta compassion, elle mesure dix-huit centimètres et elle frétille d'impatience à l'idée d'aller voir la beauté intérieure de la demoiselle.

— Évelyne. Elle s'appelle Évelyne. Elle est de Lesparre. C'est une pure Médocaine. Et ici à part les chasseurs et quelques marins, elle ne voit pas grand-monde. J'ai mes chances, quand je lui ai dit que je serais heureux de la revoir, elle m'a regardé comme si j'étais le Messie.

— Tu parles d'un Messie ! Quand tu vas lui demander de se mettre à quatre pattes, elle va vite se rendre compte qu'elle n'a pas affaire à un moraliste envoyé par Dieu.

— Tu sais, Fred, t'es pas obligé de tout salir. Cette fille, elle est malheureuse et j'ai envie d'être gentil avec elle.

— Ce sentiment t'honore. C'est certain que tu vas être gentil ! Tu vas même être extrêmement gentil. Tant que tu n'en auras pas exploré tous les contours ! Respecte-la tout de même un peu. Elle pourrait être ta fille.

— Toi, quand tu t'y mets ! T'es vraiment con !

— Lucide, Marceau ! Lucide. Allez viens, on va voir le rafiot de plus près.

Chapitre XXV

Le *San Cristobal*

Il s'agissait d'un vieux cargo dont la coque portait plus de traces de rouille que de peinture fraîche, une authentique poubelle de la mer, comme ils s'en trouve dans tous les ports du monde. Nous avions garé la Mercedes derrière un tas de conteneurs, puis en courant nous nous étions précipités à l'abri de la pluie, sous une des gigantesques grues de manutention des conteneurs. De là où nous étions, nous pouvions voir sans être vus – mais pour l'heure, nous étions bien seuls. Pas même un gardien sur le pont du navire. Je donnai le départ :

— On ne va pas attendre ce soir, nous n'aurons jamais une si belle occasion. Je prends mon flingue et j'y vais ! Toi tu montes dans la grue et tu me protèges avec le fusil à lunette.

— Moi, je veux bien. Mais quand tu seras à l'intérieur du rafiot, je protège quoi ? T'as même pas de portable. Moi, j'ai le mien, mais t'es pas sans savoir que pour que ça marche, il en faut au moins deux. Comment ça se fait que t'en aies pas un ?

C'était vrai, j'avais toujours fait de la résistance dans ce domaine, mais je convins que pour la mission que nous allions entreprendre, un portable aurait été d'une utilité indiscutable.

— Du calme Fred ! Il vaut mieux ne pas se précipiter et je te vois mal rentrer là-dedans sans couverture. Ou je viens avec toi ou je trouve un autre téléphone.

— On va tout de même pas aller souscrire un abonnement à SFR ou à Orange pour la soirée.

— T'inquiète pas. J'ai une idée. On va s'en faire prêter un.

— Par qui ?

— Évelyne. La petite brune de l'import. Elle en a un et c'est bien le diable si je n'arrive pas à la persuader de me le prêter pour une heure. Viens dans la voiture. Je vais l'appeler tout de suite.

Nous retournâmes dans le véhicule, où Marceau sortit un minuscule Nokia couleur métal avec lequel il rechercha le numéro de la secrétaire.

— C'est son numéro perso. Je l'ai rentré devant elle. Elle était toute contente.

— Je me demande ce que tu vas lui dire pour la convaincre ?

— Laisse faire l'artiste. « Allô ! Oui, c'est Marceau ! Oui, celui qui ne peut se résoudre à passer plus de cinq minutes loin de vous ! Je viens juste de vous quitter, que déjà vous me manquez atrocement… »

Quel enfoiré. Il passa un grand moment à lui débiter un max de conneries, puis il lui emmancha une sordide et invraisemblable histoire – proche, hélas, de la réalité – de tueurs fous – que nous, agents secrets au service du Gouvernement – devions surveiller depuis des zones éloignées…

— … Je sais, ça coûte cher, mais je te paie ton mois d'abonnement et demain au resto tu auras du champagne à volonté.

Il rit et balança encore quelques fadaises, optant définitivement pour le tutoiement. Je pouvais percevoir les gloussements de satisfaction de la belle.

— C'est bon. On y va. Elle a pas inventé le fil à couper le beurre, mais elle nous prête son téléphone.

— Des agents secrets du Gouvernement qui seraient obligés d'emprunter un téléphone portable ! Si elle gobe ce genre de conneries, en effet elle a rien inventé ! Pas étonnant que le rital il ait réussi à l'endormir et à lui faire croire au Père Noël.

— Tu sais Fred, moi les nanas intelligentes, ça me gonfle.

— Tu fais un complexe ? Apparemment, elle n'a pas été trop traumatisée par la mort de son prince charmant.

— J'sais pas, m'en a pas parlé.

Quelques instants plus tard, à peine avais-je à nouveau garé la voiture devant « La Porte de l'Afrique », qu'Évelyne, parapluie en main, se jeta à la portière de Marceau. Il baissa la vitre et se mit à lui parler à l'oreille en lui caressant les épaules et le dos. Elle souriait et ne se déroba pas quand il risqua un baiser dans son cou. La position de son bras me renseigna sur la destination de sa main qui devait maintenant malaxer les rondeurs tant convoitées. Je m'impatientai et signifiai à mon partenaire que nous ne pouvions pas nous permettre de passer la nuit là, qu'il y avait un temps pour tout.

Elle lui refila son téléphone et après un long baiser sur la bouche, nous la laissâmes amoureuse et transie sous la pluie.

— Tu n'as pas perdu la main ! Je suis admiratif. Pour ma part, même dans mes périodes fastes, je n'ai jamais levé une fille aussi vite.

— À partir du moment où elle a gobé l'histoire des agents spéciaux des services secrets, c'était gagné ; imagine un peu : James Bond dans le Médoc. Elle a l'impression d'œuvrer pour la France. Et puis, je te l'ai déjà dit, la Pointe de Grave, c'est le trou du cul de la Gironde. C'est plus facile de lever ici qu'à Bordeaux. Les filles, un rien les fascine et elles sont prêtes à faire n'importe quoi pour se tirer d'ici. Le rital, il a dû l'endormir comme ça, en lui promettant une vie facile à Bordeaux.

— Et c'est ce que tu as fait ? Lui promettre une vie facile à Bordeaux ?

Il ne répondit pas et se plongea dans l'étude du portable d'Évelyne.

* * *

Je contournai le hangar et laissai ma voiture au même endroit que précédemment. Nous descendîmes, Marceau ouvrit le coffre et déballa le matériel. Dont un splendide fusil à lunette flambant neuf.

— C'est quoi ce fusil ? Tu l'as acheté chez Décathlon ?

— Ça, c'est un H&K – 7,62 avec lunette Zess X 20. C'est ce qui se fait de mieux dans le genre armes de précision ! C'est allemand et avec un tel engin, à trois cents mètres, je peux t'émasculer un pou.

— Bon alors je suis pénard, nos ennemis sont plus gros que des testicules de pou. Mais dis-moi, je sais bien que tu es démerde, et que tu honores ton surnom de Chacal, mais comment tu fais pour trouver de telles armes ?

— Ça mon vieux, ça restera un secret. C'est pas que j'aie pas confiance en toi, mais y a des choses qu'y vaut mieux que tu saches pas. Ça te servirait à rien de savoir et en plus je suis pas sûr que ça te plairait. Tiens, prends encore ce flingue. Je te file mon 45 et tu emportes aussi un couteau.

— Tu me prends pour Rambo ! Dans ton sac, tu n'aurais pas un demi-quintal de muscles et un arc lance-missiles ?

— Abondance de bien ne nuit jamais ! Et c'est pareil pour les armes.

— Je le fous où, ton poignard ?

— J'ai un étui qui se fixe au mollet, mets-le par-dessus ton jeans, ça fera baroudeur. N'oublie pas qu'on est dans le bled de Bob Denard.

Je lui obéis et sanglai la pièce de cuir contre ma jambe droite, puis j'enfilai un splendide poignard de commando à l'intérieur. Je m'étais couvert d'un léger blouson coupe-vent muni de plusieurs poches. Je plaçai le monstrueux automatique de Marceau dans l'une d'elles et deux chargeurs de 11,43 dans une autre. Puis j'enfonçai péniblement mon 357 dans la ceinture de mon pantalon. Pour le coup, il valait mieux ne pas tomber de la passerelle, lesté de la sorte, j'aurais rejoint des sédiments antédiluviens.

Le Chacal, lui, il équipait sa veste de treillis comme pour

attaquer la grotte d'Oussama Ben Laden. Il s'empara de son fusil à lunette, de plusieurs chargeurs, puis me donna une grenade avec fermeté.

— Qu'est-ce que tu veux que j'en fasse ?

— Ça peut toujours servir. N'oublie pas, tu la dégoupilles, tu la jettes, tu te planques et tu contemples pas les effets. Les quadrillages, ça fait pas la part des choses, ça vous transforme un homme en écumoire ; qu'il soit Russe ou Bordelais de pure souche.

— Bon, on y va. Tu montes sur la grue, avec un peu de chance, si elle n'est pas fermée, tu pourras te mettre à l'abri dans la cabine. Quand tu seras là-haut, tu m'appelles et on reste connectés pendant toute l'opération.

Il me quitta et entreprit l'ascension du pilier de la grue. Il ne tarda pas à parvenir au poste de pilotage situé une vingtaine de mètres plus haut. Les yeux frappés par la pluie incessante, je le vis pénétrer à l'intérieur. Dans les secondes qui suivirent, mon téléphone sonna.

— C'est bon. D'ici je peux observer tout le pont du bateau, j'ai une vue imprenable sur l'ensemble du port et je vois même la route d'accès sur plusieurs kilomètres. À partir de maintenant, on se quitte plus. Tu me décris tout ce que tu vois. Si on est coupés, je raccroche et c'est toi qui rappelles. Tu appuies sur la touche *ok* et la connexion reprend automatiquement. Sur le rafiot, pas question de te faire remarquer par une sonnerie. Si ça craint, tu rappliques en vitesse. Je te couvre.

— Ça marche. J'y vais.

Afin de libérer mes mains, je plaçai le portable dans la poche supérieure à l'intérieur de mon blouson. Il me suffisait de me pencher un peu pour pouvoir parler. Seule l'écoute posait problème.

Il devait être près de dix-huit heures et il faisait de plus en plus sombre. Les grondements s'étaient éloignés mais la pluie continuait de plus belle. Quelques voitures passèrent devant nous : cela devait être l'heure de la débauche. Les rares dockers qui jusque-là s'abritaient dans les entrepôts, rentraient chez eux.

Je courus vers l'étrave du cargo, longeai la coque et franchis la passerelle située à l'axe du navire. J'arrivai sur le pont rouillé encombré par un amoncellement de cordages, de chaînes et de câbles de toutes sortes. Seules les écoutilles et les coursives latérales étaient dégagées.

Le poste de commandement et les cabines se trouvaient à l'arrière du bâtiment. Le château occupait environ un cinquième de la surface du pont. En regardant vers la proue, au milieu d'un fouillis de portiques, de treuils et de manches d'aération, des canots de sauvetage longeaient le bastingage. Mais, hormis la pluie, le vent et les câbles battant sur les mâts de charges, tout était immobile. J'imaginai alors la vie des marins, au large et en pleine tempête ; encore que, solidement amarré au quai, la bateau ne bougeait presque pas.

Je me dirigeai vers une porte métallique et lorsque je la déverrouillai, la force du vent faillit me projeter à l'intérieur. Il me fallut faire preuve d'opiniâtreté pour la refermer. À l'intérieur, je découvris une coursive seulement éclairée par une rangée de hublots. D'une voix feutrée, je décrivis la scène à Marceau en m'engageant dans l'étroit couloir. Des portes espacées d'environ trois mètres garnissaient la cloison opposée aux hublots. Je collai mon oreille à la première mais aucun son ne me parvint. Il en fut de même pour toutes les autres. J'en déduisis qu'à cette heure, l'équipage était encore à terre. Mon tour de coursive m'avait tout de même permis de repérer deux escaliers qui descendaient à l'intérieur de la coque.

À l'extérieur aussi, c'était le calme absolu, d'après Marceau. Je lui recommandai de se méfier car l'équipage risquait de rentrer.

Les quelques marches de l'échelle métallique conduisaient à un couloir identique à celui du dessus, mais sans les hublots. Je flippais au maximum en prenant conscience que les Russes n'avaient aucune raison d'emmener Sophie sur ce navire. Avec un peu de chance ou de malchance, je pouvais les retrouver, eux ; mais pas elle. Leur coup avait foiré, ils ne pouvaient plus reprendre le bisness de Max ; qu'avaient-ils à tirer d'elle... Son cadavre devait probablement pourrir dans quelque endroit perdu de la forêt médocaine, pendant qu'eux devaient se préparer à partir pour l'Afrique écouler les produits qu'ils avaient réussi à récupérer.

À cette idée, je fus plus que jamais déterminé à leur faire payer ça ; et avec les intérêts. Le repos de mon âme était à ce prix... Et puis (mais ça, j'essayais de me le dissimuler), j'avais aussi une trouille bleue !

Collé à une porte de métal, je perçus distinctement une musique parvenant de l'intérieur d'une cabine. Il s'agissait d'un air espagnol ou sud-américain. Les sens en alerte, je parvins à déceler une voix masculine qui chantonnait en accompagnant la mélodie.

Après avoir délicatement tourné le verrou et violemment poussé le battant du pied, je jaillis dans la cabine. L'homme avait l'allure d'un sud-Américain. Il était allongé sur une couchette. À ma vue, ses roucoulades se coincèrent dans sa gorge... il me regarda comme si j'étais le diable en personne.

— *Madre de Dios ! Qué pasa ?*

— Bouge pas ! Et pas un cri. Tu parles français ?

— *Poquito.*

— Alors, puisqu'on va pouvoir communiquer, tu vas gentiment répondre à ma question : sur ce bateau, il y a deux mecs que je recherche. Des Russes. Tu me dis où ils sont et je te fous la paix. En plus, si tu es gentil, ça c'est pour toi.

Je posai un billet de cinquante euros sur la petite table qui garnissait le centre de la cabine. Il me sourit et de la tête, acquiesça.

— Russes, dans cabine au fond. Dernière, babord… *Gringos* russes, pas gentils avec moi.

— D'accord, mon vieux, mais moi non plus je ne serai pas gentil avec eux. Maintenant il faut que tu me donnes la clé de ta cabine. Je n'ai pas envie que tu foutes le bordel.

Je dus lui expliquer plusieurs fois ; mais il finit par me donner la clé et, pour m'assurer de sa passivité, avant de le quitter, je déposai un autre billet, puis sortis à reculons. Je verrouillai la porte à double tour et me dirigeai vers la dernière cabine. Arrivé là, je plaquai mon oreille au panneau et constatai que la pièce était totalement silencieuse. La porte était fermée à clé ; j'eus l'idée d'essayer celle que m'avait refilée le matelot. Elle s'engagea dans la serrure et au bout de quelques efforts se mit à tourner péniblement. La porte s'ouvrit et je pus constater que la cabine était vide. Deux couchettes superposées meublaient le fond de la pièce et au centre, une table sembable à celle du latino était encadrée de quatre tabourets.

Je m'engageai dans la minuscule chambrée que l'absence de hublot rendait encore plus exiguë. À la lueur de la lampe de sécurité, je fis l'inventaire des lieux. Comme dans le hangar à Bordeaux, je trouvai deux grands cabas de militaire, un pack de Kronenbourg et quatre bouteilles de Smirnoff. Dans les sacs, à part des vêtements et des affaires de toilette, je découvris un ordinateur portable entouré d'une kyrielle de câbles de connexion. J'étais cruellement déçu ; pas la moindre trace de Sophie. Je me doutais bien que les chances de la trouver là étaient infimes, mais un espoir insensé m'avait fait y croire. Nous fîmes le point au téléphone avec Marceau qui, de son côté, n'avait rien à signaler.

Après avoir soigneusement refermé la porte, je retournai à l'escalier. Celui-ci descendait encore vers le ventre du bâtiment. Je décidai de continuer ma visite dans cette partie apparemment déserte du navire : j'étais curieux de connaître le contenu de la cargaison.

Je parvins vraisemblablement en dessous de la ligne de flottaison, dans un étroit couloir qui donnait sur une porte blindée. Je dévissai le cercle d'acier de la fermeture à volant et dans un grincement sinistre, je tirai à moi le lourd panneau de métal. Devant moi, s'ouvrait une des cales. Il s'agissait d'un immense parallélépipède de plus de dix mètres de hauteur sur une vingtaine de long, qui occupait toute la largeur de la coque du navire. À part les lampes basse-tension qui surmontaient les accès, il n'y avait aucun éclairage, mais je percevais très bien l'intérieur de la soute car le panneau coulissant qui la couvrait était resté ouvert et permettait de voir l'extérieur. La pluie avait cessé, un timide rayon de soleil éclairait en oblique les parois ruisselantes.

Le compartiment renfermait deux conteneurs ; vraisemblablement ceux de Max. Des 40 pieds, aux normes ISO, ce qui correspondait à douze mètres de longueur pour une section d'environ deux mètres cinquante au carré. Je connaissais bien ce type de conditionnement *multimodal* compatible entre les transports maritimes, routiers et ferroviaires. Dans les travaux publics, on les utilise souvent pour l'envoi du matériel de chantier.

Les lourds battants étaient fermés et un cadenas bloquait le levier de maniement des énormes barres de verrouillage. Il fallait absolument que j'arrive à voir ce que renfermaient ces conteneurs et, comme je l'avais si souvent vu faire dans les films d'action, je décidai d'utiliser mon revolver.

Je m'attaquai à celui qui était le plus éloigné de l'accès à la cale. Le 357 bien serré dans ma main, je le plaçai à environ vingt centimètres du cadenas. Craignant les éclats, je me plaquai sur le côté et appuyai sur la détente. La détonation fit un fracas assourdissant. Mon bras tout entier en ressentit la secousse, mes doigts avaient cogné le métal de la porte et une légère douleur irradiait leurs extrémités. Je contemplai alors les dégâts occasionnés par ma tentative : bingo ! Le cadenas et une bonne partie des anneaux de fermeture avaient disparu et le sol était jonché de morceaux de métal. Marceau n'avait pas exagéré le pouvoir de destruction des balles longues avec noyau d'acier.

J'ouvris la porte. Le conteneur comportait une multitude de caisses en bois, empilées jusqu'aux deux tiers de sa hauteur. La plupart portaient des inscriptions en cyrillique qui permettaient de supposer qu'il s'agissait d'indications en russe.

Grimpant sur la première rangée, j'entrepris de déclouer le couvercle d'un emballage, à l'aide de mon solide couteau de commando. Il s'agissait d'une caisse d'environ un mètre de long, dont la section carrée mesurait près de cinquante centimètres. Grâce à la finesse de sa pointe et à la robustesse de sa lame, mon arme me permit d'arracher quelques planches. Et ce fut éberlué que je découvris, emballé dans du plastique à bulle, un lance-roquettes flambant neuf, au format imposant, portant l'inscription « Konkurs-M ». Dans l'encombrement qui se trouvait devant moi, je ne pouvais compter les caisses identiques, mais visiblement j'étais face à une quantité impressionnante de ce type d'armes.

Je continuai mon travail d'enquêteur et de charpentier, et m'attelai à ouvrir une caisse plus petite. Ce fut, cette fois, devant un lot de fusils mitrailleurs Kalachnikov que j'hallucinai. Impressionnant ! Pratiquement cinquante mètres cube gavés d'armement neuf. Mais avec quoi les Africains payaient-ils tout cela ? J'avais peut-être découvert la raison de la dette africaine.

Et je n'étais pas au bout de mes surprises car le conteneur suivant me mit en présence d'un chargement de sortes de fusées, ou de missiles, à moins que ce ne fût des bombes. La partie centrale était cylindrique, une des extrémités formait une ogive alors que l'autre était creuse et entourée d'une collerette ajourée. Sur la partie cylindrique, on retrouvait des chiffres et inscriptions en cyrillique et près de l'ogive, de nombreuses prises de connexion du type de celles qu'on trouve sur les ordinateurs. Je supputai que celles-ci devaient avoir une relation avec le matos informatique trouvé dans la cabine. Je fis l'inventaire du conteneur et vérifiai que toutes les caisses étaient identiques. Je dénombrai trente-six engins de mort ! À la gueule de qui ces armes étaient-elle destinées ? Quel était le dictateur africain assez riche pour s'acheter de tels jouets ? Pour quel funeste projet ?

Chapitre XXVI

Les chants de l'armée Rouge

J'en étais là de mes questions lorsque le grincement de la porte d'accès à la cale se fit entendre. Je me précipitai hors du conteneur et me glissai du côté opposé aux arrivants. La position des mastodontes m'ayant permis de sortir sans être vu, ce fut dissimulé derrière les panneaux du fond que je vis arriver les intrus. Ils étaient deux, mais ils n'avaient absolument pas le look de matelots, et ce n'étaient assurément pas des latinos. Ils étaient jeunes et grands et leurs cheveux coupés extrêmement court leur donnaient des allures de militaires. À la vue des portes ouvertes, ils se précipitèrent l'arme au poing en vociférant des mots incompréhensibles. Je pouvais présumer sans grand risque qu'il s'agissait d'injures dans la langue de Dostoïevski. Dans une attitude sans équivoque, qui en disait long sur leur expérience des situations à risque, ils encadrèrent l'ouverture du conteneur aux fusées. N'y trouvant personne, ils passèrent au suivant. Je me déplaçai en même temps qu'eux et me tapis au fond de l'étroit interstice séparant les deux conteneurs. Je ne voyais plus mes adversaires, mais un bruit de caisse m'indiqua qu'il y en avait au moins un à l'intérieur. L'autre vint se placer juste en face de moi. Il me tournait le dos et surveillait les accès de la cale.

La plus grande erreur de sa vie – et la dernière – fut de n'avoir pas vérifié que les conteneurs étaient bien collés à la paroi et que personne ne pouvait se dissimuler derrière. Il me fallait faire vite, avant que l'autre ne redescende. Le Magnum tenu à deux mains, le dos plaqué à la tôle froide, je l'ajustai. Douze mètres nous séparaient, avec un appui, il m'était impossible de le louper. Je me souvins des paroles du Chacal, « un Russe c'est plus gros qu'une cannette de bière », qu'à ce moment crucial de mon existence, pour me donner du courage, je complétai mentalement : « c'est infiniment plus féroce ; tu n'as pas intérêt à le louper. » Alors, sans état d'âme, froidement, j'appuyai sur la détente. Les images s'enchaînèrent comme dans un film dont j'aurais été un spectateur externe. Sous l'impact de la balle, comme poussé par une force invisible, je le vis plonger en avant et s'écrouler trois mètres plus loin. Au moins avait-il dégagé le passage. Je me précipitai dans l'étroit couloir et sans chercher à savoir ce que faisait son complice, je claquai les doubles portes et actionnai le levier de verrouillage. Ouf ! De justesse ! Une fraction de seconde plus tard, l'homme enfermé martelait le métal – inutilement, car le déverrouillage ne pouvait s'effectuer que de l'extérieur et par la rotation d'un gros axe vertical ; même un rhinocéros n'aurait pu le briser ou le tordre. Celui-là, je pouvais me le garder pour les grandes occasions. Je ne savais pas très bien comment j'allais m'y prendre, mais il faudrait tout de même qu'il me dise ce qu'ils avaient fait de Sophie, s'ils l'avaient tuée ou si elle vivait encore, et dans les deux cas, où elle se trouvait.

Un fracas épouvantable retentit dans la cale et sans comprendre, je me jetai à terre. Ça venait du conteneur. Cet enfoiré était en train de vider son chargeur sur les portes et je voyais distinctement des boursouflures se former à chaque impact. Sa cible semblait être le système de fermeture. Les balles traversaient facilement la tôle, pourtant épaisse d'au moins deux millimètres, mais même avec une mitrailleuse lourde, il n'aurait pu venir à bout de la condamnation. Il le savait sûrement et j'en déduisis que c'était après moi qu'il en avait. S'il avait tiré alors que je manipulais encore le verrouillage, ma poitrine porterait autant de trous que le tambour de mon lave-linge.

Je m'écartai dans un angle où il ne pouvait m'atteindre en me disant stoïquement que lorsqu'il n'aurait plus de munition, il se calmerait bien ! J'avais complètement oublié ma première victime ; que d'ailleurs, en me mettant à l'abri, j'avais presque piétinée. Il gisait sur le ventre, bras écartés, le visage tourné vers moi. Ma balle l'avait atteint au milieu du dos, juste entre les omoplates ; sa colonne vertébrale devait être en bouillie et en le traversant de part en part, le noyau de plomb fourré d'acier avait dû exploser son cœur. La fixité de son regard et la quantité de raisiné qui se répandait sur le sol me signifièrent qu'il n'était désormais pas possible d'espérer le plus infime renseignement de sa part. Maintenant, seul Satan aurait le privilège de lui poser des questions. Il était mort et bien mort.

Je n'avais jamais pensé être capable de tuer froidement un homme ; fût-il une ordure. Si je n'avais ressenti aucun préjugé au moment où j'avais pressé la détente, la vue du cadavre déclencha chez moi une sorte de malaise. Culpabilité, honte, poids des principes, ou peut-être simplement manque d'habitude, je dus m'obliger à balayer le tout en me remémorant les images de la dépouille torturée d'Élodie, des cadavres de Max et de sa bande, ainsi que l'infâme séance qu'avait dû être le dépeçage du Gitan et… par extrapolation, ce qu'il avait sûrement fait subir à Sophie.

Les tirs avaient cessé et j'avais maintenant droit à des hurlements injurieux que ne parvenait pas à couvrir le fracas des multiples coups dont il gratifiait les tôles du conteneur. J'essayai de prévenir mon partenaire de mes découvertes ainsi que du déroulement des événements, mais la communication avait été coupée. J'appuyai sur la touche « ok » mais, à cause du vacarme, je n'eus aucune réponse audible.

Méfiant, je me reculai et observai la scène. Comment soumettre cet enragé ? Je renouvelai ma tentative pour prévenir Marceau, en vain. M'avait-il entendu ? J'aurais bien aimé qu'il soit là, lui il trouverait certainement une solution pour maîtriser le Russe et le faire parler. Et surtout pour qu'il arrête ce bordel qui m'empêchait de téléphoner. L'ampleur de ma connerie me fit sourire : si Marceau était à mes côtés, je n'aurais pas besoin de lui téléphoner !

Chapitre XXVII

Surprise !

Je sentis le choc bien avant de réaliser qu'il y avait eu une détonation. L'impact me bouscula vers l'avant comme une énorme claque que m'aurait assenée, sur l'omoplate droite, un colosse forcené. Je m'écroulai à plat ventre, ma tête heurta violemment le sol, tout s'obscurcit… pendant un long moment – je n'aurais su dire combien de temps. La joue collée au plancher de métal, les yeux grands ouverts et la respiration saccadée, j'étais incapable de bouger. Un liquide poisseux se répandait sous mon corps et lorsqu'il atteignit mon visage, un frisson de panique me parcourut l'échine. Putain ! C'était mon sang ! J'étais en train de me vider. Et j'allais crever par connerie ! Pour avoir connement tourné le dos à la seule ouverture de la cale... Pour m'être fié aux apparences qui me laissaient supposer que les Russes n'étaient que quatre... Quatre matelas, ça faisait au moins quatre personnes, mais il pouvait y en avoir d'autres… qui logeaient ailleurs !

C'était donc ça la mort. Je me dis que ce n'était pas possible, je ne pouvais pas claquer là, comme ça, sans connaître mon exécuteur… Ma poitrine était brûlante, mais je n'avais pas mal, c'était comme si tout mon corps s'était endormi ; il s'agissait certainement d'un atroce cauchemar, et comme Coleridge qui avait rêvé avoir cueilli une fleur et s'était réveillé une fleur à la main, j'allais forcément me réveiller ; mais serais-je dans une mare de sang ?

Descartes me vint à l'esprit et une lueur d'espoir m'envahit. Je pouvais penser, donc j'étais vivant. Les morts ne pensent pas ; ça se saurait. Cette idée me revigora et afin de la vérifier, j'essayai de me retourner.

Mon bras droit était complètement paralysé et j'éprouvai des difficultés à tourner la tête. La balle était entrée au niveau de mon omoplate mais c'était devant que j'avais mal. Juste sous mon pectoral droit. Ce fut donc à l'aide du bras gauche qu'en gémissant de douleur, je pivotai péniblement sur ma fesse droite et que j'essayai de m'asseoir.

— Bouge pas, Fred ! Bouge surtout pas !

Je n'en crus pas mes oreilles ! C'était la voix de Sophie ! Je terminai ma périlleuse manœuvre, puis relevant la tête, je l'aperçus. Elle était plantée sur ses deux jambes dans une attitude défensive, à mi-distance de la porte de la cale et, dans sa main, pointé vers moi, elle tenait un petit automatique chromé.

— Putain ! Merde, Sophie ! Tu pourrais m'expliquer ?

— Bien sûr, Fred. Je te dois bien ça.

Maintenant que j'avais bougé, la souffrance était bien là et elle était à la limite du supportable. Grimaçant, malgré la douleur, je m'apprêtai tout de même à l'écouter ; la curiosité, décidément, ça vous poursuit jusqu'à la mort. Je la regardai mais ne la reconnus pas. Ce n'était pas possible, ce n'était pas elle. La femme qui se trouvait devant moi était vêtue d'un ensemble pantalon noir et chaussée de hautes bottes en cuir ; un bandeau de même couleur dissimulait sa chevelure. Son accoutrement accentuait la dureté de son visage. Elle était toujours aussi belle, mais d'une beauté satanique ; un ange noir exécuteur des basses besognes ! Un ange exterminateur ! Et celui qu'elle s'apprêtait à exterminer, c'était moi ! D'une voix ferme, elle m'ordonna :

— D'abord, tu vois le revolver devant toi ? Tu vas le prendre délicatement par le canon et le pousser jusqu'à moi. Et pas de connerie, je tire très bien. Si tu tentes quoi que ce soit, je te fous une bastos dans chaque œil.

Mon 357, dans ma chute, je l'avais un peu négligé et il gisait à quelques centimètres de mon genou droit. Je fis exactement ce qu'elle avait demandé et mon arme finit sa course pratiquement entre ses pieds. Mon cerveau travaillait à deux mille à l'heure, mais j'avais peur de comprendre ; peur d'une réalité si évidente.

— J'ai fait tout ce cirque pour te retrouver.

— Je sais, et tu en as fait beaucoup trop. Tu vois Fred, tu es pourtant la dernière personne à qui je souhaitais faire du mal.

— Mais Sophie, pourquoi ?

— Pour commencer, je ne m'appelle pas Sophie. Mon nom c'est Elena, Elena Dabrowski. Je suis d'origine polonaise, mais mes parents ont immigré en URSS alors que j'étais enfant.

Dans cette histoire, j'avais imaginé que je me ferais baiser, mais je ne savais pas quand, ni comment, ni par qui. Maintenant, je savais… Je venais aussi de découvrir que je n'avais pas inventé la poudre à canon et qu'une crédulité comme la mienne ça coûte très cher. Pas une seconde je n'avais envisagé que Sophie puisse être complice des Russes. Quel con !

— Tu vas comprendre. En Russie, j'avais brillamment réussi mes études et, sans problème, j'ai obtenu un poste de professeur de français à Moscou. Seulement, tu vois, dans le pays de Gorbatchev, même une brillante prof, ça gagnait dix fois moins qu'une putain. Alors comme la nature m'avait avantageusement pourvue, j'ai changé de métier. Si je n'avais pas rencontré Max, je serais toujours là-bas à tapiner.

Une mousse rougeâtre remplissait ma bouche et débordait sur mes lèvres. Imperturbable, Sophie continuait :

— À l'époque, pour ses affaires, Max venait souvent en Russie et se faisait offrir des putes de luxe par ses clients. On sélectionnait celles qui maîtrisaient bien sa langue. Je fus une de celles-là et très vite je devins sa préférée. Faut dire que j'avais mis le paquet et que le Max, je l'ai fait grimper au rideau comme personne. Il ne voulait plus que moi. Il s'est très vite entiché et son empressement à me voir était flagrant. Il a même fini par m'écrire et un jour, il m'a proposé de m'amener en France. À cette époque, chez nous, ça allait encore plus mal que maintenant, la misère était partout et moi j'avais été prise en charge par des enflures qui me laissaient à peine de quoi changer de fringues. Pour moi, la France, c'était le pays de cocagne, c'était aussi le moyen d'échapper à tout ça. J'avais toujours eu une attirance pour le pays de Voltaire, dont, je te le rappelle, j'avais enseigné la langue. Alors, j'ai dit oui, à la condition qu'il m'obtienne la nationalité française en m'épousant. Max a accepté et m'a échangée à mon proxénète contre un coupé Mercedes.

J'avais la réponse à la question que je m'étais toujours posée : qu'est-ce qu'une fille comme elle foutait avec un connard comme Max. Il se l'était payée pour rien. Il avait troqué une voiture volée contre une pute ambitieuse.

— Ça aurait pu être un beau conte de fées, mais ici, j'ai très vite déchanté : Max était un gros con. Il me dégoûtait et malgré la vie confortable qu'il m'offrait, je flippais tous les soirs à l'idée de me retrouver dans son lit. Il était encore plus pervers que mes anciens clients, il prenait son pied à m'humilier. Un soir, il m'a même *prêtée* à des clients africains, des « nègres » adipeux et repoussants. Il leur a dit : « Elle est à vous, faites-en ce que vous voulez ! » Comme on donne la pâtée aux chiens. Il a fallu que je me prête à toutes leurs saloperies ! Ils m'ont gardée toute une nuit, et ces enculés ne manquaient pas d'imagination. J'ai passé dix jours à l'hosto. J'étais meurtrie et déchirée, ils avaient même essayé de m'introduire une bouteille de champagne dans l'anus. Il m'a fallu plusieurs points de suture. C'est ce jour-là que je me suis juré qu'un jour, je tuerais Max.

Elle écumait de rage. Ces souvenirs devaient être extrêmement pénibles et je voyais monter en elle une haine indescriptible.

— Alors, pourquoi es-tu restée ? Il te suffisait de repartir en Russie.

— En Russie ! Mon pauvre Fred, tu ne sais pas de quoi tu

parles. En Russie, je me serais retrouvée dans la misère, et de retour sur le trottoir ! Non, c'était en France que je voulais vivre. Et si possible avec du fric. Pour cela, il était impératif que Max tienne ses promesses et m'épouse… Max, c'était un truand, mais on peut être un truand et avoir une mentalité de bourgeois, et Max, dans sa tête, il était aussi bourgeois que truand. Il tenait aux apparences, il voulait donner l'image d'une famille cool et aisée. Il m'épousa, me donna le statut d'épouse, de Française et de belle-mère d'Élodie. Nous paraissions former une famille unie et heureuse. Mais ce n'était qu'une apparence, Max était infect et je ne pouvais pas supporter Élodie. Elle était pourrie-gâtée par son père et me considérait comme de la merde. Elle me traitait souvent de spéculatrice et cela faisait rire Max. Je la détestais tellement que j'ai pris mon pied pendant que Nikolaï et Sergueï la violaient. Tu aurais dû voir ça, un sacré sandwich qu'ils formaient ! C'est moi qui lui tenais les bras et lorsque Sergueï lui a tranché la gorge, elle est morte alors que je l'embrassais à pleine bouche. C'était pas un bouche-à-bouche qui sauve ; il a duré jusqu'à son dernier souffle. J'ai vu s'éteindre sa haine avec son ultime battement de cœur. C'est mon souvenir et le goût de ma salive qu'elle a emportés en enfer.

— Tu es vraiment un monstre !

— Non, Fred ! Juste quelqu'un qui ne veut plus jamais subir d'autres lois que les siennes. Mais laisse-moi continuer, à voir la flaque au sol, je ne suis pas sûre que tu auras assez de sang pour arriver à la fin de l'histoire… En Russie, Max bossait avec mon proxénète – celui-là (elle me désigna le cadavre derrière moi). Il s'appelait Anton et c'était un ex-KGB qui connaissait beaucoup de monde. C'est lui qui a branché Max sur les militaires et lui a permis d'intégrer les deux autres dans son équipe. Nikolaï et Sergueï étaient officiers dans l'armée Rouge. Ils ont fait l'Afghanistan et au moment où le conflit tchétchène a dégénéré, ils ont démissionné. Ils connaissaient tous les rouages du détournement d'armes. C'étaient des tueurs professionnels et quand le rital nous a prévenus, je les ai envoyés t'exécuter. Je ne sais pas comment tu t'en es débarrassé, mais chapeau ! Pour un amateur, tu te démerdes bien. Quand on ne les a pas vus revenir, on a déménagé et fait un peu de ménage.

— En mitraillant Cappielli !

— Oui, il savait trop de choses. Notamment que j'étais bien vivante et que c'était moi qui dirigeais tout ce business.

Elle était intarissable, prenait son temps et n'escamotait aucun détail. Je me pris à penser que depuis toujours elle avait gardé ces secrets, ne se confiant jamais à personne. J'étais sûrement le premier à qui elle racontait sa vie, la seule personne à qui elle pouvait se dévoiler sans crainte… Parce que moi, j'étais en train de crever.

Au mépris de la crasse qui couvrait le sol, elle s'assit en tailleur ; avec désinvolture, mais son revolver toujours pointé dans ma direction. La douleur n'arrivait pas à inhiber ma curiosité :

— Et celui qui est dans le conteneur, qui est-ce ?

— Lui, c'est Vladimir. Un tueur professionnel. Un porte-flingue que le KGB utilisait pour les basses besognes. Son palmarès est ahurissant, à lui seul, il a descendu plus de monde que toute la mafia russe réunie. Anton avait passé plusieurs contrats avec lui. Chez nous, ce sont les nouveaux métiers porteurs ! Les femmes sont putes et les hommes tueurs à gage.

Comme s'il avait entendu qu'on parlait de lui, le prisonnier tambourina de nouveau sur la tôle.

— Et tu le libères pas ?

— Il a le temps. Il s'est fait baiser, alors qu'il patiente un peu. D'ailleurs, il faut que je réfléchisse pour savoir si j'ai vraiment besoin de lui. Les partages, c'est pas mon fort.

Elle se tourna vers le conteneur.

— Ta gueule ! Tu la fermes ou je te laisse pourrir jusqu'à l'équateur.

Ma curiosité reprit le dessus :

— Comment a démarré la combine ?

— C'est moi qui en ai eu l'idée. J'ai échafaudé un plan pour reprendre le bisness de Max à mon compte et j'ai contacté Anton. Il a marché et surtout, il a accepté mes conditions. Ensuite on a recruté les trois autres. Tu n'auras pas oublié de noter que dans cette affaire, j'avais complètement changé de statut. Je dirigeais mon ancien proxénète et j'étais devenue la patronne incontestée d'une nouvelle organisation... Nous avons affolé Max avec les Albanais, ceux-là, ils ne nous ont pas coûté trop cher, nous avons dû les exécuter avant de les payer. Après le dynamitage de son garage, Max nous a envoyé le Gitan. J'ai pu intercepter la communication de ce gros con lorsqu'il a précisé sa mission au Tatoué. Je n'avais plus qu'à commander à Nikolaï et Sergueï de s'en occuper. Il faut bien lui rendre hommage, le Gitan, il n'était pas idiot. Des Albanais, il est vite arrivé à nous, mais nous l'attendions. Il n'avait aucune chance de s'en tirer... Je n'aurais jamais cru qu'un homme puisse autant gigoter lorsqu'on lui arrache la peau. Le Gitan, son entrée en enfer, il se l'est vaillamment gagnée...

La situation était grotesque : je me vidais de mon sang et elle me parlait de barbarie avec autant de désinvolture que si elle me contait ses vacances à la mer.

— Et puis, tu es arrivé. Inutile de te dire que dans nos projets, ce n'était pas prévu et qu'il a fallu improviser. Alors, je me suis dit que tu devais être comme tous les hommes : que la puissance de persuasion de tes spermatozoïdes devait être plus performante que la réflexion de tes neurones. Les hommes réfléchissent plus avec leurs couilles qu'avec leur cerveau... Et tu n'as pas dérogé à la règle.

— J'y ai cru, moi ! Ça m'a même fait peur.

— Ça va t'étonner, Fred, mais avec toi, j'ai eu un coup de

foudre. J'aurais pu t'aimer… J'ai même pensé que je pourrais vivre avec toi. Mais il fallait absolument que je me débarrasse de Max et d'Élodie. Alors, toi, avec ta droiture imbécile et tes principes à la con, tu ne me l'aurais jamais pardonné. Tu sais, Max, il n'a rien compris quand il m'a vue entrer dans son bureau. Il ne s'attendait pas à me voir là. Pas plus que les *Gitous* qui gardaient la maison. C'est moi qui ai fait entrer tout le monde, mais je tenais à être seule pour m'occuper de Max. Ce gros con, il est mort en souriant, il croyait pouvoir encore me charmer en me faisant des clins d'œil. Son clin d'œil, je lui ai figé pour l'éternité. Faut dire que Sergueï m'avait passé son 45 ; et son flingue, il le chargeait toujours avec des balles à fragmentation ; Max en a perdu la tête – enfin la moitié !

Elle me regardait avec tristesse et une grande lassitude semblait s'être emparée d'elle. Elle soupira et reprit son récit :

— Tu as foutu tous mes projets en l'air, mais il me reste ces deux conteneurs à écouler en Afrique. Tu as pu voir leur contenu. On a détourné un camion qui ravitaillait une base stratégique du bord de la mer Baltique. Il y en a pour une fortune et en fouillant le bureau de Cappielli, on a trouvé les coordonnées des acheteurs.

— Tu ne me feras jamais croire que les Africains ont assez de fric pour se payer de telles armes !

— Les chemins qui pourvoient les armes sont aussi impénétrables que les voies du Seigneur. Elles transitent par l'Afrique mais, selon les pourvoyeurs, elles aboutiront en Iran ou au Pakistan, où elles seront remises à Al-Quaïda. Personne ne soupçonnerait que les Africains puissent vendre à des terroristes islamistes les derniers modèles de missiles d'interception de l'armée Rouge, et tous les logiciels qui vont avec… Ce sont des petites merveilles technologiques. Elles peuvent être lancées de n'importe où et lorsqu'elles prennent un avion en chasse, elles ne le lâchent plus. Imagine ce qu'Oussama Ben Laden et ses partisans vont pouvoir faire sur les avions américains ou sur les jets de tourisme qui passeront à leur portée. Et surtout, devine le prix qu'ils sont prêts à payer pour de telles armes. Ce sera mon dernier coup et il me rapportera assez pour être à l'abri du besoin jusqu'à la fin de ma vie.

— Tu es baisée, Sophie ! J'ai un pote dehors, il doit être en train de prévenir les flics. Tu n'as pas été très perspicace, tu aurais pu te douter que je ne m'étais pas débarrassé de tes sbires tout seul ! Regarde, j'ai sur moi un téléphone connecté avec le sien, il a tout entendu.

Elle n'était pas obligée de savoir que la communication ne passait plus mais, en tout état de cause, ma remarque avait touché son but. Sur le coup, elle blêmit. Elle me scruta et dans son regard, toute forme de compassion avait disparu. J'y vis poindre une haine infinie. Elle tendit son arme vers moi et je crus qu'elle allait tirer. Son bras tremblait mais ne déviait pas de ma direction. Nous restâmes ainsi un temps qui me sembla durer une éternité, puis je sentis fléchir sa détermination ; ce fut presque avec tendresse qu'elle me dit :

— Je ne peux pas te laisser vivre Fred. Je suis obligée de te tuer. Ça ne doit pas te faire trop peur. Max m'a raconté ta vie. Il n'y a pas tellement longtemps, tu cherchais à mourir.

— C'est vrai, Sophie ! Mais c'était avant que je te rencontre. Tu avais réussi à me redonner goût à la vie. Maintenant, vois-tu, je ne sais plus... Je suis fatigué... Je suis fatigué d'avoir mal, fatigué de voir mon sang se barrer sur le plancher de ce vieux rafiot pourri, fatigué de l'ignominie des humains et de leurs mensonges, fatigué de la trahison, fatigué de voir mourir tant de gens, fatigué d'avoir cru en toi… Je suis fatigué de toujours me faire baiser, fatigué d'attendre Claire qui ne reviendra jamais ! Et surtout, je suis fatigué d'être un pauvre con qui aurait pu vivre heureux mais qui n'a pas su… Alors, tu comprends, toutes ces fatigues accumulées m'ont usé. Fais ce que tu crois devoir faire, mais fais-le vite et bien.

J'aurais pu essayer de saisir le 45 de Marceau qui pesait dans ma poche, mais mon seul bras valide me supportait dans cette position et, de la main gauche, j'avais toujours été d'une maladresse exaspérante. Et puis, me soustraire à mon exécution me demandait plus d'efforts que de m'y soumettre. Terminus, tout le monde descend ! Salut l'artiste, je tire ma révérence.

Elle hésita, me parla, comme pour gagner du temps. Je me dis qu'elle n'arrivait pas à se résoudre à me voir disparaître. Elle tenait à moi et j'avais une petite chance qu'elle change d'avis.

— Tu sais Fred, avant de faire français, j'ai étudié la philosophie. Chez toi, j'ai vu le nombre impressionnant de bouquins. Tu sais que dans ce bas-monde tout a une fin. Tu a dû apprendre à gérer ça, et comme aurait dit Nietzsche, « Il nous faut quitter la vie comme Ulysse quitta Nausicaa, en la bénissant, et non amoureux d'elle. » Alors, bénis-la, parce que tu vas la quitter, je n'y peux rien. Je te regretterai car tu es la seule personne que j'aurais pu vraiment aimer… mais j'arriverai à me consoler de ta disparition ; pas de retourner au tapin ni de prendre de la tôle pour vingt piges.

Elle pointa plus précisément le revolver dans ma direction. Je pris une profonde inspiration, fermai les yeux et attendis.

* * *

J'entendis très bien la détonation, mais le son me parut différent et plus lointain que celui du coup qui m'avait transpercé la poitrine. Sans doute, ma perception était-elle distordue par ma faiblesse. Pourtant, je ne sentis rien ; m'avait-elle loupé ou étais-je devenu complètement insensible à la douleur ? Je rouvris les yeux et observai Sophie.

Elle n'avait pas bougé, juste écarté les bras, comme pour

s'emparer d'une grande quantité d'air, mais l'expression de son visage était transformée. Les yeux fixes et écarquillés, la bouche grande ouverte, elle semblait figée ; comme lorsqu'on appuie sur la touche « pause » d'un caméscope. Je cherchai tellement une explication dans son regard, que je ne vis pas tout de suite le sang qui inondait sa poitrine. Faut dire que sur le noir, ce n'était pas évident ; juste une brillance qui gagnait du terrain et atteignit ses cuisses. Sans un bruit, elle glissa en avant et je ne perçus que le bruit mat de son arme cognant la tôle du sol.

De l'écoutille, une voix me parvint :

— C'est bon, Fred ! Bouge pas, j'arrive.

Ma tête heurta de nouveau le sol.

* * *

J'encaissai une claque phénoménale. Elle résonna au plus profond de mon subconscient et ébranla mon pauvre cerveau à la dérive. Bon sang ! J'étais où ? On me foutait des beignes ! Et celui qui me les balançait ne ménageait pas sa peine.

— Allez, Fred ! Déconne pas ! Reviens ! Te laisse pas aller, c'est pas le moment ! C'est fini, on a gagné, plus personne te fera chier !

J'ouvris les yeux et aperçus le visage trempé de Marceau. Sortant du néant, dans un suprême effort, je réussis à endiguer ses ardeurs.

— Arrête Du… Ducon ! Tu… Tu vas me décoller la tête !

Le Chacal éclata en sanglots ; de grosses larmes descendaient le long de ses joues. Puis, sans le moindre ménagement, il me releva le buste et m'étreignit sauvagement.

— Fred ! Mon Fred ! J'ai cru que t'étais clamsé !

— Si tu… relâches… pas ton étreinte… c'est d'étouffement que… je vais mourir.

— Ok ! Je te donne de l'air et j'appelle les secours.

— Faut… que tu montes sur le pont… D'ici, le téléphone ne passe pas.

— D'accord. Je reviens.

Quelques minutes après, il était de retour et j'eus la véritable mesure de l'affection qu'il me portait.

— Ils arrivent ! J'ai eu le Samu, ils arrivent ! T'es sauvé, mon vieux !

— Sophie, elle est morte ?

— Oui, j'ai tâté son pouls ; y a plus rien à faire.

Ce constat m'anéantit. Il me fallut plusieurs minutes pour récupérer un peu de vigueur et d'une voix plus assurée, je lui expliquai mes craintes :

— Tu sais, mon vieux… pour des blessures par balles… normalement, avec le Samu… il y a les flics.

— Et alors ! On a fait que se défendre.

— Oui ! Mais tu sais… il y en a toujours un au frais dans le conteneur… C'est un véritable tueur et… il est armé jusqu'aux dents… Qu'est-ce qu'on en fait ?... Il faut régler ce problème avant l'arrivée des flics.

En posant la question à mon pote, je réalisai que le dernier complice de Sophie ne s'était plus manifesté depuis l'intervention de sa patronne. Je l'imaginai l'oreille collée à la paroi à essayer de capter ce qui se passait à l'extérieur de sa prison de tôle.

— Je suis au parfum. Faut que tu saches que si toi, tu m'entendais pas, moi, de la grue, j'ai rien perdu de ce qui s'est passé ici. J'ai vu arriver la Golf avec Sophie et les deux Russes, j'ai bien essayé de te prévenir, mais que dalle. C'est pour ça que je suis venu, j'étais inquiet, surtout que pendant que je descendais de la grue j'ai entendu une détonation. Sur le bateau, je ne savais pas où aller et coup de pot, en passant devant l'écoutille de la cale, j'ai entendu un nouveau coup de feu. Alors, je suis resté là en couverture. Sophie, je l'ai pas vue arriver dans la cale et son coup de feu m'a surpris. Ensuite, je préfère que tu saches que je la tenais dans ma lunette depuis le début de votre conversation. Je savais que tu y tenais, alors, je voulais lui accorder une chance. Elle m'a pas laissé le choix… Pour ton gus, je vais voir ce qu'on peut en faire.

Il partit faire silencieusement le tour du conteneur et observa avec attention les détails des membrures. Puis il revint et à voix basse me demanda :

— Tu le veux comment ton *Popoff* ? Cuit à point, en salade de la Baltique ou extradé vers son pays natal où il sera gracié malgré tous les meurtres qu'il a commis ?

J'eus une pensée émue pour tous ceux que cet enfoiré avait exécutés sans le moindre scrupule. Les Albanais, pauvres exilés morts loin de chez eux, Max et ses hommes, plus les centaines d'autres que je ne connaîtrais jamais… Je décidai qu'ils seraient tous vengés. Je fixai Marceau :

— Qu'il crève !

— Ok Fred ! Il va crever ! Passe-moi ta grenade. Avec les trois que j'ai emportées, on va lui griller les poils du cul.

— Comment tu comptes lui balancer ?

— Sur l'avant du conteneur, j'ai repéré une trappe d'aération, elle est tenue par quatre vis Parker. Avec ton poignard, je dois bien arriver à les dévisser sans bruit. Le mec, il est sûrement de l'autre côté à essayer de savoir ce qui se passe. Quant il verra les grenades lui rouler entre les guibolles, il aura même pas le temps de faire le signe de croix. Quoique, je suis pas sûr que les bolcheviques fassent le signe de croix.

Il repartit sans bruit et disparut dans l'étroit interstice qui m'avait déjà dissimulé à l'arrivée des deux Russes.

Une fois seul, je me laissai aller à considérer le corps sans vie de Sophie. Je n'arrivais pas à la détester. D'ailleurs, je n'avais jamais pu comprendre comment on pouvait un jour détester celles qu'on avait aimées. Sophie, elle avait vécu l'enfer et la seule solution pour en sortir avait été de bannir tout sentiment d'humanité. Son univers était une jungle où les faibles et les scrupuleux étaient dévorés. Où seuls les opportunistes et les sans-loi avaient la part belle. Très tôt, elle avait appris que dans la sphère où elle évoluait, tendre l'autre joue n'était pas de mise ; que dans la vie, il y avait des baiseurs et des baisés et qu'il fallait bien choisir son camp. Sophie avait cru faire le bon choix, comme Max, et comme lui, elle s'était fait baiser ! Dans cette histoire, depuis le début, les baiseurs se faisaient baiser.

Cette Russie qui devait donner le bonheur au peuple, qui avait laissé augurer tant d'espoirs et promis des lendemains qui chantent, était devenue le chancre de la corruption, la Mecque de la mafia et un lieu de perdition pour toutes les Elena Dabrowski.

J'aurais aimé la rencontrer plus tôt, peut-être lui aurais-je évité un destin aussi dramatique. Le destin ! Si nos routes ne s'étaient pas croisées, Sophie-Elena Estival-Dabrowski serait aujourd'hui à la tête d'un empire mafieux et d'une fortune colossale. Le destin en avait décidé autrement et elle n'était plus qu'un corps sans vie, gisant sur la tôle crasseuse de la cale d'un vieux rafiot pourri.

Mon Dieu ! Que j'aurais souhaité qu'il en fût autrement ! Que j'aurais aimé étreindre de nouveau ce corps si réactif que j'avais tant adoré ! Pourquoi la machine à remonter le temps n'existait-elle pas ? Décidément, le destin était bien cruel avec moi, il écartait de ma route toutes celles qui comptaient et qui auraient pu me faire apprécier la vie. Je souffrais dans mon corps et mon esprit était délabré, vidé, anéanti.

Une phénoménale explosion m'abasourdit ! Suivie de trois autres. Je compris que Marceau venait de balancer les grenades dans le conteneur. Le silence revenu, il colla son oreille à la cloison et me fit un clin d'œil.

— Les légistes, ils ont intérêt à louer une machine à détapisser. Ils vont galérer pour décoller les morceaux des parois. Normalement, ils devraient mettre quelques mois pour assembler le puzzle. Ton tueur, je te l'ai transformé en revêtement mural.

Je l'entendis à peine. Un voile passa devant mes yeux et la dernière chose dont je me souvins, ce fut le choc de ma nuque sur le sol métallique.

Épilogue

Tout d'abord, je ne vis que du blanc. Du blanc flou, avec une plus grande intensité au centre de ma vision. J'avais l'agréable impression de flotter dans l'espace ; j'étais bien. Était-ce cela, le paradis ? Depuis ma plus tendre enfance, je m'étais toujours imaginé le paradis en blanc et aujourd'hui encore, bien que totalement athée et absolument rationaliste, je ne pouvais concevoir le nirvana autrement. L'enfer, quant à lui, étant dans mon esprit à jamais associé à la couleur rouge. Je me sentis rassuré ; je n'étais donc pas encore invité chez Lucifer.

Au paradis non plus, car je percevais maintenant avec plus de précision les choses qui m'entouraient. Le blanc, c'était un plafond et la partie plus intense, un globe d'éclairage situé en son milieu. Ce qui me ramena définitivement sur terre fut la désagréable sensation provoquée par deux tuyaux qui sortaient l'un de ma bouche, l'autre de mon nez. Je compris que je me trouvais dans une chambre d'hôpital.

Je fermai les yeux et tentai de faire un bilan de mon état. Je constatai qu'à part une douleur aiguë qui allait de mon omoplate droite au pectoral du même côté, qui d'ailleurs s'amplifiait à chaque inspiration, je ne ressentais aucune autre blessure. Aucune autre blessure ne veut pas dire aucune autre douleur, car un mal de tête phénoménal rythmait mes pulsations, le tube de plastique qui traversait mon nez meurtrissait ma cloison nasale et à mon poignet droit, une aiguille de perfusion tenue par du sparadrap occasionnait une brûlure qui irradiait tout mon avant-bras.

Je rassemblai mes forces et relevant la tête, d'un regard circulaire, je fis l'état des lieux. La chambre était propre mais austère. Une chaise et un fauteuil en skaï, une petite table pliante en formica et l'incontournable lit en tube d'acier chromé sur lequel je me trouvais. À mes côtés, de même matière que le lit, un support auquel étaient pendues deux poches en plastique translucide ; une rouge et une jaunâtre. Ces sachets se prolongeaient par deux petits tuyaux aboutissant à l'aiguille qui me meurtrissait l'avant-bras. J'étais donc sous perfusion et on m'envoyait de l'hémoglobine. Derrière moi, juste au-dessus de la tête du lit, un tableau de bord, avec un imposant bouton rouge. Dans un effort surhumain, je parvins à le presser de la main gauche.

Quelques minutes plus tard, une infirmière corpulente et dynamique apparut. Elle devait avoir la quarantaine à peine et autant son assurance que son regard conciliant me firent du bien.

— Je vois avec plaisir que vous êtes réveillé… Comment vous sentez-vous ?

— M...a…l.

Je ne reconnus pas ma voix. J'étais atrocement gêné pour parler par le tuyau qui traversait ma gorge. Je continuai à communiquer par signes et lui fis comprendre que je souhaitais que l'on m'enlève cet instrument de torture.

— Ah, les hommes, toujours aussi douillets. C'est bon, je vais vous le sortir. Maintenant que vous êtes réveillé, vous ne risquez plus de vous étouffer, et vous n'avez plus besoin d'oxygène.

Et elle entreprit de me l'ôter.

Ouf ! Ça alla tout de suite mieux ! Je déglutis, me raclai plusieurs fois la gorge et lui demandai un verre d'eau qu'elle me servit en souriant.

— Voilà, mais buvez lentement. Après ce que vous avez enduré, ce serait idiot de mourir étouffé.

— Qu'est-ce… qui m'est arrivé ? demandai-je en avalant des petites gorgées.

— Vous ne vous souvenez pas ?

— Va…vaguement.

— Après avoir hésité entre la morgue et l'hôpital, le Samu vous a finalement emmené ici dans un état de dessèchement proche de celui de Ramsès II. Vous étiez presque aussi lyophilisé que mon Nescafé, vous n'aviez pratiquement plus de sang. Ça fait deux jours que je rajoute des poches d'hémoglobine dans vos perfusions.

— C… c'est… grave ?

— Moi, je ne peux pas vous dire. Il faudra demander au médecin. Je vais le prévenir que vous êtes réveillé.

Elle sortit en emportant les vestiges de mon assistance respiratoire.

Le docteur entra. Il s'agissait d'un beau jeune homme souriant fort sympathique ; cheveux rasés, teint mat et lunettes de soleil qu'il portait sur le haut de son crâne. Il faisait immanquablement penser à un de ces surfeurs qui hantent, à cette saison, la côte aquitaine.

Présentations faites, je reposai ma question :

— C'est grave ?

— Pas trop, vous vous en sortez plutôt bien. La balle vous a quasiment traversé de part en part. Après vous avoir perforé l'omoplate, là où elle est la plus fine, elle a progressé dans le haut du poumon et elle est presque ressortie, en passant entre deux côtes ! Il devait s'agir d'un petit calibre, la balle n'a pas rencontré d'obstacle résistant et n'a donc pas fait trop de dégât et l'hémorragie s'est assez vite stoppée d'elle-même. Dès votre arrivée, après une radio pour localiser le projectile, on l'a extrait en faisant une petite incision sous le mamelon. Ensuite, on vous a mis sous sédatif et on vous a gavé d'hémoglobine. On dirait que ça a bien fonctionné, vous paraissez en forme.

— Je suis là jusqu'à quand ?

— Ici, une bonne quinzaine de jours, mais la convalescence sera longue. Il faudra laisser cicatriser votre poumon. Pas question de faire de la plongée ni de jouer au tennis avant plusieurs mois. Normalement, si vous êtes raisonnable, il ne devrait y avoir aucune séquelle… Je ne connais pas votre vie, mais vous êtes sûrement un chanceux, quelques centimètres plus à gauche et la balle vous transperçait le cœur ! Vous devriez jouer au loto.

Je lui souris et me gardai bien de lui dire que si j'avais vraiment eu de la chance, la femme avec laquelle j'avais envisagé de passer le reste de ma vie ne m'aurait pas tiré dessus.

— Dans le couloir, il y a un type qui attend depuis une demi-heure pour vous parler. On lui a dit que vous n'alliez pas tarder à vous réveiller. Je crois que c'est un flic ou quelque chose de similaire. Voulez-vous que je lui permette de venir ?

Je me sentais fatigué, mais j'acquiesçai. Dans tous les cas, prétextant ma faiblesse, je ne serais pas obligé d'alimenter la conversation et avec les flics, il fallait bien qu'à un moment ou à un autre, j'aie une explication.

Il quitta la chambre et fut aussitôt remplacé par un dynamique quinquagénaire en costard bleu marine. Grand, mince, bien mis, il arborait une cravate chinée orangée qu'il portait sur une chemise gris clair. Il se dégageait de lui une impression de bon goût et de grande assurance. Il coinçait sous son bras un journal et certainement à cause de ses grosses lunettes aux épaisses montures, je lui trouvai l'allure d'un prof d'université.

— Bonjour M. Salbor ! Je sais que vous êtes encore faible et qu'il ne faut pas vous fatiguer, votre médecin a suffisamment insisté là-dessus. Aussi, je vais essayer d'être très bref ; autant que l'affaire qui nous intéresse le permette. C'est donc moi qui vais parler et essayer d'éclairer votre lanterne. Rassurez-vous, je sais tout de l'affaire et je ne suis pas là pour vous questionner.

Il parlait calmement, sur un ton amical.

— Tout d'abord, permettez-moi de me présenter. Colonel Pierre Duffour. Je travaille pour les services secrets français et plus particulièrement pour la division qui a en charge le contrôle du marché des armes dans le monde. Je suis personnellement délégué pour surveiller les trafics qui pourraient transiter par la France ou impliquer notre pays dans une quelconque forfaiture... Vous comprenez maintenant pourquoi nos chemins se sont croisés et la raison de ma présence ici.

— Et les flics ?

— Les flics, ils passeront après moi. Ils sont à nos ordres et cette affaire est classée *Secret-Défense*. Ils ne vous importuneront pas. Sachez qu'à votre insu, vous avez rendu un grand service à la France.

Puisque j'étais devenu un héros que la justice semblait protéger, je décidai de ne rien lui cacher et de lui révéler l'assassinat d'Élodie.

— Chez moi, il y a le cadavre d'une jeune fille que les Russes ont exécutée.

— Je sais. Tout le monde sait. Tenez, même le journal en parle.

Et il me montra *Sud Ouest* où l'article, bien que titré en couverture, n'occupait qu'un entrefilet en page locale. « Le cadavre de la fille d'un truand bordelais découvert dans la maison d'un ami de son père ». Tant bien que mal, je lus l'article. Il y était question d'une jeune fille retrouvée égorgée chez un ami de son père dans une maison située à Sainte-Hélène. Les enquêteurs privilégiaient la mafia – certainement venue d'Europe du sud-est – car les cadavres du père de la victime ainsi que tous les membres de sa bande avaient été retrouvés la veille dans un somptueux immeuble de Caudéran. Le journaliste rappelait l'article paru dans la précédente édition où il parlait du massacre de Max et de sa clique. Puis revenant au meurtre d'Élodie, il précisait que l'enquête avait établi que les agresseurs l'avaient exécutée sauvagement : « Ils semblent avoir abusé d'elle. Une hypothèse qui sera rapidement confirmée car le procureur a demandé une autopsie. » Il était aussi précisé que le propriétaire de la maison étant absent et la jeune fille seule, le meurtre n'avait été découvert que deux jours après l'agression. « C'est la factrice qui a prévenu les gendarmes car, par-dessus le portail, elle avait aperçu le cadavre du chien qui était censé garder la propriété. Aucune piste n'est privilégiée. »

— Vous constatez que tout est clair. Officiellement, on ne retrouvera jamais les assassins et l'affaire sera classée comme tant d'autres. Les flics et le magistrat feront ce qu'on leur dira de faire et diront ce qu'on leur dira de dire.

— Et pour le massacre du Verdon ?

— On utilisera la même argumentation que pour l'exécution d'Estival et de sa bande, on ne parlera que de sa femme, qui sera rapatriée à Bordeaux dans la journée. Les corps des deux Russes disparaîtront sans laisser de trace. Un peu comme ceux que vous avez envoyés au fond de la Garonne. Je suis en train de rédiger le rapport qui sera fourni aux autorités et je puis vous assurer que personne n'entendra jamais parler de leur disparition.

— Qui vous a mis au courant pour les Russes ?

— Votre ami, heu… Marceau.

— Justement Marceau, dans tout ça ! Qu'est-ce qu'il devient ?

— Là, c'est plus délicat et vous risquez de faire la grimace.

— Tout ce qu'il a fait, il l'a fait par amitié. J'espère qu'il ne sera pas inquiété ?

— Non, rassurez-vous, il ne sera pas inquiété ; et pour cause. Ce que je vais vous apprendre a des chances de vous faire un choc… Votre « copain Marceau », ça fait plus de vingt ans qu'il travaille pour nous.

— Marceau !

— Affirmatif. Même si, pour nous, il ne s'agit pas de Marceau, mais de K.314.

— Et pourquoi pas 007 ?

— N'exagérons rien, votre ami n'a pas le talent de James Bond.

— L'enfoiré ! Il aurait pu m'en parler !

— Non ! Il n'en avait pas le droit. C'était la première règle de son contrat. Il surveille depuis des années Estival ; depuis bien avant le jour où il vous a prévenu que celui-ci vous cherchait pour vous exécuter. C'est notre lanterne dans le milieu bordelais. Il nous renseigne et en cas de casse, nous utilisons ses compétences. En contrepartie de quoi, il fait ce qu'il veut. K.314 a joué le jeu, nous aussi. Il nous a mis au courant de votre affaire bien avant que vous ne l'appeliez à l'aide. Nous savions déjà pratiquement tout du trafic d'Estival et votre intervention allait dans le bon sens. Quand K.314 nous a prévenus, nous lui avons dit de foncer avec vous. Nous lui avons même fourni des armes quand il en a eu besoin. Votre 357 vient de chez nous et le fusil qui vous a sauvé la vie aussi.

— J'ai été manipulé depuis le début.

— Pas vraiment, mais un extraordinaire concours de circonstances vous a placé sur la route d'Estival et pour nous, c'était inespéré. Grâce à vous, nous placions un pion en bonne position.

— Vous auriez pu prendre le relais plus tôt et vous charger des Russes.

— Nous n'aurions pas fait mieux, car bien qu'ayant très vite compris que les Albanais n'étaient que des lampistes et ayant rapidement identifié les agresseurs comme des mafieux venus de Russie, nous pensions comme vous que la femme d'Estival avait été enlevée pour le neutraliser. Elle avait toujours su rester en dehors des affaires et nous ne l'avions ni remarquée ni soupçonnée de quoi que ce soit.

— Qu'attendez-vous de moi ?

— Rien d'autre que le silence. Pas un mot à qui que ce soit. C'est maintenant à nous de travailler, en coopération avec les pays concernés, nous devons démonter ce qui reste du réseau, localiser les politiciens véreux qui sont mouillés et faire en sorte qu'ils soient punis. Par la justice, chez nous et dans les pays démocratiques, et discrètement, par nos forces secrètes d'intervention dans les autres… Vous avez d'autres questions ?

— Vous saviez depuis le début que les Russes ne plaisantaient pas. Qu'ils voulaient baiser Max. J'ai le sentiment que vous auriez pu intervenir au début de l'affaire et sauver Élodie.

— Peut-être, mais cela nous aurait obligés à nous dévoiler. Vu les intérêts en jeu dans le foutoir de la politique internationale, au regard du nombre de vies épargnées par l'échec de cette vente, une mort est bien peu de chose. Cela vous touche parce que vous la connaissiez, mais moi, j'ai vu mourir tant de gens que ce n'est qu'une mort anonyme ; particulièrement dégueulasse, je vous l'accorde, mais anonyme. Une de plus et rien d'autre.

— Pour vous, la vie d'une adolescente n'a que peu d'importance.

— M. Salbor, vous avez la chance de vivre en Occident, mais ce n'est pas le meilleur moyen pour avoir une juste vision du degré de barbarie dont sont capables les hommes. J'ai pour ma part assisté au génocide du Rwanda. Là, j'ai vu, impuissant, des guerriers hutus caler leurs caisses de bière avec des membres qu'ils amputaient sur des nouveau-nés tutsis encore vivants. Bien avant cela, au Cambodge, je m'étais rougi les yeux sur l'amoncellement de dizaine de milliers de cadavres entassés par les gardes rouges de Pol Pot et plus récemment, au Kosovo, il m'a été donné de découvrir les charniers laissés par les Serbes. Alors, comprenez que je sois un peu blindé et que la seule chose qui me touche encore, ce soit votre compassion à l'égard du décès de cette gamine. Cela prouve que l'humanité n'est pas complètement pourrie et qu'il y a encore des hommes capables de sentiments humains. Quant à moi, M. Salbor, mes glandes lacrymales sont desséchées depuis bien trop longtemps et au contact de la cruauté dont peuvent faire preuve mes congénères, j'ai perdu ma sensibilité et mes illusions.

— Vous ne croyez en rien !

— Si, en moi ! Mais surtout pas en Dieu. La barbarie des hommes est pour moi la preuve incontestable de son inexistence. Et c'est mieux ainsi ; s'il existait, le constat de son incompétence devrait nous faire craindre le pire.

— Vous ne faites jamais de cauchemar ?

— Non, je n'ai pas le temps de dormir. Au revoir M. Salbor, je suis tout de même content que vous vous en soyez tiré.

Et il me laissa, dans mon désarroi à méditer sur l'insignifiance de la valeur d'une vie humaine. J'en avais pourtant parlé avec Marceau ; nous n'étions que poussière, mais je n'avais jamais comme aujourd'hui réalisé à quel point. Le colonel était content que je sois vivant mais s'il m'avait retrouvé raide sur l'inox d'un chariot de la morgue, il n'aurait pas été malheureux. Je n'aurais été pour lui qu'un mort anonyme de plus.

Bien sûr j'étais depuis longtemps conscient de la brièveté de notre existence mais aujourd'hui c'était de son utilité que je doutais. À quoi servons-nous ? Avons-nous un rôle à jouer dans l'infini ? La courte vie d'Élodie, celle de Sophie et même celle de Jackson, ont-elles eu une quelconque utilité sur cette terre ? Et lorsque j'analysais la mienne, l'insignifiance de ma dérisoire existence m'apparaissait dans toute sa stérilité. Je n'avais servi à rien, je n'avais pas procréé, pas construit et aucune œuvre ne rappellerait mon existence. Je fis le triste constat que si la balle de Sophie m'avait envoyé dans l'autre monde, personne ne m'aurait pleuré et pas un n'aurait porté le deuil ; si, peut-être Marceau ! Mais lui, il était aussi paumé que moi.

* * *

Le lendemain, je me portais mieux : l'infirmière m'ôta les perfusions. Pendant le frugal repas qui m'était servi, j'eus la visite de Marceau. Avant même qu'il ébauche un mot, je l'apostrophai :

— Alors, K.314, ça va ?

Il parut tout penaud et je lui fis part de la visite de son supérieur.

— Le colonel ! Avec son air de bureaucrate, en voilà un pour qui il faut pas se fier aux apparences. C'est un ancien du contre-espionnage, il a mené plus d'une mission délicate en Afrique où il dirigeait les parachutistes. Il aurait même participé plusieurs fois au maintien de Mobutu. C'est un dur de dur et il a le bras long. Il vaut mieux faire partie de ses potes qu'être sur la liste de ses ennemis. Après l'armée, c'est lui qui m'a recruté pour me joindre à eux.

— Qui, eux ?

— Les services secrets. Je sais même pas de quel ministre ils dépendent. Mais pour les affaires foireuses, ils ont besoin de bons tireurs et si en plus tu es issu du milieu, tu les intéresses. C'est plus facile et plus sûr d'avoir déjà quelqu'un en place que d'essayer d'infiltrer un inconnu.

— Ôte-moi un doute, le Colonel, il m'a dit que c'était son service qui te fournissait en armes.

— Ouais !

— D'accord pour les armes du dernier acte, mais mon 357, quand tu me l'as fourgué pour affronter Max, j'étais pas encore dans les combines du Colonel ?

— Non, il vient de chez eux, ils n'ont su que plus tard que c'était toi qui en avais hérité. À cette époque, moi je voulais simplement que tu te fasses pas détruire par Max. Et je pensais pas que tu deviendrais son pote.

— Merci, ça me rassure, finalement, ça ne fait que quelques jours que tu me prends pour un con. Ça va toi ? Les flics ne t'ont pas trop emmerdé ?

— Non, pour ce qui s'est passé au Verdon, j'ai eu affaire à la gendarmerie. Et la gendarmerie, c'est l'armée, alors quand un colonel des services secrets parle, on l'écoute. On fait ce qu'il dit et surtout, on ferme sa gueule quand il dit de la fermer. Pour chez toi, c'est la même chose. Quant au reste de l'affaire, les flics de Bordeaux ne tiennent pas trop à mettre leur nez là-dedans ; il ne restait que la presse à museler. Là aussi, tu sais, *Sud Ouest*, c'est pas *Reporters sans frontières* et encore moins *Le Canard enchaîné*, leurs infos, ils vont les chercher au Commissariat central et ils écrivent ce que les flics leur donnent à écrire.

— Tu m'as bien baisé. Mais rassure-moi, toutes les conneries que tu m'as racontées, sur les partouzes et tout le tralala, c'était pour m'endormir ?

— Pas le moins du monde. Absolument tout ce que je t'ai raconté de ma vie est vrai. La seule chose que j'ai un peu exagérée, c'est mon côté loubard inculte.

— Les partouzes et le parking de la foire aussi ?

— Bien sûr, vas-y donc un peu voir et tu feras connaissance avec la bourgeoisie qui s'encanaille.

Je le regardais et n'arrivais toujours pas à me mettre dans la tête qu'il était à la solde de l'État.

— Putain ! J'y crois pas ! Marceau au service de la France !

— Et ouais mon vieux, faut pas se fier aux apparences. Au fait, j'ai rencardé Valérie. Elle sait que les fumiers qui ont bousillé son mec sont en enfer.

— Et où tu as pêché son numéro ? Elle ne l'avait donné qu'à moi.

— Dans ta poche, j'ai récupéré ton portefeuille et le carnet d'adresses.

— T'avais une arrière-pensée. Décidément, cette fille t'obsède. Vos rapports ont été plus détendus ?

— Elle était plus cool. Et puis je lui annonçais une bonne nouvelle.

— Et tu penses arriver à conclure ?

— Ça en prend pas le chemin. Dès que j'ai fait une allusion à une rencontre, elle m'a envoyé chier ! Elle m'a dit qu'elle passerait te voir. Elle a même une surprise.

* * *

Valérie passa en effet le lendemain. Mais elle n'était pas seule : le grand mec qui, au cimetière, la soutenait, était avec elle. Ça devait être ça la surprise.

— Je vous présente Milas, c'est le frère de Tonio. Il m'a beaucoup aidée et a plaidé ma cause dans sa famille. Je vais pouvoir garder la maison. Comme allez-vous ?

— Ça va. Physiquement, ça va.

Et c'était vrai, je me sentais mieux. Mon corps me faisait moins souffrir et moralement, je m'étais résigné aux mauvais coups du destin. Elle, par contre, elle était rayonnante.

— Dès que vous sortirez, venez me voir, j'ai une enveloppe à vous remettre. Vous vous souvenez, nous avions passé des accords.

— Oui, je me souviens, répondis-je dans un murmure.

— Vous pouvez parler fort, Milas est au courant, je ne lui cache rien. Nous avons décidé de vivre ensemble. Il avait autant que moi le désir de voir punir les assassins de son frère. Il voulait s'en charger lui-même, mais je l'en ai dissuadé ; vous et votre ourang-outan de service, sembliez avoir plus de chances que lui d'y arriver.

L'homme me souriait. Il était plus jeune que Le Tatoué. Plus charmant aussi ; belle gueule. Elle s'était bien démerdée la Valérie. Elle gardait la maison et le fric du Tatoué, et en plus le jeune frangin la faisait reluire. Quand je raconterais ça à Marceau !

Ils me quittèrent et à peine étaient-ils sortis que, justement, Marceau pénétrait dans la chambre.

— Dis-moi Fred, c'est pas Valérie que je viens de croiser ? Elle était avec un grand brun qu'a pas l'air catho.

— Elle sort d'ici. Le grand brun, c'est le frangin du Tatoué. Et il est plus catholique que toi.

— Elle s'est maquée avec lui ?

— Oui. Ils vivent ensemble.

— Bordel, j'aurais dû insister, je sentais qu'avec cette gonzesse, ça pouvait le faire ! En y mettant les formes, je suis sûr que j'y serais arrivé.

— En y mettant beaucoup de formes ! Là, elle a gardé le château et le fric ! Et toi, tu ne possèdes que la piaule de tes vieux et tu ne pourras faire briller que la moitié du fric qu'elle doit nous refiler. En plus, lorsqu'elle parle de toi elle t'appelle l'ourang-outan de service, alors je ne crois pas que tu sois en bonne place pour arriver dans son plumard.

— La vie est injuste !

On frappa à la porte. Marceau alla ouvrir et sous son regard inquisiteur une frêle silhouette s'encadra dans l'ouverture.

— Laetitia ! Quel bonheur ! Comment as-tu su que je me trouvais là ?

— C'est un grand monsieur avec des grosses lunettes qui me l'a indiqué. Je l'ai rencontré avant-hier. Alors que je rentrais de la plage, je suis passée chez toi prendre de tes nouvelles. J'ai eu la peur de ma vie, j'ai cru qu'il t'était arrivé quelque chose de grave. Il était avec les gendarmes ; il m'a demandé quel était mon lien de parenté avec toi et j'ai dû lui expliquer les circonstances de notre rencontre. Ensuite il m'a raconté rapidement les faits. Il venait de te voir et m'a dit que tu n'allais pas trop mal… Tu n'as pas l'air en trop mauvais état. Comment vas-tu ?

— Ça peut aller. Je souffre, donc je vis !

Cette remarque cartésienne la fit sourire. Elle était adorable ! Mignonne comme un cœur. Très mince, à la limite de la maigreur. Sa peau d'une extrême blancheur, presque transparente, lui donnait une touchante apparence de fragilité. J'avais, comme toujours, envie de la prendre dans mes bras, de la protéger, de la cajoler et de la rassurer. Pourtant, depuis son agression cinq ans plus tôt, Laetitia s'était forgé une sacrée personnalité. Elle avait lentement remonté la pente et aujourd'hui, elle paraissait bien armée pour affronter la vie. Il ne restait que ses rapports avec les hommes qui coinçaient encore. Elle n'avait pas d'amoureux et coupait court à toutes les avances. Nous en parlions souvent ; nous étions, son père et moi, les deux seuls hommes qu'elle ne craignait pas d'approcher. Un jour, elle m'avait même fait des avances ; j'étais, disait-elle, le seul type avec qui elle n'aurait pas peur d'avoir un rapport sexuel. Le statut de sauveur est bien agréable, j'en avais été flatté, mais j'avais décliné cette offre alléchante, prétextant que j'avais le même âge que son père et qu'avec moi, elle n'avait aucun avenir.

Marceau aussi avait le même âge que son père, mais ça ne semblait pas le déranger, car il louchait allègrement sur ses rotondités postérieures ; particulièrement mises en valeur par un moulant pantalon « *pat-deph* » bariolé tombant sur d'énormes chaussures compensées. Afin de lui éviter une attaque d'apoplexie, je lui rappelai son rendez-vous avec Évelyne.

— Si tu ne veux pas être en retard, il faudrait que tu partes maintenant. Prends la Mercedes, comme ça, tu la feras rêver un peu plus.

— Ok, Fred, j'y vais. À plus.

Et, comme à regret, il nous laissa seuls. Laetitia s'assit à mes côtés et toujours souriante me dit.

— Tiens Fred ! Le type aux lunettes m'a donné une lettre qui était dans ta boîte. Elle a dû mettre du temps à arriver, elle a été postée au Tibet.

Mon cœur s'accéléra… Elle me tendit une enveloppe grise et froissée que difficilement de la main gauche, en tremblotant, je tentai d'ouvrir. Elle me la reprit, la décacheta puis me la passa.

À l'intérieur une carte postale représentant un temple bouddhiste et au dos quelques mots qui s'inscrivirent dans ma pauvre tête comme l'aurait fait la découverte de la formule de la pierre philosophale dans celle d'un alchimiste.

« Si tu veux que ta vie prenne un sens, et si tu m'aimes encore, viens me rejoindre ! Je ne peux pas vivre sans toi. »

C'était signé Claire et suivi d'une adresse… Au Tibet !

Table

Troisième partie

Achevé d'imprimer
par Pleine Page
à Bordeaux
en novembre 2005